MEREDITH GOLDSTEIN

Os Solteiros

Tradução

Ana Paula Corradini

Novo Conceito

Publicado sob acordo com a autora, c/o BAROR INTERNATIONAL, INC.,
Armonk, New York, USA

1ª Impressão — 2014

Produção editorial:
Equipe Novo Conceito
Impressão e Acabamento Prol Editora e Gráfica 190314

Este livro segue as regras da Nova Ortografia da Língua Portuguesa.

Dados Internacionais de Catalogação na Publicação (CIP)
(Câmara Brasileira do Livro, SP, Brasil)

Goldstein, Meredith
Os solteiros / Meredith Goldstein ; tradução Ana Paula Corradini.
-- 1. ed. -- Ribeirão Preto, SP : Novo Conceito Editora, 2014.

Título original: The singles
ISBN 978-85-8163-449-4

1. Ficção norte-americana I. Título.

14-01717 CDD-813

Índices para catálogo sistemático:
1. Ficção : Literatura norte-americana 813

Novo Conceito
Rua Dr. Hugo Fortes, 1885 – Parque Industrial Lagoinha
14095-260 – Ribeirão Preto – SP
www.grupoeditorialnovoconceito.com.br

Para Lorraine Goldstein, a leitora ávida.

PRÓLOGO

Vinte e nove anos e prestes a se casar... Beth Eleanor Evans, loira de tom avermelhado, esbelta e sardenta, que todo mundo chamava de Bee por causa das iniciais de seu nome, estava em frente ao quadro branco que tinha comprado naquele dia na Target da rodovia 103.

O quadro era o tipo de objeto que geralmente poderia ser encontrado na parede da sala de reuniões do Hampton Inn. Mas na casa de seus pais, naquela quinta-feira abafada de final de setembro na cidade histórica de Ellicott City, em Maryland, Bee estava usando o quadro branco e fácil de apagar para dar os toques finais aos preparativos do seu casamento, o evento mais caro que o Clube de Campo Tower Gardens presenciaria naquele outono.

Bee tinha passado mais de uma hora decorando o quadro branco com uma série de círculos, nomes e números. O resultado de seu trabalho parecia uma estratégia de jogo de futebol, ou uma equação matemática reservada para o personagem de Matt Damon em *Gênio Indomável*. Mas o desenho representava a distribuição dos convidados pelas mesas na recepção, última tarefa de Bee antes que toda a sua família chegasse para o casamento, que iria acontecer em menos de 48 horas.

Bee prendeu um cacho solto do cabelo atrás da orelha e se debruçou sobre o quadro, ansiosa. Ele mostrava trinta círculos, cada um contendo um número. De cada círculo, como aros em uma roda, saíam linhas azuis, que traziam os nomes dos casais convidados.

"Primo Wesley e sua esposa Katie", dizia um aro azul. "Sr. Barocas, do trabalho do papai, com a esposa, Yvonne", informava outro. "Jimmy Fee e namorada". "Sr. e Sra. Rodman (vizinhos)". "Ed e Elaine Ryan (contadores)". "Dra. Weihong Zheng e marido (pediatra)".

No canto superior direito do quadro estava uma lista de nomes escritos em tinta vermelha berrante e letras maiúsculas: "HANNAH MARTIN, ROB NUTLEY, NANCY MACGOWAN, VICKI CLIFFORD, JOE EVANS" .

Acima dos nomes, nas mesmas letras carmesim: "SOLTEIROS".

Eles eram os únicos convidados que tinham feito o RVSP[1] para o casamento de Bee sem usar o convite do acompanhante, e agora eram os únicos nomes que Bee ainda não tinha encaixado no quadro.

Em tempos de recessão, teria sido aceitável para Bee convidar solteiros sem acompanhantes para o casamento, mas ela queria que todo mundo tivesse pelo menos a opção de levar alguém. Mesmo assim, os solteiros tinham decidido ir sozinhos, e Bee não conseguia entender o porquê.

Quando era solteira, Bee tinha raiva de noivas que não lhe davam um convite para acompanhante só porque ela não tinha um namorado. Bee prometeu que, quando casasse, mandaria convites para os acompanhantes de todo mundo. Ninguém teria de ir sozinho.

Quase todo mundo na lista de convidados havia aceitado a oferta de Bee. A não ser os solteiros, que, na opinião dela, estavam à deriva não apenas no quadro branco, mas também na vida.

Dois dos solteiros adoravam um conflito. Outros dois já tinham feito Bee passar vergonha em público várias vezes. Outro, ainda, era uma mulher que Bee nem conhecia, uma amiga da família do noivo conhecida por ser extremamente introvertida.

A organizadora do casamento, famosa por ter planejado as núpcias extravagantes da filha de um ex-presidente, disse a Bee, depois de examinar sua lista de convidados: "Não importa quem você convide, vai ter sempre um solteiro".

"Pode esperar um número ímpar de convidados", a organizadora

---

[1] *Réspondez S'il Vous Plaît*, expressão francesa que significa "Responda, por favor" (N. E.).

afirmou durante a primeira reunião. "Não importa o que você planeje fazer: os solteiros sempre aprontam alguma".

Bee alisou as sobrancelhas com as costas da mão direita, seu hábito favorito quando estava nervosa, e estudou os círculos e os raios, que a lembraram dos problemas que decodificava estudando para o vestibular, anos atrás. Havia cinco convidados sem lugar, e cada um deles precisava ser alocado em uma mesa. Mas cada convidado havia feito uma série de exigências específicas, o que tornava impossível reservar um lugar para eles na maioria das mesas. Por exemplo, uma solteira não podia nem passar perto de seu ex-namorado. Outro solteiro vivia ofendendo os outros e não podia nem sonhar em se sentar perto de adultos mais sérios — incluindo a própria família de Bee.

Enquanto Bee embaralhava os nomes e mesas em sua mente, ouviu a mãe entrar no quarto.

— Ainda com aqueles cinco? — a mãe de Bee, Donna Evans, perguntou, dando um suspiro dramático ao se juntar à filha.

Donna estava usando uma regata cinza que dizia "respire" no peito, a letra "r" e a última letra "e" em minúsculas e alinhadas a seus mamilos protuberantes. Sua calça de ioga, que combinava com a blusa, ia até um pouco abaixo dos joelhos. Os cachos loiros artificiais de Donna, com reflexos no mesmo tom que o do cabelo da filha, estavam presos em um coque apertado.

— Coloque esse pessoal nos lugares vazios e acabe com isso — Donna disse, enquanto Bee simplesmente olhava para ela sem esperanças, as mãos caídas sobre o colo. — Querida, essas pessoas vão passar metade da noite na pista de dança mesmo.

Donna soltou um "humpf" frustrado e então empurrou a filha para poder enxergar melhor a lista de solteiros.

Depois de apertar os olhos para ler os nomes por menos de um minuto, Donna pegou a caneta da mesa e começou a rabiscar no quadro branco. Ela escreveu os nomes de Vicki Clifford e Rob Nutley no raio vazio perto dos irmãos e primos do noivo. Em seguida, colocou o nome de Hannah Martin, em letras literalmente minúsculas, acima do círculo que representava a mesa ocupada pelas amigas de Bee da faculdade de Direito e seus maridos.

— A gente coloca uma cadeira a mais — Donna disse, antes que Bee pudesse protestar dizendo que a mesa já estava cheia. — O pessoal do bufê pode colocar nove cadeiras em uma mesa para oito.

E então, indo para o outro lado do quadro branco, Donna escreveu os nomes dos dois últimos solteiros, Joe Evans e Nancy MacGowan, na mesa dos sócios do escritório de advocacia do pai de Bee, e suas esposas.

O pai de Bee, Richard Evans, berrou da sala ao lado:

— Eu juro por Deus! Se vocês duas ficarem em frente a esse quadro por mais cinco minutos, vou levar esse negócio lá para fora e jogar no lixo e todo mundo nesse casamento vai ter que encontrar seu próprio lugar!

Bee desviou o olhar do quadro branco, derrotada.

— Tá bom — ela disse para a mãe, que já tinha devolvido a caneta e, dando um giro de 180 graus, já tinha ido para a cozinha, seus tênis guinchando sobre o piso de madeira.

— Mãe — Bee a chamou.

— O que foi?

— Estou com fome — Bee respondeu quase baixo demais para a mãe conseguir ouvir.

— Coma alguma coisa leve — Donna disse rispidamente. — Nada de sódio. Aquele vestido não tem folga nenhuma, querida.

Bee se virou e deu uma última olhada para os nomes no topo do quadro branco, feliz por ter Matt e, assim, nunca mais precisar arrumar um "acompanhante". Ela ficou pensando por um minuto, cheia de esperança, se os solteiros da sua festa também mudariam suas circunstâncias um dia — se Hannah, Rob, Nancy, Vicki e Joe algum dia se tornariam raios fáceis de encaixar em uma roda cheia de convidados.

Bee fez cara feia quando seus pensamentos se voltaram para a refeição sem sal que a aguardava. Estendeu o braço e apagou a lista dos solteiros com firmeza.

Hannah

— Posso ser sincera com você? — Dawn perguntou para Hannah em um cochicho meio alto, com o cigarro já perto do fim, cheia de cinzas na mão direita e com uma caixa de grampos de cabelo na esquerda.

Hannah já sabia que, na verdade, não era bem uma pergunta.

Depois de passar vários dias consecutivos com a madrinha precoce de Bee, Hannah havia aprendido que Dawn começava a maior parte de suas frases perguntando teatralmente, em um sussurro quase gritado: "Posso ser sincera com você?".

Raramente a pergunta correspondia à frase que a seguia. Raramente Dawn estava interessada em sinceridade.

— Não está ruimmm... — Dawn continuou, observando os olhos cautelosos de Hannah. — É que eu acho que você deveria considerar passar pelo menos um pouco de maquiagem antes de tudo começar hoje. Todas as outras meninas e eu também estamos usando lápis de olho. — Dawn arregalou os olhos para ilustrar o que dizia. — Percebi que você não usa. Não sei se você consegue notar, mas em todas nós... os olhos ficam tão maiores! Fica lindo na foto. E você tem olhos azuis lindos, querida. Só não quero que você fique perdida nas fotos.

O nariz de Hannah estava a pelo menos meio metro da boca de Dawn, mesmo assim aquela havia sido derrotada pelo hálito desta, que cheirava a nicotina e salada Caesar. Hannah sentiu um arrepio quando Dawn soltou outra baforada, uma mistura nauseante de parmesão e cigarros Parliament.

Hannah não estava acostumada com outras pessoas fumando em sua presença. A maioria de seus amigos tinha largado o cigarro havia anos, quando a cidade de Nova York aprovou a lei antifumo. Ela conhecia alguns fumantes de verão, amigos que acendiam um cigarro nos deques e telhados do Brooklyn, mas fumar na cidade se tornava desconfortável demais depois de novembro.

Passar esse tempo todo com tantos sulistas durante o final de semana do casamento de Bee lembrou Hannah de como ela tinha sorte por morar em uma cidade que havia decidido deixar, de quase todas as maneiras possíveis, os fumantes no ostracismo. Todos os futuros parentes de Bee, vindos de Raleigh e Durham, fumavam um cigarro atrás do outro, sem vergonha. Alguns deles até trabalhavam para a Phillip Morris.

Hannah ficou meio surpresa ao perceber que uma perfeccionista como Dawn não estava preocupada em ficar com o vestido cheirando a cigarro. No entanto, Hannah achava que, se tudo fedia a nicotina, então não fazia diferença nenhuma. Era um perfume universal, e apenas Hannah parecia se incomodar com a fragrância.

Dawn deu a última baforada no cigarro esgotado, fazendo com que Hannah se afastasse ao esperar o resultado fumacento. Mesmo nessa torre grande e de pé-direito alto, a fumaça de Dawn parecia onipresente e se revelava na forma de pequenas nuvens sob as luzes brilhantes no teto.

Havia duas salas grandes e ligadas no andar superior da torre do clube de campo onde Hannah, Dawn e o restante da comitiva da noiva estavam se arrumando para o evento. A cerimônia aconteceria ao ar livre, no gramado, ao lado de uma tenda branca que já estava pronta para a recepção. Em caso de chuva, havia um plano B — uma cerimônia mais curta no salão de jantar do clube —, mas não seria necessário. Era um belo dia de setembro — ainda quente o bastante para deixar os casaquinhos em casa.

O castelo histórico de tijolos marrons onde agora as madrinhas se enfeitavam era a parte mais antiga do clube de campo, uma instituição de Annapolis exclusiva para sócios que ficava ao lado da Baía de Chesapeake, em um espaço de mais de 40 hectares para praticar golfe, tiro ao disco e outras coisas que as pessoas ricas gostavam de fazer nos fins de semana. Para Hannah, a torre neogótica que dava nome ao Clube de Campo Tower Gardens parecia ter saído de um conto de fadas. Seu formato comprido e cilíndrico com o exterior áspero e janelas de vitrais, assim como o gramado bem aparado, onde os convidados estariam desfilando logo mais, faziam Hannah se sentir como Rapunzel — o que era bem apropriado, ela pensou, já que estava presa ali. Se aquilo fosse um filme, Hannah ficou imaginando, sem conseguir desligar seu cérebro de diretora de elenco, sua versão de madrinha de casamento aprisionada deveria ser interpretada por uma atriz nova e ambiciosa, imperfeita, porém simpática. Ou, melhor ainda, por uma grande estrela, mas conhecida por ser carrancuda.

— Kristen Stewart — Hannah sussurrou para si mesma ao olhar pela primeira vez pela janela de sua prisão na torre. Emily Blunt, ela decidiu então, reconhecendo que, aos 29 anos, era velha demais para ser interpretada por qualquer atriz de *Crepúsculo*.

Dawn, como madrinha principal, seria o papel de Reese Witherspoon. Estava na cara. O rosto angelical de Dawn era emoldurado por um *chanel* loiro cheio de movimento. Ela tinha sotaque do sul e falava bem ardido, especialmente ao dar ordens. Hannah ficou pensando por um momento se Reese Witherspoon estaria disposta a fumar no filme.

Montar um elenco com um orçamento imaginário era o vício favorito de Hannah. Na vida real, ela havia trabalhado apenas em filmes alternativos, que pagavam menos de 200 dólares aos atores principais. Os orçamentos restritivos forçavam Hannah a ser criativa e a caçar novos talentos, mas ela não via a hora de montar um elenco para um filme com os famosos por quem vinha desenvolvendo paixonites há anos.

Ela estava prestes a conseguir um trabalho assim. Hannah passou a maior parte da manhã checando seu celular obsessivamente, esperando receber alguma notícia, qualquer notícia, da agente de Natalie Portman, que hoje tinha o futuro profissional de Hannah em suas mãos.

Hannah tinha passado semanas negociando para a atriz aceitar um papel em um filme independente que compensava pelo baixo orçamento e pelo roteiro digno de Oscar, na opinião de Hannah. Se Natalie aceitasse participar, a carreira de Hannah mudaria para sempre, sem dúvida. O filme — e Hannah — atrairia a atenção do país todo. Novos investidores destinariam à diretora o dinheiro tão necessário. Natalie Portman poderia transformar esse filme em um *O Casamento de Rachel*, um longa bom e barato que rendeu horrores.

E havia motivos para acreditar que Natalie diria sim. Sua agente parecia otimista; Natalie tinha lido o roteiro e gostado. A atriz adorou a ideia de o projeto ser dirigido por uma mulher. Natalie até mesmo disse que o diálogo era "encantador" em um e-mail que sua agente havia repassado para Hannah. Mas havia a questão da agenda da atriz.

— Ela vai ficar ocupada por quatro meses inteiros, para filmar aquela sequência — a jovem assistente da agente explicou dois dias antes de Hannah embarcar no trem Acela, com destino a Baltimore, para ir ao casamento de Bee. A assistente da agente, que havia lidado com todas as ligações insistentes de Hannah, havia se tornado sua espiã, enviando rápidas mensagens de texto no celular sempre que ouvia a chefe falar sobre o assunto.

— Eu só preciso dela por vinte dias — Hannah havia pleiteado com a assistente, como se ela pudesse decidir alguma coisa. — Ela precisa ter vinte dias de folga durante essas filmagens. O que eu quero dizer é que a personagem dela está em outro planeta mais da metade do filme, não é? Ela não vai ter um descanso?

Hannah odiava o filme medíocre e de orçamento exorbitante sobre super-heróis que não havia apenas conseguido uma sequência como estava arruinando sua produção pequena, porém de qualidade.

— Olha, ela está muito a fim de participar, e eu sei que eles estão tentando dar um jeito nisso — a assistente havia dito.

— E quando você acha que vamos ter uma resposta definitiva? —

foi a pergunta de Hannah, enquanto enfiava de qualquer jeito quatro calcinhas no bolso lateral de sua mala para o fim de semana do casamento.

— Você não vai receber uma resposta final até a semana que vem, mas provavelmente vou ficar sabendo de alguma coisa no sábado. Vai rolar a maior festa da agência na casa da minha chefe no sábado, e, se Natalie for fazer esse filme, minha chefe vai ficar esfregando isso na cara de todo mundo. Acho que posso te mandar uma mensagem se ouvir alguma coisa.

— Ai, meu Deus, obrigada! Vou a um casamento no sábado, e, se eu conseguir Natalie Portman para o elenco de um filme, quero contar para todos os meus amigos. E talvez também para um ex-namorado ou dois.

— Entendo totalmente — a assistente disse, em um tom quase complacente demais.

Agora já era o final da tarde de sábado e nada de mensagem. Nem mesmo da melhor amiga de Hannah, Vicki, que tinha prometido avisá-la assim que chegasse a Annapolis.

A organizadora do casamento de Bee, que no filme de casamento com orçamento astronômico (e imaginário) de Hannah seria interpretada por Bonnie Hunt, de *Jerry Maguire — A Grande Virada* e *Doze É Demais*, deixou bem claro para a noiva e suas madrinhas que, quando todas já estivessem lá dentro da torre, vestidas e prontas, teriam de permanecer ali até o casamento começar.

O maior dos dois quartos na cobertura da torre tinha uma televisão, um conjunto de sofás de veludo azul da Wedgwood e um banheiro de tamanho considerável com dois espelhos de corpo inteiro. Então, não havia razão aceitável para sair dali, a organizadora do casamento havia dito, com os olhos sobre Hannah, como se pudesse ler sua mente.

A organizadora tinha explicado que, quando fossem cinco horas e os convidados já tivessem encontrado seus lugares, cada mulher desceria a escada em espiral, sairia da torre, pegaria o braço de um dos padrinhos — ou do pai da noiva, no caso de Bee — e iria direto para o corredor entre as cadeiras, que na verdade era um caminho sinuoso de pedras, tão histórico e bem cuidado quanto o restante do gramado.

Ainda faltava uma hora para o casamento começar, mas Dawn já tinha alinhado seus produtos de beleza sobre uma mesa ao fundo do quarto maior. A disposição metódica dos cosméticos lembrou Hannah da maneira como os instrumentos de metal ficavam arrumados no consultório do dentista. Dawn organizou sua coleção de beleza por tamanho: o lápis magrinho para olhos ao lado do rímel ao lado do blush ao lado da sombra.

Hannah ficou pensando conseguiria adiar a seção pinça, pincel e tinta por pelo menos mais meia hora. Ela já estava vestida, mas queria aproveitar ao máximo a liberdade antes de ser transformada em uma rainha de baile de formatura. Hannah foi até uma das janelas da torre e esfregou a nuca com tanta força que sentiu o colar de pérolas entrar na pele. Puxou a alça transparente do sutiã, que apertava desconfortavelmente a parte de trás de seu pescoço. Aquela era a peça de *lingerie* mais complexa que ela já tinha usado: um sistema acolchoado de suporte que tinha sido feito sob medida para a ocasião e para todas as madrinhas. Hannah tinha assistido às outras mulheres colocarem seus sutiãs especiais sem precisar de ajuda, mas não havia sido capaz de descobrir como vestir o seu sutiã sozinha. Acabou se tornando um trabalho para duas mulheres. Bee e Dawn cercaram Hannah para fazê-la entrar na engenhoca de tecido, que cruzava suas costas duas vezes e era presa por uma fivela de metal pontiaguda logo acima do eixo de sua coluna.

— Mas precisa ficar justo assim? — Hannah havia reclamado para Bee depois que o sutiã já estava instalado.

Dawn respondeu antes que Bee pudesse abrir a boca:

— Se ficar mais folgado, vai pular tudo para fora do vestido, querida — ela disse rispidamente, olhando com cara feia para os peitos de Hannah. — Você já está transbordando.

Hannah já tinha ligado duas vezes para Rob, de sua prisão temporária na torre, na esperança de que ele pudesse acalmá-la sobre a questão do sutiã, da caminhada iminente até o altar e de Natalie Portman, que, para Hannah, estava menos inclinada a lhe dar boas notícias a cada hora que passava. Rob Nutley deveria estar nesse casamento. Ele havia confirmado e dito a Bee que faria muito gosto em comparecer, e, agora, comprovando as expectativas de todos a seu respeito, de cara imprudente e irresponsável, tinha dado o maior furo. Hannah estava contando com Rob para conseguir sobreviver ao fim de semana, mas agora não haveria mais ninguém além de Vicki, que naqueles dias não era lá uma grande fonte de apoio para ninguém.

Ainda segurando seu BlackBerry com força enquanto observava a paisagem pela janela, Hannah olhou para baixo e viu que havia uma ligação perdida. Rob.

Ela selecionou a opção "ligar de volta" e ficou olhando enquanto o número de Rob se iluminava pela terceira vez naquele dia. Sentiu um frio no estômago quando ouviu sua voz do outro lado, dando risada.

— Pode parar de rir. Eu preciso de você — Hannah sussurrou meio alto, fazendo com que Dawn lançasse um olhar de julgamento lá do sofá em sua direção. — Por favor. Essas mulheres estão tentando me atacar com lápis de olho. Você não consegue pegar um voo agora e chegar de última hora? Você pode chegar antes do final da recepção. Eu pago metade da passagem.

— Adoro quando você implora assim, mas não, querida, não posso sair de Austin — Rob fez uma pausa e continuou, com menos sarcasmo. — Não é o lance do dinheiro. É que a Liz não está se sentindo muito bem hoje. Não posso deixá-la sozinha em casa.

— Beleza. Vou ver se te ligo depois — disse Hannah, desligando antes que ele pudesse responder. Seus ombros caíram enquanto ela abandonava as esperanças de que Rob fosse mudar de ideia.

Hannah deixou a janela e foi até Dawn, que tinha acabado de cobrir seu rosto com pó compacto em um tom duas vezes mais escuro que o seu natural. Hannah se sentou ao lado dela e acariciou nervosamente o teclado do BlackBerry, olhando-o a cada segundo para ver se havia alguma ligação não atendida de Rob ou da assistente da agente de Natalie Portman.

Do canto de olho, Hannah podia ver Bee no quarto, ao lado alisando seu vestido, que ainda estava no cabide. Era um vestido marfim justo e tomara que caia com um corpete de estampa que lembrava escamas, que fez Hannah pensar em sereias, e uma pequena cauda que se abria em leque. Meses atrás Bee havia explicado a Hannah que esperava poder usar o vestido de casamento de sua mãe, simples e de chiffon com saia rodada, que estava sendo conservado no guarda-roupa de Donna há quase três décadas. Mas quando ela o experimentou o zíper não quis subir. Donna sempre tinha usado 38, e, apesar de Bee lutar para manter o corpinho que tinha na faculdade, agora estava satisfeita com seu tamanho 40.

Agora Bee não estava usando nada além de uma calcinha branca de renda, sutiã sem alças e uma meia-calça modeladora que tirava uns 2,5 centímetros de sua silhueta. A cintura da meia-calça ficava acima de seu umbigo, apertando o corpo como um maiô. Seu cabelo estava preso em um coque feito de tranças, o que para Hannah parecia terrivelmente desconfortável e inapropriadamente sério.

Hannah amava os cabelos loiros avermelhados de Bee, especialmente quando eles estavam soltos sobre os ombros, despenteados e leves. Ela nunca entendeu por que as noivas sempre tinham de usar um penteado complicado e apertado. Hannah lembrou da maneira como os mortos pareciam no caixão — com maquiagem demais e irreconhecíveis mesmo para as pessoas que melhor os conheciam.

Bee estava cercada por outras duas madrinhas, Jackie e Lisa, que, como Hannah, já estavam em seus vestidos longos e com o cabelo esticado pela chapinha. Elas discutiam a melhor maneira de fazer Bee entrar no vestido sem estragar seu penteado de princesa.

— E se ela pular dentro dele? — Lisa, a madrinha passiva, sugeriu.

— Não! — Jackie, a madrinha mandona, respondeu agressivamente. — Se ela pular, corre o risco de pisar no vestido ou deixá-lo sujo. Vai ter que passar pela cabeça dela.

— A mulher que me vendeu me mandou pular dentro — Bee disse, atenciosamente. — E pelo jeito esse piso está bem limpo. Mas... Talvez Jackie tenha razão. Vamos passar o vestido pela minha cabeça, mas bem devagarinho.

Quando Bee pediu ajuda para colocar o vestido, uma tarefa que requereria a ajuda de duas pessoas, Hannah preferiu ficar com Dawn — Hannah achou que ela gostaria de ter sua própria mucama para ajudá-la a se vestir.

O vestido de Dawn não era como o das outras madrinhas. Tudo bem que era um vestido frente única preto, com cintura alta e decote generoso, como os outros, mas, ao contrário do uniforme de Hannah, o vestido de Dawn trazia um laço todo ornamentado na cintura e uma pequena cauda de cetim. Hannah nunca tinha visto uma madrinha principal com um vestido diferente do das outras. Ela ficou pensando se era uma tradição de casamento sulista ou se era uma modinha nova. Com nada a fazer senão jogar conversa fora, ela se atreveu a fazer perguntas sobre o figurino de Dawn.

— Eu não sabia que a madrinha principal tinha de usar um vestido diferente. É assim que vocês fazem aqui no sul? Nunca tinha visto isso antes.

— Onde eu cresci — Dawn disse lentamente, enfatizando seu sotaque arrastado de Reese Witherspoon —, as madrinhas podiam ter vestidos diferentes.

— Onde foi que você cresceu? — Hannah perguntou, incapaz de controlar a tensão em sua voz.

— Em Roanoke — Dawn respondeu, rispidamente.

— E onde fica isso? — Hannah quis saber, se arrependendo no mesmo segundo pela pergunta, que poderia ser interpretada como um insulto.

— Na Virgínia. A umas duas horas de Richmond. Você fugiu da aula de geografia, querida?

Dawn deu um de seus sorrisos de debutante.

— Eu sou ruim de geografia — Hannah disse, tentando salvar a situação rapidamente com a voz mais dócil e feminina que conseguiu produzir. Ela olhou para o celular de novo, primeiro para garantir que não havia perdido uma mensagem sobre Natalie Portman e depois para ver que horas eram. Faltava menos de meia hora para o casamento. Expirou, exausta, e deixou que seus olhos encontrassem os de Dawn. — E, Dawn, eu também sou bem ruim com maquiagem; então, se você quiser passar o lápis para olhos em mim, fique à vontade. Você é profissional.

— Não sou só uma profissional, querida. Sou a melhor! — Dawn disse, ajustando sua cinta modeladora bege, que se estendia da metade da coxa até o complicado sutiã frente única e que não parecia incomodá-la nem um pouco. Sobre a cinta ela usava apenas uma camiseta que dizia: "Lady Tar Heel", o nome de um time de basquete feminino.

— Quando eu terminar a sua maquiagem — Dawn continuou —, Tom vai cair de joelhos, implorando o seu perdão.

Hannah sentiu um arrepio ao ouvir o som do nome de Tom. Ela estalou alguns dedos.

— Eu não quero que Tom fique de joelhos — Hannah disse, de modo nada convincente, a voz começando a tremer. — Não quero voltar com ele. Não estou nem aí para o que ele acha. A Bee está fazendo uma tempestade em copo d'água com isso tudo.

Tratava-se de uma mentira parcial. Quando Hannah fantasiou sobre o casamento de Bee, onde veria Tom pela primeira vez desde que haviam terminado o namoro, dois anos e meio antes, ela não se via reatando com ele, pelo menos não de uma hora para outra.

Depois de terminarem, Hannah esperou durante um ano e pouco que Tom voltasse para ela, mas aquele desejo tinha se transformado em uma série de fantasias de vingança e rejeição, que começaram a parecer quase plausíveis depois que ficou bem claro que eles se encontrariam no casamento de Bee. Hannah estaria toda arrumada, confiante e cercada por seus amigos em comum que sentiam saudade de conviver com os dois como um casal.

Hannah gostava de imaginar que Tom a enxergaria no meio do salão na recepção de Bee e se sentiria atraído por ela como na vez em que se conheceram, no segundo ano da faculdade.

Tom notaria que ela tinha parado de fazer reflexos no cabelo, que na verdade tinha uma bonita cor natural de chocolate, que finalmente combinava com suas sobrancelhas. Ele veria também que ela tinha perdido aqueles 10 quilos que ganhara depois da formatura, pelos quais Hannah estava convencida de que Tom a havia deixado, embora ele tenha dito tantas vezes que não tinha nada a ver. Tom se veria desarmado pela confiança recém-adquirida de Hannah, intimidado por sua postura. Ele saberia por Bee, ou talvez por Vicki, que Hannah havia sido contratada como diretora de elenco em um estúdio famoso, que produzia comerciais de extensão nacional e filmes sérios, de verdade. Chega de teatro com orçamento pobre. Chega de caçar atores para estrelar vídeos de hospitais sobre o diabetes.

Pouco tempo antes de terminarem, Tom havia dito que Hannah estava se traindo com aqueles trabalhos para vídeos corporativos, e que não fazia sentido montar um elenco para projetos que não tinham o entretenimento como objetivo. "Você não está feliz de verdade", ele dissera ela durante a briga de quatro dias que resultou no fim do relacionamento. "Você mesma disse: é um trabalho sem sentido."

No entanto, anos mais tarde aqueles trabalhos terríveis tinham valido a pena. Os diretores mais jovens — cujas primeiras oportunidades apareceram em produções teatrais "pobrinhas", como um *tour* de *Scooby Doo: O Musical* — e aqueles que receberam os primeiros salários produzindo vídeos sobre assédio sexual para grandes empresas agora estavam dirigindo filmes de verdade. Eles se lembraram de Hannah e a contrataram por lealdade, exatamente como tinham prometido que fariam quando a conheceram — e ela ainda tinha vinte e poucos anos.

Foi assim que Hannah conseguiu esse novo trabalho, aquele que esperava que Natalie Portman estrelasse. A diretora do filme havia trabalhado com Hannah quatro anos antes em um comercial regional de uma marca de carros. Agora ela estava dirigindo um filme com um orçamento de seis milhões de dólares.

Tom estava errado: aqueles trabalhos horríveis tinham levado Hannah exatamente para onde ela queria estar quase aos trinta anos. Rob era quem tinha acertado. Ele era quem tinha mandado *e-mails* inspiradores dizendo para Hannah não sair de Nova York e entrar de cabeça no trabalho. Ele tinha enviado até um bilhete engraçado depois de assistir ao primeiro comercial dela para a televisão com atores do *Screen Actors Guild*.

"Elenco perfeito para o comercial de absorvente interno", ele tinha dito em seu breve *e-mail*, "Eu acreditei mesmo que aquela mulher morre de medo de ter um vazamento. Fiquei com medo por ela. Mesmo. Parabéns."

Na fantasia de Hannah sobre o casamento de Bee, ela e Tom não trocariam uma palavra durante a recepção. Eles se olhariam, um de cada lado do salão. Eles deixariam bem claro que um havia notado a presença do outro. Mas não haveria contato até o final da festa, quando Tom viria bater à porta do quarto de hotel de Hannah implorando uma reconciliação. Ele engoliria tudo o que tinha dito para ela na noite em que saiu de casa, quando falou que achava que não era capaz de ser esposa de alguém. Ele diria a ela que tinha cometido um grande erro ao deixar Nova York e que não acreditava mais ser tão importante assim ficar perto de sua família em Boston. Ele diria que a Nova Inglaterra era pequena e puritana demais e que sentia falta de jantar com Hannah nos restaurantes metidos a besta do East Village e depois assistir a produções teatrais bem longe da Broadway, estreladas pelos atores amigos dela, apesar de Tom ter reclamado tanto desses programas quando morava com ela.

Tom diria que a pior noite da vida dela — a noite em que ele foi embora — também havia sido a pior noite da vida dele, e que, depois que sua irmã veio correndo de Boston para carregar o carro com suas coisas e ajudá-lo a se mudar para o norte, ele quase se deu conta, no mesmo momento, que havia perdido seu porto seguro na vida e também sua melhor amiga. Ele diria a Hannah que pensava nela todos os dias, principalmente antes de adormecer; todas as noites.

Nessa fantasia, Tom seria interpretado por Paul Rudd, Hannah decidiu. Paul Rudd era uns dez anos mais velho que Tom, mas ainda parecia jovem o bastante para se passar por um cara de vinte e poucos anos. E a escolha do elenco agradaria a todas as mulheres da idade de Hannah, que tinham sido fãs de *As Patricinhas de Beverly Hills*, ela pensou, garantindo o sucesso na bilheteria.

Depois de aparecer no seu quarto de hotel, Tom, ou Paul Rudd, dependendo da versão da fantasia de Hannah, tentaria passar a cabeça pela porta, depois que Hannah a abrisse, virando o rosto para o lado a fim de que seus lábios se encontrassem mais facilmente, mas Hannah colocaria a mão sobre o peito dele para impedi-lo.

— Agora é tarde demais — ela, ou talvez Emily Blunt, ou Kristen Stewart, diria em um tom seco.

— Não diga isso — Tom ou Paul Rudd responderia, quase choramingando.

Num dia bom, Hannah interromperia a fantasia bem ali. Ela resolveria a cena se imaginando fechar a porta fictícia do quarto de hotel na cara dele. Às vezes ela chegava ao ponto de inventar um namorado novo, que estaria à sua espera em sua cama fictícia do quarto de hotel. O mais estranho é que, na fantasia de Hannah, o namorado novo também era interpretado por Paul Rudd. Hannah ainda não havia pensando em quem escalar.

É claro que às vezes ficava difícil se comportar. Às vezes ela não queria terminar a fantasia com a rejeição segura do namorado de faculdade que a tinha deixado para trás. Às vezes, ao imaginar essa cena, ela imaginava um final em que puxava Tom porta adentro pela gravata e fazia amor com ele na cama do quarto de hotel, gemendo e agarrando os travesseiros. Geralmente ela imaginava Tom como ele mesmo nesses momentos. Ela não via Paul Rudd como o tipo de cara que gemia nem agarrava travesseiros.

Hannah estava satisfeita com qualquer um dos dois resultados fictícios, rejeitando Tom ou fazendo sexo cinematográfico com ele. Rodar uma fantasia ou outra em sua cabeça a havia ajudado a dormir nos últimos meses. E com certeza havia tornado mais fácil encarar a rotina de dieta e exercícios de preparação para o casamento.

É claro que, mesmo depois de perder peso, ganhar um corte de cabelo carérrimo e de passar pela manicure com as outras madrinhas naquela manhã, Hannah achava que parecia terrivelmente mal-arrumada em comparação à madrinha principal, radiante e pronta para sorrir para a câmera. Tecnicamente, Dawn era apenas a mulher de um dos colegas da faculdade de Direito de Bee, mas era parte do grupo que havia se tornado a segunda família da noiva depois que ela se formou.

Agora Bee era advogada. E sulista. A menina tímida e mais estudiosa da turma de Hannah na Universidade de Syracuse cumpriu a promessa feita à sua família de se tornar advogada, como seu pai, e se casar antes de chegar aos trinta anos. A única decisão surpreendente de Bee depois de se formar foi se casar com Matt, que, ao contrário da família de Bee, era estourado e emotivo.

Bee se apaixonou por Matt Fee durante o primeiro ano da faculdade de Direito na Universidade da Carolina do Norte, em Chapel Hill. Ela queria se especializar em Direito Imobiliário. Ele se tornaria o advogado interno da empresa de granito de sua família assim que passasse no exame da ordem. Ao se casar com Matt e mudar seu sobrenome — o que ela realmente planejava fazer —, Bee se tornaria Bee Fee. Mas nem aquilo parecia incomodá-la.

— Bee não é meu nome de verdade — Bee disse a Hannah pouco depois que o noivado foi anunciado. — Meu nome é Beth, lembra? Então vai ficar Beth Fee.

— Mas ninguém te chama de Beth, Bee — Hannah respondeu secamente ao telefone. — Bee Fee? Quem quer ter uma advogada chamada Bee Fee? Fica parecendo "bife". Ai, dá para continuar com seu nome de solteira?

— Vou usar meu nome de solteira como nome do meio. Beth Evans Fee. Assim continuo sendo Bee. E só Evans, em vez de Eleanor.

— Aff, Bee, mas soa tão idiota. Bee Fee, advogada.

— Hannah, dá pra não estragar, por favor?

— Tá — Hannah havia concordado, sussurrando um último "Bee Fee" para si mesma.

Bee só havia mencionado sua amiga Dawn para Hannah algumas vezes durante o ano passado, e foi por isso que Hannah ficou surpresa ao saber que a esposa muito mais nova de um dos colegas de Bee da faculdade de Direito tinha ganhado a posição de madrinha principal tão rapidamente.

Ao notar a desconfiança de Hannah em relação a Dawn em uma conversa ao telefone, Bee tentou justificar a rápida promoção de sua nova amiga.

— A questão aqui não é quem é a minha melhor amiga, Hannah. Você sabe que é mais importante na minha vida, mas eu preciso de alguém que possa me ajudar com as tarefas de madrinha, tipo sair para comprar as coisas, preparar o chá de cozinha. Você odeia essas coisas, planejar festinhas cheias de firulas. Mas a Dawn ama. Ela vive para isso.

— Não estou ofendida, Bee. Não preciso ser a madrinha principal. E odeio essas coisas mesmo, com todas as minhas forças. Mas e a Jackie? Vocês se conhecem desde que nasceram. Ela não vai ficar triste?

— Jackie odeia esse tipo de coisa também. Pelo menos agora que está solteira. Eu não tive coragem de deixar os detalhes do meu casamento nas mãos dela. Parecia... Insensível pedir para ela planejar o grande de dia de outra pessoa depois do jeito terrível como o namoro dela terminou. E você vai ver: a Dawn é boa nisso. Esse tipo de trabalho é a cara dela.

Como Hannah constatou rapidamente, lidar com vestidos, lápis de olho e tarefas cerimoniais era mesmo a cara de Dawn. Com vinte e três anos e orgulhosa por ter nascido em Roanoke, Dawn era uma técnica profissional de concursos de beleza: ela treinava meninas para competir em concursos de *miss*. As famílias que gostariam que suas filhas tivessem mais chances durante a competição pagavam milhares de dólares a Dawn por dicas e lições de etiqueta. Dawn ensinava as mocinhas a se arrumar e a se maquiar sozinhas, e também a desfilar. Ela as ajudava a escolher os trajes para a competição, de vestidos de gala a biquínis bem-comportados, mas que ainda permitissem um decote. Ela também ajudava as meninas em suas provas de "talento", mesmo que elas não tivessem talento algum. Ela fazia provas orais, de surpresa, sobre os sonhos e aspirações das moças, porque alguém ia perguntar aquilo mesmo em algum ponto da competição.

— Nunca fale de política — Dawn aconselhava. — Nunca nem mencione "a paz mundial". Você tem que escolher uma bandeira de verdade e insistir nela. Recomendo alguma coisa que tenha a ver com animais ou famílias de militares, ainda mais aqui na Virgínia.

Dawn não tinha feito faculdade. Ela começou seu próprio negócio de consultoria-de-uma-mulher-só assim que ficou velha demais para competir nos concursos ela mesma. Quando fez vinte anos, já tinha dinheiro o bastante para comprar um Ford Expedition creme, com uma placa de identificação personalizada: BLZ 2012.

— Posso ser sincera com você? — Dawn disse a Hannah quando as duas se viram pela primeira vez, na despedida de solteira de Bee, dois meses antes.

Bee e suas madrinhas haviam chegado uma por uma, vindas de suas cidades natais na Costa Leste, e se reunido no bar do lobby do hotel Atlantic City Hilton, onde passariam a noite. Hannah, que estava chocada pela profissão de Dawn desde que Bee havia revelado a informação em uma conversa ao telefone, não aguentou e teve de perguntar por que é que candidatas de concursos de beleza precisavam de ajuda — quer dizer, além da ajuda de um terapeuta, é claro.

— Ser técnica de concurso de beleza não é o que você está pensando — Dawn respondeu, fingindo ignorar o tom da pergunta de Hannah. — Você fica ao lado dessas meninas do começo ao fim, e isso pode levar meses e meses. É como ser mãe delas, juro por Deus. Você acompanha o planejamento conceitual. Você vai junto fazer compras. Você ajuda a manter o peso. Você ajuda com os sapatos de salto e os penteados. Você treina o discurso delas. É como se você fosse uma fada-madrinha. E então, quando elas ganham, tudo o que fazem é correr para os seus braços.

— Então você é tipo uma fada-madrinha que exige que elas percam peso? — Hannah perguntou, já meio tonta depois de duas taças de Riesling, fazendo com que Bee lançasse um olhar de reprovação lá do outro lado da mesa.

— Eu não mando ninguém emagrecer — Dawn respondeu calmamente, antes de dar um gole em seu martíni fluorescente. — As meninas querem mais é ficar tão bonitas quanto podem ser. Algumas não precisam perder peso antes do grande dia. Outras precisam.

Hannah aceitou essa resposta fazendo que sim com a cabeça e deixou que seus olhos vasculhassem a porta de entrada do hotel. Ela estava esperando ansiosamente pela chegada de Jackie, a melhor amiga de Bee no Ensino Médio, em Maryland.

Não que Hannah conhecesse Jackie muito bem. Mas, à primeira vista, Dawn, a madrinha principal misteriosa, tinha lhe parecido tão loira, tão sulista e tão rebocada de blush e sombra que Hannah sentiu necessidade de ver os cachos castanhos e a pele pálida de Jackie.

A última vez que Hannah tinha visto Jackie havia sido na festa de 25 anos de Bee, alguns anos antes. Ela e Jackie passaram a maior parte da noite tirando uma da cara de todo mundo no bar. Hannah adorou de verdade a companhia de Jackie, pelo menos enquanto estava bêbada. Ela escalaria Julia Stiles para o papel de Jackie, porque, apesar de a atriz ser loira, tinha o mesmo sorrisinho de lado e a mesma voz rouca da amiga de Bee.

Bee e Jackie se conheciam desde bebês. Elas dividiram um beliche no acampamento de verão em Maine por seis anos consecutivos e jogaram tênis em dupla no Ensino Médio. Foram ao baile de formatura acompanhadas por irmãos gêmeos, Chris e Ed Shanahan. Também foram as primeiras a ligar uma para a outra quando perderam a virgindade, no primeiro ano da faculdade.

No entanto, elas haviam se distanciado ao chegarem mais perto dos trinta, e foi por isso que Jackie perdeu o posto de madrinha principal. Kevin, namorado de Jackie de muitos anos, tinha colocado vários chifres bem indiscretos nela antes de finalmente ir embora no ano anterior. Desde a separação, Jackie andava meio indiferente e até um pouco cruel com as amigas — principalmente Bee — que estavam apaixonadas e felizes.

No bar em Atlantic City, na noite da despedida de solteira, Bee contou a história de Jackie e Kevin para que todas as madrinhas soubessem o que esperar de sua amiga mais antiga, mais querida e também meio distante, que ainda estava por chegar.

Enquanto as mulheres se debruçavam sobre seus coquetéis, Bee explicou que Jackie se formou em finanças e agora investigava fraudes corporativas. Sua empresa, que tinha um escritório em um arranha-céu no Distrito Financeiro de Nova York, era contratada por executivos de grandes companhias para descobrir se seus funcionários estavam usando os cartões de crédito corporativos para fins suspeitos. Jackie havia economizado milhões para seus clientes ao desmascarar os homens de negócios que tinham usado o *American Express* da firma para pagar o conserto de seus carros particulares ou a conta de restaurantes caros. Uma vez ela pegou um executivo que usava o cartão da empresa para pagar a mensalidade de trinta mil dólares da escola dos filhos.

Quando estava na faculdade, Jackie tinha namorado com Kevin, que depois se mudou com ela para Nova York. O relacionamento era feliz e calmo, e ela tinha certeza de que eles iriam se casar — até descobrir que Kevin não apenas a tinha traído com uma colega do trabalho dela, mas que também tinha feito um cartão de crédito no nome de Jackie sem que ela soubesse.

De acordo com Bee, Jackie ainda estava pagando uma conta de vinte e seis mil dólares, um rombo aberto por Kevin ao pagar dívidas antigas da faculdade, comprar brinquedos de que não precisava e levar a outra para almoçar em encontros secretos.

Jackie havia descoberto a fraude de Kevin do jeito mais básico, quando uma empresa de cartões de crédito — com a qual ela lidava frequentemente nas investigações no trabalho — ligou para ela para informar que o pagamento da fatura estava com dois meses de atraso. Ela explicou que não tinha cartão de crédito daquela companhia, que deveria ser um erro. O representante leu os quatro últimos números do CPF dela e também sua data de nascimento, e então deu os detalhes de seu saldo estratosférico. Jackie achou que estava sendo vítima de uma fraude até o representante da empresa começar a ler uma lista dos itens comprados com o cartão: o Xbox, que agora estava no chão de sua sala de visitas, e os tênis de corrida verde brilhantes, supostamente aerodinâmicos, que Kevin havia trazido para casa no mês anterior.

Quando Jackie confrontou Kevin e falou sobre o telefonema, ele disse que havia desenvolvido uma mania secreta de fazer compras porque estava deprimido. Ele prometeu que procuraria ajuda profissional e garantiu que o mau comportamento era resultado de um desequilíbrio químico que era normal na família dele.

Depois da sexta sessão de terapia de Kevin, ele foi para casa correndo, explicou a Jackie que ela era "permissiva" e disse que tinha de sair daquele apartamento pelo bem de sua saúde mental. Ele prometeu pagar as faturas do cartão depois de sair dali, mas ela nunca viu a cor do dinheiro. Ele nem se preocupou em mudar seu endereço de correspondência. Jackie assumiu a responsabilidade do restante da fatura sem tentar entrar em contato com ele. Ela havia chegado à conclusão de que merecia pagar por não ter sido capaz de notar o único crime que havia sido treinada para identificar.

Um ano depois da separação, Jackie estava mais reservada e cínica que nunca, de acordo com Bee, que contou sua história para Hannah e as outras madrinhas naquele bar de hotel como se fosse um caso de mistério. Ela narrou tudo em voz baixa e dramática, com os olhos arregalados. Hannah imaginou Bee segurando uma lanterna sob o queixo.

Bee explicou que, quando pediu para Jackie ser sua madrinha, a velha amiga aceitou, mas só depois de uma pausa bem longa. Bee admitiu que às vezes pensava se o desastre do cartão de crédito e da traição havia tornado Jackie incapaz de comemorar a felicidade de qualquer outra pessoa.

— De repente demora mais que alguns meses para superar esse tipo de perda e de traição — Hannah respondeu secamente na direção de Bee depois de ouvir a triste história de Jackie ser contada naquele bar de hotel. — O cara ir embora de repente... Isso pode acabar com a pessoa — Hannah continuou, talvez revelando muito sobre ela mesma para as outras madrinhas de Bee, que eram todas casadas ou noivas.

Hannah tinha imaginado que ela e Jackie se dariam superbem durante o fim de semana da despedida de solteira e no casamento em Annapolis. Elas seriam as únicas nova-iorquinas da festa e as únicas solteiras também. Mas, depois de algumas horas em Atlantic City, ficou bem claro que Jackie não estava nem aí para a camaradagem de Hannah e que tinha pouquíssimo interesse nas tarefas de madrinha em geral. Além disso, Jackie já estava de namorado novo. Quando a investigadora de fraudes finalmente se juntou às outras mulheres no bar do hotel, explicou que estava namorando um cara novo — um otorrinolaringologista chamado Will. E ele iria ao casamento com ela. Quando Bee perguntou, toda animada, se o negócio era sério, Jackie simplesmente deu de ombros.

Horas depois do jantar da despedida de solteira, quando Bee já estava caindo de bêbada em um lugar chamado "Balada do Sorriso" e Dawn, movida a bateria, ainda exigia que todas ficassem por ali por ao menos mais uma hora, Hannah pediu apoio a Jackie, uma voz da razão para levar o grupo de volta ao hotel para que a noiva, que já estava babando, pudesse vomitar e dormir um pouco.

Antes que Hannah pedisse o conselho de Jackie, para que elas pudessem vencer Dawn como uma dupla, a investigadora de fraudes anunciou que estava com dor de cabeça e que voltaria para o hotel mais cedo.

— Mas vocês, meninas, podem ficar aí. E divirtam-se! — ela disse, sem olhar nos olhos de Hannah, que a encarou sem poder acreditar.

Hannah jogou a cabeça para trás, furiosa com a traição silenciosa. Sem a dissidência de Jackie, Dawn conseguiu arrastar o grupo para dois outros bares, onde paquerou moços de boné, deixando Hannah responsável por Bee, que já estava trêbada e só conseguia resmungar frases como "Você acha que eu e o Matt vamos nos divorciar?" e "Você acha que ele vai me trair?".

Hannah tentou discutir com Dawn, que tinha tanta energia às onze da noite quanto cinco horas antes, quando a mulherada começou a beber.

— Dawn — Hannah disse, tentando ser o mais educada possível —, acho que a Bee vai vomitar. Acho melhor levá-la de volta para o hotel.

— Querida — Dawn respondeu, batendo palmas duas vezes em frente ao rosto pálido de Bee —, força na peruca!

— Posso ser sincera com você? — Dawn berrou, dessa vez dirigindo seu comentário para Hannah. — Essa é uma das últimas noites de liberdade da Bee. Ela não vai gostar nada se acordar amanhã e descobrir que foi dormir à meia-noite.

Passaram-se mais oitenta minutos antes de Dawn deixar o grupo voltar para o hotel. E foi só porque Bee vomitou nela mesma no bar — pelo jeito, a peruca dela não era lá muito forte.

Dawn saiu correndo da balada para tentar arrumar um táxi assim que Bee começou a fazer cena. Lisa, a madrinha tímida, saiu correndo atrás dela, enquanto Dawn berrava por cima do ombro para Hannah, "Boa sorte! Agora ela é toda sua!".

Hannah levou vinte minutos para limpar a sujeira de Bee e deixá-la apresentável para que pudessem sair do bar. Lá fora, Hannah segurou Bee pela cintura e fez carinho em suas costas. Enquanto isso, a futura noiva vomitava em um bueiro de Atlantic City. Quando Hannah teve certeza de que Bee já tinha esvaziado o estômago, fez sinal para um táxi na rua e ajudou a amiga a entrar no carro.

O motorista bateu a cabeça no encosto de seu banco ao ver a expressão de náusea de Bee no espelho retrovisor.

— É melhor ela não vomitar — ele disse. — Se vomitar, serão mais duzentos dólares.

— Ela vão vai — Hannah disse, enquanto Bee engolia a saliva e fazia uma careta.

Bee quase não resistiu até o final da corrida. Ela vomitou nos pés de Hannah assim que as duas saíram do táxi, e então deu um abraço na amiga.

Hannah segurou Bee com força, ignorando a sujeira em seus sapatos, e então a levou devagarinho para o lobby do hotel, que estava mais cheio após a meia-noite do que Hannah esperava, mesmo para uma cidade cheia de cassinos. Sem querer perder o suéter que Bee estava usando, de caxemira e que deveria ter custado uma nota, Hannah não largou a blusa encharcada de vômito, mantendo-a enrolada na mão esquerda. Ela usou a mão direita para segurar Bee pelo cotovelo direito, primeiro ajudando a amiga a se manter ereta, e então para guiá-la, passando pela recepção e chegando ao elevador.

Alguns passos depois, a blusa tomara que caia de Bee fez jus ao nome.

Provavelmente, Hannah pensou, a blusa já estava meio larga por causa de todo o peso que Bee havia perdido para o casamento. Hannah deu aquele sorriso amarelo quando todo mundo ficou de queixo caído. Bee estava sem sutiã, e, com o tomara que caia já na barriga, dava para ver tudo. Três caras que ainda deveriam estar na faculdade mal podiam acreditar que havia uma mulher de peitos de fora na sua frente no *lobby* do hotel.

— Cacete! — disse um deles, sorrindo.

O segundo moço, que estava usando um moletom de Rutgers (a Universidade de Nova Jersey), até pegou o celular para tirar uma foto de Bee. Hannah parou de repente e encarou o menino.

— Juro por Deus que, se você tirar uma foto dela, vou pegar esse celular e enfiar você sabe onde! — Hannah disse, feliz por poder extravasar um pouco de sua raiva, que na verdade deveria ser descarregada na mandona da Dawn e na egoísta da Jackie. O cara abaixou o celular e olhou para o chão: pelo jeito a bronca surtiu um pouco de efeito. Seus amigos estavam quase caindo no chão de tanto rir, bêbados.

Bee olhou para os seios descobertos e deu uma risadinha para os meninos.

— Estou pelada, Hannah.

— Eu sei, Bee — Hannah respondeu, gentilmente.

— Meus mamilos — Bee disse quando estavam quase chegando ao elevador.

— É, você tem dois — Hannah respondeu. — Dois mamilos. E devidamente reconhecidos.

Elas pegaram o elevador para o 11º andar com dois homens de terno, que pelo jeito estavam em uma viagem de negócios. Hannah tentou pela segunda vez erguer o tomara que caia de Bee para cobrir seus seios, mas a blusa caiu de novo quase instantaneamente.

— Noite boa, né? — Hannah disse para os dois com um meio sorriso, desistindo.

— É... — disse o mais alto dos dois, sem tirar os olhos dos peitos à sua frente. — Até que não está frio demais. — E então os dois olharam para o chão, com o rosto vermelho.

Quando Hannah voltou para o quarto e abriu a porta com tudo, ainda com uma mão levando Bee pelo cotovelo, Dawn e Lisa já estavam de pijama, sentadas sobre uma das camas, assistindo ao David Letterman. Cheia de raiva, Hannah levou a amiga meio pelada direto para o banheiro e bateu a porta.

Alguns minutos depois de ficar sentada na beirada da banheira, segurando a cabeça de Bee sobre a privada, Hannah ouviu Lisa, a madrinha da faculdade de Direito que mal tinha dito uma palavra a noite inteira, bater levemente na porta.

— Você precisa de alguma coisa, Hannah? A gente comprou *cookies* e umas batatinhas no caminho de volta para o hotel e ainda tem um pouco. Também tem refrigerante e água.

— Não! — Hannah respondeu, com ódio, quase se arrependendo de seu tom no mesmo instante. Ela estava brava com Dawn e Jackie, e não com Lisa, tão dócil, que Hannah achava que deveria ser uma boa pessoa. Lisa era passiva e inútil, provavelmente uma péssima advogada, mas, mesmo assim, boazinha. Hannah decidiu que ela seria interpretada por Katie Holmes.

Hannah esperou até Bee vomitar mais duas vezes e, então, levou a amiga para a banheira. Tirou o que restava das roupas de Bee, jogando a calça jeans cara e a calcinha branca para o outro lado do banheiro. Então abriu a torneira, que jorrou água gelada. Bee resmungou.

— Fica aí — Hannah disse. — Vai esquentar em dois segundos.

— Você não precisa fazer isso — Bee disse. Ela já estava se sentindo mais sóbria. Seus olhos estavam menos vidrados. Ela olhou para Hannah, agradecida.

— Claro que preciso — Hannah respondeu, se sentando no chão do banheiro, com as costas contra a parede. — Você fez isso por mim.

— Eu? — Bee perguntou, confusa.

— Duas vezes. Você cuidou de mim no segundo ano da faculdade, no apartamento de Matt Dorfman, quando vomitei no meu colo. E eu acho que meu vômito era até mais nojento que esse, se isso for possível. E outra vez, uns anos atrás, depois que eu e Tom terminamos.

— Eu não lembro de você ter vomitado depois de o Tom ir embora — Bee deu um soluço.

— Eu estava vomitando emocionalmente — Hannah explicou em

voz baixa, lembrando-se daquela noite. — Eu te liguei depois que o Tom e a irmã foram embora com todas as coisas dele, e você veio de carro lá da casa dos seus pais, em Maryland. Você limpou meu apartamento enquanto eu chorava e assistia a uma temporada inteira de *Lost*, e ficou comigo por uma semana até eu conseguir dormir sozinha de novo.

Bee deu um sorrisinho, esfregando os braços com a água quente.

— Mas é claro que fiquei — ela disse cheia de orgulho, engolindo um arroto. — Me passa a pasta de dente?

— Claro — Hannah disse, esticando o braço para a pia e pegando o pequeno tubo de Colgate do *nécessaire* de Bee.

— Hannah? — Bee perguntou enquanto apertava o tubo para colocar um pingo verde de pasta no dedo e enfiando o dedo na boca. — Você acha que Matt é um cara legal? Quer dizer, você acha que a gente vai ser feliz?

Hannah virou a cabeça para o lado e sorriu, confiante.

— Bee, ele não é o seu pai. Você não é a sua mãe. É um casamento totalmente diferente. É o seu casamento, e não o deles.

Ao final desse longo processo, Bee já vestia um pijama limpo, já passava das duas da manhã e as outras madrinhas estavam dormindo e respirando alto. Jackie e Dawn ocupavam as duas camas de casal, enquanto Lisa ressonava desconfortavelmente no chão, em frente à TV. Hannah viu que a única cama de armar havia sido montada, mas estava vazia. Provavelmente Lisa a havia deixado reservada para a futura noiva coberta de vômito. Vou ser mais boazinha com Katie Holmes, Hannah pensou ao ver Lisa tentar dormir sem cobertor sobre o carpete do hotel.

Hannah ajudou Bee a se deitar na pequena cama de armar e se deitou no chão ao lado de Lisa, que abriu os olhos brevemente, o suficiente para Hannah dizer:

— Desculpe por ter gritado com você, Lisa. É que eu estava coberta de vômito.

As duas madrinhas sorriram.

Minutos depois de ficarem tremendo, sem cobertor, as duas se aproximaram e se deitaram de conchinha. Hannah pensou em Tom por um momento, como muitas vezes antes de cair no sono. Ela se permitiu imaginar que ele é que estava ao lado dela, e não uma madrinha que ela mal conhecia. Hannah tentou bloquear a silhueta feminina de Lisa e ficou pensando nos ombros largos de Tom ao suspirar no escuro e fechar os olhos.

Na manhã seguinte, Hannah decidiu seguir a linha "dócil, porém sábia", de Lisa. Dawn podia ser uma técnica de concursos de beleza egoísta, mas, no contexto do casamento de Bee, era melhor obedecê-la que desafiá-la. Jackie poderia ser uma alfa mais compreensível — alguém que poderia ser amiga dela na vida real —, mas não oferecia nenhuma recompensa, nem compensação, por sua lealdade. Jackie simplesmente queria ficar em paz, e aquilo não trazia vantagem nenhuma para Hannah.

Hannah também admitiu para si mesma que, embora desprezasse Dawn das mais variadas maneiras, a técnica de concursos de beleza lhe parecia estranhamente familiar. E naquela manhã depois da festa de despedida de solteira, enquanto Hannah observava Dawn se arrumar meticulosamente antes de irem embora do hotel, Hannah percebeu o porquê. Em Nova York, Hannah estava quase sempre cercada de atores, pessoas bonitas e loucas por atenção que ela escalava para comerciais e filmes. Não eram amigos de verdade.

Hannah sabia que a maioria dos atores que a levavam a restaurantes e lhe davam ingressos grátis para o teatro só estava interessada em passar mais tempo com ela porque queria mais trabalho.

Mas Hannah tinha se acostumado a manter esses atores falsos por perto, principalmente depois que Tom foi embora. Eles sempre a convidavam para fazer alguma coisa nos fins de semana.

Nas festas, ela se deparava com a pior variedade deles. Ela encontrava um ator perversamente adorável e cheio de falsa moral, geralmente *gay*, e grudava nele. Era sua maneira de garantir que seria entretida a noite inteira e, ao mesmo tempo, de evitar se tornar o próximo alvo dele. Já no casamento de Bee, Dawn era a coisa mais próxima de um *gay* malvado e adorável que ela podia encontrar.

"Se eu pensar nela como uma *drag queen*, sabe que até gosto?", Hannah explicou para Vicki ao telefone depois do fim de semana da despedida de solteira. "Se ela fosse um *gay*, seria quase simpática."

"Tudo o que você está me dizendo soa meio preconceituoso. E essa tal de Dawn deve ser uma pessoa horrorosa", Vicki respondeu. "Me deixe bem longe dela em Annapolis. Não vou ser capaz de esquecer que ela é mulher. E com certeza não vou conseguir esquecer que a melhor amiga da Bee agora é uma rainha de concursos de beleza."

O negócio de rainha de concursos de beleza não incomodava mais Hannah. Se o seu objetivo era deixar Tom arrasado ao parecer a mulher ideal, alguém que poderia ser interpretado por Emily Blunt, ela precisava de ajuda profissional. Precisava de uma técnica de concursos de beleza.

Agora, no clube de campo em Annapolis, sentada como um cachorrinho ao lado de Dawn, Hannah observava enquanto a madrinha principal abria mais uma maleta de cor pastel cheia de maquiagem. Na lateral da maleta estava grudado um adesivo que dizia: MRV.

— O que isso quer dizer? — Hannah perguntou, colocando o cabelo atrás da orelha para que Dawn pudesse ver seu rosto melhor.

— Miss Roanoke Valley. Eu ganhei — Dawn respondeu, cheia de orgulho. — Também fiquei em segundo lugar no concurso de Miss Virgínia.

— Uau! — Hannah exclamou, surpresa consigo mesma por ter ficado sinceramente impressionada. — Mas não é estranho? Bom, quer dizer, quando você era criança, queria participar desses concursos ou a sua mãe é que te obrigava? Não que isso seja errado — Hannah completou, deixando a pergunta mais amigável. — Mas parece pressão demais para uma menininha.

— Posso ser sincera com você? Olha, de verdade, eu adorava. Eu nasci para aquilo. Eu sei que a mídia faz tudo parecer terrível — o incidente com JonBénet[2] não ajudou —, mas na verdade é todo um lance de autoestima e caráter feminino. O grande lance é se amar.

— Entendi — Hannah respondeu, em voz baixa. — Dawn... — ela continuou, mudando de assunto. — Eu quero ficar bonita e confio em você, mas não quero ficar arrumadinha demais. Não consigo. Por favor, não me deixe ficar... Você sabe... Perua demais.

Dawn virou os olhos.

— O que isso quer dizer?

— Acho que quer dizer nada de sombra azul calcinha. E talvez nada de *glitter* no corpo. Eu quero ficar bonita, mas não como se estivesse indo para um baile de debutantes. Quero parecer eu mesma, só que melhor.

Dawn sorriu.

— Só para você saber, a maquiagem de um baile de debutantes geralmente é bem sutil, viu? E o *glitter* corporal foi criado para dançarinas exóticas e prostitutas. Eu não uso, nem perdoo. Tá, querida?

Hannah deixou escapar um suspiro comprido e fez que sim com a cabeça. O casamento nem tinha começado direito e ela já estava exausta. Provavelmente, Tom já havia chegado à cidade, e talvez até estivesse a caminho do clube de campo. Ele estava com sua acompanhante, uma orientadora vocacional chamada Jaime.

— Querida, você está bem? — Dawn perguntou, de repente parecendo mais sincera do que Hannah poderia achar possível.

— Eu quero ele de volta, sim — Hannah disse, se surpreendendo ao perder o controle e com lágrimas encharcando de repente seus olhos ainda sem maquiagem.

— Querida. — Dawn respondeu, puxando Hannah para perto de seu peito. — Querida, ele vai voltar para você num instantinho. Você é maravilhosa.

---

[2] JonBenét Patricia Ramsey: rainha de concursos de beleza para crianças nos Estados Unidos, assassinada aos seis anos de idade em sua casa, no Colorado, em 1996 (N. T.).

Vicki

— Você toca?

— Hum? — Vicki olhou para cima para ver um moleque adolescente apontando para o estojo preso às suas costas.

— Desculpa. Eu só estava pensando qual instrumento você toca. Que tipo de violão é?

— É só um Takamine acústico básico. Nada de especial — Vicki respondeu dando de ombros, com um meio sorriso.

— Você tem banda? — o menino continuou.

— Não. É só um passatempo. Gosto de tocar antes de dormir. Eu canto até cair no sono.

— Legal — o menino resmungou, e então foi se juntar a seus pais, que discutiam em voz baixa na porta da frente do hotel histórico.

Vicki tinha ensaiado algumas respostas para a pergunta sobre o violão, porque inevitavelmente alguém iria querer saber.

Geralmente era um homem ou mulher mais nova que queria saber. Mulheres da idade de Vicki, ou mais velhas, raramente se interessavam pelo estojo do violão. No máximo faziam cara feia, como se tivessem decidido que Vicki já era velha demais para carregar um instrumento nas costas.

Vicki imaginava que viajar com um violão nas costas deveria ser como estar grávida. Estranhos se sentiam no direito de dar sua opinião ou saber mais. Em vez de "Quantos meses?", o pessoal perguntava "Você tem banda?" ou "O que você toca?". E você tinha que responder alguma coisa.

Os ombros de Vicki ficaram tensos enquanto ela assistia ao funcionário do hotel passar o cartão de crédito para gastos eventuais. Ela não estava gostando nada de ficar ali. A Robert Johnson House era um belíssimo prédio de tijolo restaurado. De acordo com a placa na parede, tinha sido a residência da família Johnson nos anos 1700. Provavelmente, era o local perfeito para ter um gostinho, como turista, da capital de Maryland, a apenas alguns passos da beira-mar. Mas era uma enorme perda de dinheiro para Vicki, que tinha milhares de pontos de suas viagens a trabalho para usar na rede Marriott. Hannah era quem tinha exigido que se hospedassem ali.

— Eu sou madrinha. Tenho que me hospedar junto com os outros convidados — Hannah havia explicado para Vicki ao telefone. — A gente pode pegar um quarto na Robert Johnson House ou na Governor Calvert House. A Robert Johnson House parece menor e provavelmente é mais barata. Fala sério, Vicki, os dois lugares são lindos, pelo menos no *site*. E outra: você não está cansada dos Marriotts da vida?

— Na verdade, não — Vicki respondeu, honestamente. — Eu gosto de hotéis de rede. Parece que a gente está em casa. E não tem garantia nenhuma de que uma pousada antiga em Annapolis vai ter TV a cabo.

Agora que Vicki estava lá, podia ver que havia tirado conclusões injustas sobre aquilo que a pequena pousada poderia oferecer. A Robert Johnson House, que ficava ao lado de sua pousada-irmã, a Governor Calvert House, no State Circle, um quarteirão antigo e de ruas de paralelepípedos, havia sido atualizada com televisões de tela plana, perfeitas para programas da HBO. Vicki apertou os olhos para tentar confirmar o brilho de uma máquina de Coca-Cola a distância. Suspirou, aliviada. Talvez ela conseguisse convencer Hannah a voltar para o quarto mais cedo, comprar saquinhos de M&M's e assistir ao *Saturday Night Live*.

Com a chave de seu quarto na mão, Vicki pegou a alça de sua pequena mala com rodinhas e a arrastou passando em frente ao balcão principal, ansiosa para aproveitar a última hora de liberdade antes do casamento. Mas, antes que conseguisse sair do *lobby*, foi interrompida mais uma vez.

— Você toca? — perguntou o homem atrás dela.

— Sim — ela respondeu secamente, se virando com tudo para olhar para a cara dele.

Ela logo se acalmou, surpresa ao perceber com que tamanha facilidade o sorriso dele a desarmou. Ele era bochechudo e tinha um cabelo grisalho que desmentia seu sorriso de menino. Tinha uns quarenta ou cinquenta anos, era mais novo que os pais dela, mas não muito.

— Você é musicista? Vai fazer um *show*? Em um dos bares no centro? — o homem perguntou, esperançoso.

— Não, é só um passatempo. Estou aqui por causa de um casamento.

— Ah, que ótimo — o homem respondeu, com uma risadinha fraca. — Deixe-me adivinhar: é o casamento dos Evans-Fee?

Os ombros de Vicki ficaram tensos mais uma vez, fazendo o estojo do violão escorregar um pouco de suas costas.

— É. A Bee era uma das minhas melhores amigas na faculdade.

O homem deu outra risadinha nervosa. E então limpou a garganta:

— Eu sou o tio da Bee, Joe.

— Ah. Acho que a Bee já falou de você. Eu sou a Vicki. Fui colega de quarto da Bee no nosso primeiro ano em Syracuse. A gente é amiga até hoje.

O homem ficou olhando para ela como se Vicki tivesse dito algo ofensivo. Seu sorriso murchou. Ele ficou quieto, mal respirava, o corpo tenso como um troço eletrônico que ficou sem bateria. Vicki esperou, mas a expressão dele não mudou. Os olhos eram a única parte do corpo dele em movimento. Eles estudavam as feições faciais dela uma por uma, até pararem sobre os lábios de Vicki.

— A gente se vê na festa, então — Vicki disse, muito sem jeito, e seguiu pelo corredor que levava aos quartos. — Que estranho — murmurou para si mesma enquanto apertava o passo.

Provavelmente não era nada demais, Vicki pensou enquanto tentava abrir a porta com a chave antiga de metal. Hannah estava certa. Talvez ela sempre achasse que todo mundo tinha um problema com ela. Talvez as pessoas ficassem desconfortáveis na companhia dela porque ela tinha feito alguma coisa para deixá-las se sentindo assim. Ou talvez ele estivesse tendo um derrame.

Assim que estava a salvo em seu quarto, Vicki deixou a mala no chão para finalmente conseguir tirar o violão das costas. Ela o colocou com cuidado sobre uma das duas camas de casal. Escolheu a cama mais próxima à janela, por respeito à bexiga pequena de Hannah. Durante muitas viagens de fim de semana na faculdade, Vicki havia aprendido que Hannah se sentia feliz quando ficava com a cama mais perto do banheiro.

Vicki se debruçou sobre o estojo do violão e destravou as duas trancas para inspecionar o que havia lá dentro — que não era um violão coisa nenhuma.

Em vez de um instrumento, o estojo trazia uma luminária, que Vicki tirou dali delicadamente, se esforçando para mantê-la na horizontal, como quem leva uma tigela de sopa escaldante. Ela a levou para a tomada na parede ao lado da cama e a colocou no chão. Então, ligou a luminária na tomada e se sentou de pernas cruzadas em frente a ela. Quando a luminária esquentou, Vicki se inclinou sobre ela para que os raios invisíveis brilhassem sobre seu rosto. Então, estendeu a mão para pegar o controle remoto sobre o criado-mudo.

O terapeuta de Vicki havia dito para ela não fazer aquilo, que assistir à TV era má ideia, principalmente enquanto ela estava passando um tempo bom ao lado da luminária. O Dr. Howard não podia dizer com certeza se a luz e o som vindos da tela anulavam a eficiência da luminária, mas com certeza não ajudavam a luminária a fazer seu serviço.

"A televisão é parte do problema, e não da solução." — o Dr. Howard havia dito, com seu sotaque do centro de Nova York, que era uma mistura dos "os" do Meio Oeste e dos "as" da cidade de Nova York. "Você só faz isso, noite e dia. Isso é depressão. Chega de *reality shows*. Chega de programas policiais. Chega de TV, ponto final".

Com aquilo em mente, Vicki desligou rapidamente a TV do quarto, antes mesmo de conseguir ver o que estava passando. Na verdade, já estava acostumada a uma vida quase totalmente livre de televisão desde que havia começado a ver o Dr. Howard, um ano atrás. Ele é que a tinha encorajado a comprar a luminária de transtorno afetivo sazonal.

O mais irônico é que a única vez em que ela se sentiu atraída pelo controle remoto foi quando estava sentada com sua luminária de TAS. Mas era tão chato ficar olhando para a luminária por uma hora inteira todo dia! Para Vicki, não era fácil praticar a terapia comportamental cognitiva durante sua hora com a luminária — a receita do Dr. Howard para ignorar tudo aquilo que a deixava nervosa.

Vicki havia comprado a luminária havia uns seis meses por duzentos e cinquenta dólares em uma loja *online* de equipamentos médicos que o Dr. Howard recomendou. Não havia garantia alguma de que a luz mudaria a vida de Vicki, o Dr. Howard explicou, mas valia a pena tentar e parecia bem mais seguro que aumentar sua dose de antidepressivos pela terceira vez.

A luminária vinha num estojo próprio, que era bem leve e fácil de carregar — perfeito para as viagens frequentes de Vicki a trabalho. O único problema é que o estojo vinha com o logotipo da marca da luminária. "IluminaTAS", dizia, em letras pretas e bem grossas.

As pessoas já sabiam o que Vicki estava carregando ou, pior ainda, perguntavam:

— O que é esse negócio de IluminaTAS? — um dos colegas de Vicki indagou durante sua primeira viagem com a luminária.

— É uma coisa... para o meu *laptop* — Vicki respondeu, tomada de surpresa pela pergunta. — Ela se encaixa no meu laptop... para pegar *wi-fi*.

O homem fez cara feia, cheio de suspeitas.

— É uma daquelas luminárias para depressão? — ele perguntou, ignorando a resposta dela. — O irmão da minha mulher tem uma.

— Não, eu falei que era para o meu computador.

— Hum — o homem grunhiu, desacreditando.

Pouco antes de sua segunda viagem com a luminária, Vicki se lembrou do estojo do violão, que ficava em seu quarto de hóspedes. Ela tinha comprado o instrumento durante uma viagem de um dia para Ithaca, quando ainda estava com seu namorado da faculdade, Rich. Ele tinha uma banda e disse a ela que, se quisesse aprender, poderia tocar com eles em uma ou duas músicas, como se aquilo fosse uma oferta atraente. Ela quase não conseguiu conter o riso ao ver a banda de Rich tocando seus *covers* de *rock* e mais seis músicas originais, três das quais falavam sobre a virgindade de uma mulher.

Vicki tinha dito a Rich, ao desembolsar cinquenta dólares pelo instrumento, que usaria o violão para começar uma banda rival com Hannah para que elas pudessem finalmente usar sua longa lista de nomes falsos de banda. Mas, como ela e Hannah sempre tinham mais o que fazer, o Takamine permaneceu intocado por anos.

Mas agora ele servia a um propósito maior. O estojo do violão acabou se revelando um recipiente de tamanho apropriado e totalmente insuspeito para a luminária. Até então, nenhum de seus colegas de trabalho tinham exigido ver o instrumento. Eles nunca perguntavam por que ela levava o violão nas viagens. Tudo o que sabiam é que ela estava comprometida com seu *hobby* novo.

Ah, se seus colegas de trabalho soubessem que ela nem sabia segurar um violão. Se soubessem que aquela coisa lá dentro do estojo havia sido comprada para evitar que ela fosse sugada para dentro de um abismo emocional.

Vicki contou para Hannah sobre a luminária de TAS quando elas se falaram ao telefone algumas semanas antes do casamento, para que não houvesse nenhuma surpresa. Hannah tinha ligado para saber se Vicki queria dividir um quarto de hotel na noite do casamento em vez de dormirem em quartos separados e mais caros.

Vicki não queria dividir o custo de nada. Ao contrário de Hannah, cujo aluguel na cidade de Nova York devorava seu salário, Vicki economizava a maior parte da grana que ganhava. Ela tinha um salário corporativo respeitável — o que, em Rochester, fazia dela uma pessoa rica. E, como estava sempre viajando a trabalho, quase não gastava seu próprio dinheiro. Refeições e carros sempre entravam nas despesas da empresa. As contas de luz e água eram sempre baixas, porque ela raramente ficava em casa.

Ela havia decidido rapidamente que dividiria o quarto com Hannah, mas pagaria o valor total, para que sua amiga na pindaíba não tivesse que se preocupar. Hannah já gastara demais com o vestido chique de madrinha e com o sutiã-de-cinquenta-e-dois-dólares que, segundo Hannah havia explicado, era um requisito do casamento.

Vicki estava um pouco ansiosa por dividir um quarto de hotel com outro ser humano — ela estava acostumada a viajar sozinha —, mas seus medos foram dominados pela vontade de ver Hannah, uma amiga de verdade, que a fazia dar risada, ao contrário de seus conhecidos em Rochester.

Havia provavelmente algumas pessoas interessantes de vinte ou trinta e poucos anos no escritório de Vicki, mas na maioria das vezes ela nunca fazia nada com elas. Como *designer* de interiores para a Walton's, uma rede nacional de supermercados conhecida por sua seção de pratos prontos sofisticados, ela passava noventa por cento do tempo na estrada, visitando lojas por toda a área central de Nova York e Pensilvânia para garantir que as placas da padaria estivessem posicionadas a uma distância apropriada do teto e que as paredes nas lojas novas houvessem sido pintadas no tom correto de amarelo.

Ela só conversava com algumas poucas pessoas por dia, geralmente para lhes dar ordens sobre modelagem ou papel de parede. Não estava mais acostumada a conversas de verdade. E provavelmente foi por isso que sua conversa ao telefone com Hannah sobre a luminária TAS tão estranha.

— Eu preciso te contar... — Vicki disse, ao confirmar os planos com Hannah algumas semanas antes. — Vou levar uma luminária.

— Tipo, para aquecer o quarto? — Hannah perguntou, confusa.

— Uma luminária para depressão. Uma lâmpada de transtorno afetivo sazonal.

— Você tem transtorno afetivo sazonal? — Hannah perguntou, cética. — Mas você parecia superbem todos aqueles anos em Syracuse. Nevou dois anos direto e você estava bem contente, se eu me lembro bem.

— Vai saber. Cristo, Hannah, sei lá o que eu tenho! — Vicki respondeu, com uma risada frustrada. — Estou com alguma coisa. Só não sei o que é.

Houve uma pausa. Vicki esperou, desesperada para saber o que Hannah achava de sua amiga, antes tão normal.

— Posso experimentar essa luminária também? — Hannah finalmente perguntou, em tom de brincadeira.

Vicki sorriu ao telefone, aliviada por Hannah ainda estar fazendo suas piadas.

— Claro.

— É por causa do Rich?

— Não! — Vicki rosnou. — Não. Meu Deus, não. Nem todo mundo quer voltar com o namorado que tinha na faculdade, Hannah.

— Tá, tá bom — Hannah respondeu, ríspida. — Será que é porque você passa o dia todo dentro de um supermercado? Eu voto nessa. — Hannah perguntou, mais séria.

— Não — Vicki respondeu, rápido demais. — Bom... — ela continuou, depois de pensar por um momento. — Talvez seja. Não sei. Só sei que a luminária deveria me ajudar a não me jogar de uma ponte.

— Tá — Hannah respondeu lentamente. — Uau. Uma luminária.

— É.

— Dá para pegar uma corzinha com a luz dela também?

— Idiota.

Hannah continuou falando e contou tudo para Vicki sobre as madrinhas de Bee, que pareceram terríveis depois que Hannah narrou a despedida de solteira em Atlantic City. Então Hannah trouxe à tona "o assunto": Tom, que ela veria pela primeira vez desde que ele tinha ido embora, quase três anos antes.

— Estou tendo um ataque — Hannah admitiu. — Só a ideia de ele estar lá com outra mulher... Não sei se consigo aguentar.

Aquela era uma das razões pelas quais Vicki tinha saudades de morar perto de Hannah. Hannah não tinha um pingo de vergonha de ainda estar presa a um cara com quem tinha terminado o namoro há anos. Vicki sempre sentiu necessidade de parecer forte, ou pelo menos de guardar a tristeza para si mesma, mas Hannah não tinha problema algum em expor suas emoções. Ela compartilhava tudo, mesmo quando não era lá muito apropriado. Ela poderia ter sido uma grande atriz, Vicki pensou enquanto ouvia a espiral de ciúmes de Hannah.

— Pelo jeito ele mora com ela — Hannah cochichou alto. — Pelo jeito ela foi morar com ele em, tipo, uns dois meses. Pelo jeito ela é totalmente normal, nada de especial. A Bee procurou o nome dela no Google e aparentemente ela é bem... comum. Não é uma *top model* nem nada. Mas talvez Bee esteja mentindo para mim, para que eu não fique louca. Provavelmente essa mulher é perfeita.

— Você já procurou o nome dela no Google? — Vicki perguntou, com medo da resposta.

— Não consigo — Hannah respondeu, humildemente. — A Bee não me conta o sobrenome dela por nada nesse mundo. Eu tentei pesquisar "Tom Keating" e "Jaime" e "orientadora vocacional", mas não vi nada.

— Acho que é melhor assim, Hannah. Num caso assim, a internet não é sua amiga.

Vicki já tinha conversado com Hannah algumas vezes depois disso para confirmar os detalhes da viagem. Hannah chegaria três dias antes de Vicki para cumprir as obrigações de madrinha. Ela ficaria com as outras madrinhas em uma suíte na Governor Calvert House até a noite do casamento, quando se mudaria para o prédio vizinho para dividir um quarto com Vicki na Robert Johnson House.

Agora, faltando duas horas para a cerimônia, Vicki achava que Hannah já estava no clube de campo aguardando os convidados. Com a luminária ainda acesa e o controle remoto de volta ao seu lugar no criado-mudo, Vicki esticou o braço para pegar sua bolsa e tirou de lá um livro intitulado *Minha Doce Audrina.*

Vicki não tinha contado para ninguém — nem mesmo para o Dr. Howard — que, quando a depressão se tornou insuportável, mais ou menos um ano antes, ela começou a ler os livros de V. C. Andrews na livraria Barnes & Noble, que ficava na rua de seu condomínio. Ela achava que o Dr. Howard não iria se opor a esse "pecado literário". Mas tinha vergonha de contar para ele.

Eram os mesmos romances picantes que ela lia quando criança, depois de encontrar a pilha secreta de livros de sua mãe no guarda-roupa do porão. Havia mais ou menos vinte e cinco livros na coleção de sua mãe naquela época, alguns de Andrews, os demais de outros autores na mesma linha. Quando Vicki encontrou os livros, aos 13 anos de idade, ficou hipnotizada. Era erotismo para adultos. Ela mal podia acreditar na maneira como os autores discutiam o sexo tão vividamente e como descreviam os órgãos sem eufemismos sutis e explicavam o êxtase dramático e revolucionário que era a relação sexual.

Foi por causa desses livros que Vicki ficou extremamente desapontada quando transou pela primeira vez, no último ano do Ensino Médio.

V. C. Andrews levou Vicki a acreditar que uma mulher poderia literalmente sentir o orgasmo do homem. Ela lembrava de ter lido frases como "ela o sentiu gozar dentro dela" e acreditado que os pênis eram mais ou menos como hidrantes. Depois que as alavancas fossem acionadas, eles jorrariam com força. Ela imaginava que o que quer que saísse dos pênis no momento do êxtase revestia o interior da vagina com alguma coisa macia e gostosa, como pipoca amanteigada de cinema. Vicki mal podia esperar para sentir aquilo tudo.

E sempre havia a questão dos arranhões. No mundo de V. C. Andrews, as pessoas sempre se arranhavam enquanto transavam, marcando os corpos uns dos outros com esfoladuras e machucados roxos. Mas nunca por simples violência: era a paixão incontrolável. Às vezes o sexo envolvia incesto. Vicki jamais admitiria, mas aquelas cenas eram suas favoritas. Era tabu em cima de tabu. Estupro entre irmãos. Amor entre primos. Gêmeas lindas que dormiam com o mesmo homem.

Quando Vicki finalmente fez sexo de verdade, sexo adolescente aos 17 anos com um menino com quem saiu na época da formatura — e que de maneira alguma era seu parente —, ficou meio chocada com a falta de faíscas, cicatrizes e gêiseres de hidrantes. Não teve nada demais, a não ser um pouco de dor e um ritmo desleixado. O cara teve de avisá-la que tinha acabado.

O sexo com Rich, em Syracuse, não ajudou em nada. Eles se adoravam e conseguiram ficar comprometidos em um relacionamento durante os dois últimos anos da faculdade, mas Rich não acreditava no fazer amor cheio de paixão descrito nos livros de V. C. Andrews.

Certa vez, Vicki tentou arranhar Rich, simplesmente para ver se seria capaz de levá-lo a um estado de frenesi digno de *Flores no Sótão*, mas Rich reclamou na hora daquele comportamento agressivo.

— Ai! Vicki, mas que diabos você está fazendo? — Rich berrou quando Vicki enfiou as unhas nas costas dele, imaginando ser Cathy em *Pétalas ao Vento*, um de seus favoritos.

— Eu só estava excitada — Vicki respondeu, embaraçada.

— Tá bom, mas não me machuca.

E não havia gêiser coisa nenhuma quando ele tinha um orgasmo, mesmo depois que pararam de usar camisinha. Às vezes ela se sentia molhada, mas aquilo só dava vontade de tomar banho.

Vicki tinha certeza de que sua redescoberta de V. C. Andrews seria uma fase curta, mas em um mês tinha comprado mais de vinte livros. Agora ela possuía uma pilha bem parecida com a de sua mãe e se pegava relendo cada livro mais de uma vez, às vezes folheando-o rapidamente para chegar às cenas de sexo. Estava até pensando em comprar um *e--reader*, para facilitar o transporte nas viagens.

Vicki abriu o livro na página marcada com uma dobra. Ela sorriu, sabendo muito bem que estava apenas a alguns parágrafos de uma heroína doce e confusa consumar seu amor com unhas afiadas e um hidrante jorrando com força total.

Só uma hora depois, enquanto colocava sua roupa formal, é que Vicki prestou atenção às paredes do quarto. Ela era capaz de identificar a cor: mocha lavado. Rocha branca para o contorno. Lua marfim para o teto. A Walton usava a cor lua marfim nos escritórios na parte de trás das lojas. Ela ficou imaginando qual cor os decoradores da Robert Johnson House teriam escolhido para o banheiro ao entrar lá para arrumar o cabelo.

Quando estava apresentável, Vicki lançou um olhar lânguido para *Minha Doce Audrina*, que estava sobre a cama, e então enfiou o livro na bolsa. Saiu para o corredor, fechando a porta atrás de si, e então xingou, percebendo que tinha esquecido a chave do quarto lá dentro. Jogou tudo que tinha dentro da bolsa no chão, só para garantir. Nada da chave. Ela teria de pedir outra chave lá embaixo quando voltasse do casamento. Vicki deu alguns passos desequilibrados em direção ao *lobby* em seus sapatos de saltos pretos pontudos e ouviu uma voz vagamente familiar chamar seu nome atrás dela.

Rob

Rob abriu o saco plástico Ziploc e tirou de lá um dos comprimidinhos brancos.

Ele não sabia o que aquele comprimido faria misturado ao álcool, mas achou que, se o pior efeito colateral fosse náusea, então parecia valer a pena aceitar o risco.

As ligações de Hannah lá do casamento tinham deixado Rob ansioso, e ele achava que o pequeno comprimido branco pudesse ajudar.

Ele colocou o pequeno objeto branco sobre a língua e deu um gole na cerveja belga que tinha comprado mais cedo no empório perto dali. A cerveja tinha gosto de *Bud Light*, o que era ridículo, porque custava pelo menos o triplo.

Rob olhou de relance para o celular, que estava onde ele o havia deixado, sobre sua mesa da IKEA porcamente montada. Todos os móveis de Rob estavam a um parafuso de quebrar por completo. Rob não gostava de ler manuais de instruções, então tinha montado tudo tentando adivinhar como é que se fazia. Muitas vezes, ao final do processo, ele notava que não tinha usado todos os pregos e dobradiças que vinham na caixa. O criado-mudo ao lado de sua cama tinha quebrado na semana passada, incapaz de suportar três livros pesados. As duas prateleiras na sala de estar balançavam toda vez que ele aumentava sua biblioteca. Ele tomava o maior cuidado ao andar pelo apartamento, sabendo que a qualquer momento tudo viria abaixo.

Rob havia recebido tantas ligações hoje que estava começando a ouvir toques fantasmas. Ele se pegou checando o celular várias vezes. Até pensou em desligar o telefone, mas não queria. Se fosse sincero consigo mesmo, admitiria que estava desesperado para ver a pequena tela ficar verde e mostrar o número de Hannah mais uma vez. Não que quisesse atender às ligações dela, mas queria que ela continuasse tentando entrar em contato.

Esse era o lance do Rob, Hannah sempre dizia: querer se sentir querido.

Rob não pensava tanto em Hannah havia anos. Quase uma década se passou desde aqueles três anos em Syracuse, e, quando estava ocupado com sua verdadeira vida em Austin, parecia que tinha inventado todas as lembranças daquela época de sua vida ou, melhor ainda, que tinha assistido a tudo em uma série de TV e adotado como se tivesse acontecido com ele. Parecia inconcebível que ele já tinha morado na região central de Nova York e abandonado a faculdade. Apenas sua segunda vida parecia real.

A maioria das pessoas nem sabia que Rob tinha estudado em Syracuse. Para seus amigos em Austin, ele era o cara que trabalhava na biblioteca da Universidade do Texas, um emprego que permitia que estudasse lá de graça. Ele era o cara que tirava notas boas com facilidade e se formou com recomendações de três de seus professores de Inglês. Em alguns meses, começou a se inscrever para pós-graduações. Ele era *freelancer* e escrevia críticas de livros para a revista alternativa local.

Até agora, suas únicas provas tangíveis de que Syracuse tinha mesmo acontecido eram as contas do empréstimo que fizera para pagar a faculdade e ligações e *e-mails* ocasionais de Hannah, que o deixavam a par de tudo o que acontecia com seus antigos amigos, ou seja, Bee, Vicki e Tom, o ex-namorado de Hannah que tinha sido o amigo mais próximo de Rob naquela época.

Ele gostava de saber o que estava acontecendo com eles, mas era a primeira vez que não via a hora de encontrá-los. Havia alguma coisa na ideia de Bee se casando e na voz cheia de pânico de Hannah que deixou Rob desesperado para ver o rosto de Hannah, ver Bee caminhando até o altar, e então tomar umas cervejas com Vicki depois que todo mundo já tivesse ido dormir.

Ele estava chocado por ter ficado tão nervoso quando Hannah começou a ligar para ele, na tarde de ontem, no início do que seria um fim de semana de eventos para comemorar o casamento de Bee.

O primeiro telefonema frenético aconteceu algumas horas antes do jantar de ensaio do casamento. Era de um código local 917, um número que ele não conhecia.

— Aqui é o Rob — ele disse, com sua saudação de sempre.

— Quando você chega? Por favor, me diga que é hoje — disse a voz de mulher, falando rápido e enrolado.

— Quem é?

— É a Hannah. Rob, sou eu.

— Não grite comigo — ele disse, deixando escapar sua risada gutural. — A gente não se fala por telefone há, sei lá, um ano?

— Em primeiro lugar, faz no máximo alguns meses — Hannah disse, duvidando de sua resposta logo depois. — Tá, talvez já faça um ano — ela admitiu. — Em segundo lugar, por que meu número não está gravado no seu celular? É assim que você fica sabendo que sou eu ligando. Meu nome tem que aparecer na telinha. Por que meu nome não apareceu?

— Eu não gravo nenhum número no meu celular.

— Então como é que você sabe quem é que está ligando?

— Eu atendo a ligação e a pessoa do outro lado me diz quem é.

— Jesus, Rob!

— Se você se lembra bem, Han, a gente nem tinha celular na época da faculdade. E vivia muito bem assim.

— Sabe... — Hannah disse pensativa de uma hora para outra. — Eu estava pensando mesmo nisso esses dias. Só comprei meu primeiro celular depois que me mudei para Nova York. Como é que a gente se achava naquela época?

— Pombo-correio, se me lembro bem. Na verdade, acho que eu tocava uma corneta de concha e você vinha correndo.

Hannah ficou quieta, tentando pensar em uma resposta à altura. Depois que a pausa ficou longa demais, os dois caíram na risada.

— Por favor, diga que está chegando logo, porque estou perdendo a cabeça.

Rob deu um suspiro profundo e se segurou, a mão apoiada no balcão da cozinha.

— Eu não vou — ele admitiu, sem jeito.

— O quê? — Hannah berrou. — O quê? Como assim você não vem? Você confirmou presença! Você me mandou um *e-mail* há três meses dizendo que viria. Bee acha que você vem. Você tem lugar marcado. Bee reservou um lugar ao lado da Vicki para você.

— Aconteceram umas coisas. Não consegui marcar o voo. É uma longa história.

— Jesus, Rob. Isso é tão... *ugh*! Isso é tão 2001. Você não pode mais ser egoísta e irresponsável assim. Você não pode deixar de ir a um casamento depois que já falou para todo mundo que iria. A comida custa caro. As pessoas levam essas coisas a sério.

Rob revirou os olhos, e já estava irritado.

— A Bee não vai nem perceber, e nós dois sabemos que o que não falta para ela é dinheiro.

— Você sabe muito bem que a Bee vai perceber, sim. Você sabe que ela vai procurar por você, em especial — Hannah disse, dando uma cutucada extra em Rob.

— Hannah, eu sinto muito. Não vai rolar. Estou no Texas.

Ele a ouviu resmungar alguma coisa para si, mas não conseguia entender o que era.

— Rob — ela finalmente disse, fazendo o nome dele soar pesado como uma bola de boliche —, isso não é justo. Essas pessoas são loucas, — Hannah continuou, como se tivesse sido raptada e seus sequestradores estivessem na sala ao lado —, todo mundo está chapado, tipo, tomando drogas para segurar o humor. A mãe da Bee praticamente virou um vegetal. Ainda não a vi sem um copo na mão. E o padrinho, então? É um tal de Jimmy Fee, e é tão lindo que, toda vez que entra na sala, parece que a mãe da Bee quer arrancar a roupa dele. E não posso dizer que a culpo. Graças a Deus que ele tem namorada.

Rob riu baixinho.

— Então Donna está entornando o caneco, hein? E como ela está?

— A mãe da Bee? Sei lá. Ela tem cara de mãe. Escuta, eu preciso de você. Por favor, ache um voo. Não vou conseguir passar por isso sozinha.

— Você vai sobreviver. Mas tire fotos, principalmente se estiverem fazendo você usar um vestido bem decotado.

— Estão me obrigando a usar um colar de pérolas. Não sei se consigo fazer isso, não.

Rob pensou em todas as piadas sujas que poderia fazer com o colar de pérolas, mas se segurou. Ele podia ouvir a tensão na voz de Hannah e decidiu que a melhor coisa a fazer era desligar logo.

— Você sabe o que uma técnica de concursos de beleza faz, Rob? — Hannah continuou falando pelos cotovelos em seu sussurro cheio de pânico. — Aposto que não. Adivinha?

— Calma aí — Rob disse, ignorando a pergunta. — Aguente firme e a gente se fala logo. Você pode me ligar se rolar alguma emergência. Respire fundo e tente não levar tudo tão a sério. Tudo vai acabar em menos de quarenta e oito horas.

— Tá — Hannah respondeu baixinho. Ele a imaginou fazendo bico.

— Mantenha a cabeça erguida, menina — ele disse, antes de apertar o botão vermelho no celular, rápido demais para que ela pudesse responder.

Rob olhou para a telinha em branco e salvou o número dela impulsivamente, com o nome e tudo, fazendo de Hannah o único contato oficial em sua agenda no celular.

Então a imaginou agachada no canto de um quarto de hotel, ou talvez de um salão de beleza, ligando para ele escondido, desesperada pela companhia dele. Imaginou como seria estar em Annapolis, ao lado dela, sussurrando palavras em seu ouvido que a fariam cair na gargalhada, como faziam na faculdade.

Apesar de ter pensando mais nisso, Rob tinha de admitir que, apesar de todas as vezes que tinha feito Hannah cair na risada descontroladamente, ele nunca havia sido uma fonte de conforto para ela. O caso passivo-agressivo e secreto entre eles, que havia durado a maior parte de seu terceiro ano na faculdade — o último de Rob em Syracuse —, tinha deixado Hannah arrasada e a forçou a mentir mesmo para os amigos mais próximos. Rob nunca tinha demonstrado respeito, aparecendo no apartamento dela em busca de atenção às vezes às três da manhã, mas ela sempre abria a porta para ele.

Mas nunca rolava "sexo do começo ao fim", como Hannah dizia. Nunca havia penetração.

Geralmente o que rolava era o que Hannah chamava de "tudo menos isso", o que queria dizer mais ou menos uma hora de amasso empolgado e então três horas de conversa.

Eles nunca contaram para ninguém sobre seus encontros na madrugada. Hannah dizia que Bee ficaria arrasada demais. Bee — que tinha alimentado uma paixonite por Rob desde que se conheceram nos dormitórios de estudantes no primeiro ano da faculdade — era adorável, é claro, e Rob tinha de admitir que ela era convencionalmente mais bonita que Hannah ou qualquer outra mulher com quem ele já saiu quando estava em Syracuse, mas ao mesmo tempo era certinha demais e se chocava facilmente com as coisas que ele aprontava. Ela olhava para ele como se Rob fosse James Dean, e ele jamais poderia ser alguém à altura daquilo que ela enxergava. Rob tentou explicar tudo isso para Hannah uma noite, na cama, quando ela perguntou na lata por que é que ele ainda não tinha saído com Bee.

— Estranho você me perguntar isso depois do que a gente acabou de fazer — Rob disse, depois de uma pausa, massageando a nuca de Hannah enquanto ela aninhava a cabeça debaixo do braço dele.

— Ah, vá, Rob. Só estou curiosa. Ela é muito bonita e é a pessoa mais legal que a gente conhece.

— Isso é uma parte do problema — Rob respondeu. — Ela é como se fosse uma boneca. E eu me sentiria um velho sujo só de encostar nela.

— Rob, em primeiro lugar, você não pode ser um velho sujo aos vinte anos. Em segundo lugar, a Bee já transou com mais caras que eu.

— Verdade? Com quantos caras ela já transou? Com quantos você já transou?

— Ela já transou com cinco caras, e eu, com dois.

— Dois? Só dois?

— Só dois.

— Você tem que sair mais, Hannah.

Rob ficou quieto por um bom tempo antes de sussurrar:

— Então, eu sou o sortudo número três?

— Vai sonhando — Hannah tinha resmungado enquanto levantava a cabeça do peito dele e se virava para a parede de seu quarto, que ela havia pintado de verde menta para marcar o começo do semestre da primavera. A cor fazia Rob se lembrar de pasta de dente. Ele tinha saudade do roxo escuro na parede. Ele não conseguia entender por que ela e Vicki faziam todo esse esforço para repintar a parede de seus quartos a cada seis meses. Hannah havia explicado que Vicki, como futura *designer* de interiores, acreditava que elas deveriam começar cada semestre com uma nova paleta de cores, mas aquilo não fazia o menor sentido para Rob. Custava caro e aquele cheiro nunca deixava o apartamento. O odor de substâncias químicas que insistiam em ficar por ali fazia com que ele se sentisse como se estivesse perdendo neurônios, principalmente durante a primavera, quando Syracuse ficava enterrada na neve e todas as janelas de Hannah estavam fechadas quase a vácuo.

Rob gostava dessas visitas noturnas ao quarto de Hannah, a intimidade física e as horas jogando conversa fora, mas tinha decidido colocar um ponto final em sua rotina secreta logo depois que as paredes dela começaram a parecer um comercial de Colgate. Lá pela metade de fevereiro, no segundo semestre, Rob podia prever como o ano acabaria, que ele ia desistir da faculdade e se mudar para Austin. Ele tinha feito alguns planos alternativos para ficar por lá por alguns meses, até decidir o que queria fazer em seguida. Ele decidiu que seria melhor se separar de Hannah o mais rápido possível. Vinha passando noites demais com ela, e aquilo estava virando mais um relacionamento que um encontro proibido. Então, na última quinta-feira daquele mês, uma noite que ele quase sempre passava com ela, ele simplesmente não apareceu.

Em março, Rob já tinha substituído Hannah por Alexis, uma menina de sua aula de antropologia. Ela era de Long Island e tinha um *piercing* no nariz. Alexis não falava muito e só estava interessada no sexo "do começo ao fim".

Hannah percebeu rapidamente que tinha sido deixada de lado. Ela conheceu Alexis em um *show* da banda de Rob e fingiu não se sentir ofendida. Hannah passou a tratar Rob com frieza, mas nunca colocou as coisas em pratos limpos com ele. Aquilo não o surpreendeu. Os dois tinham feito um acordo implícito a respeito de sua rotina secreta: nunca falar sobre o assunto fora do apartamento.

Um dia, quando tudo estava arrumado para a viagem de volta à casa nas férias de verão, Rob apareceu no apartamento pela última vez e disse a Hannah, em frente às paredes do quarto dela, que já estavam descascando graças ao trabalho malfeito daquele semestre, que não voltaria para a faculdade no outono. Ela respondeu gritando sobre as notas e o futuro dele, mas suas mãos e lábios trêmulos sugeriam que havia outro motivo.

Eles passaram mais um fim de semana juntos como amigos. Tom, o único amigo homem de Rob na época, era novo na turma e tinha convidado todo mundo para a casa de veraneio de seus pais em Cape Cod. Seria uma festa de despedida para Rob, mas Hannah quase não notou sua presença. Bee também havia mantido distância de Rob durante a viagem e parecia estar consolando Hannah, como se soubesse do caso o tempo todo.

Mais tarde, naquele verão, depois de já estar instalado em uma quitinete em Austin, ele recebeu uma carta de Hannah. Ela provavelmente havia escrito no computador, para poder usar o corretor ortográfico, ele pensou. Ele esperava que fosse uma carta de desculpas por toda a frieza, mas não se surpreendeu ao descobrir que era uma lista de acusações. A maioria das orações começava com a frase "Eu me sinto como" e terminava com uma palavra como "intimidade" ou "responsabilidade". O bilhete não pedia nada específico. Ela só estava libertando suas mágoas. Rob jamais respondeu.

Hannah ligou para ele no Natal seguinte, para ver como ele estava. Ela nem mencionou a carta. Em vez disso, perguntou sobre a vida dele em Austin e ofereceu atualizações sobre a vida de seus amigos. Hannah admitiu que tinha começado a namorar Tom e ficou aliviada quando Rob disse "parabéns" em vez de ficar bravo com ela. Desde então ela ligava para ele uma vez por ano e mandava um *e-mail* ou outro. Ela contou para ele sobre sua carreira em Nova York, e ele assistiu a clipes no YouTube dos filmes com escalação dela.

A única vez em que ele ligou para Hannah foi alguns anos atrás, depois que ficou sabendo por Bee que Tom deixou Hannah para se mudar para perto da família, em Boston. Bee havia explicado que Hannah estava devastada. E Rob ficou devastado por Hannah quase perder a cabeça ao perder Tom.

Tom Keating era um amigo que Hannah havia apelidado de "mauricinho de pau duro" quando o conheceu. Mas logo Hannah acolheu Tom na turma, convidando-o para as noites de filmes em casa e para as viagens com Vicki, Rich e Bee.

Depois que Rob largou a faculdade e foi para o Texas, Tom tomou seu lugar quase sem esforço algum na vida de Hannah, primeiro convidando-a para ir ao cinema, e então dando uma passada para conversar tarde da noite — e então para o "tudo menos isso" na madrugada também. Ele conseguiu até se tornar namorado dela em outubro do último ano deles na faculdade, o que queria dizer que Tom seria o sortudo número três.

Tom chegou a ligar para Rob para pedir sua autorização, como se Hannah fosse propriedade dele. A ligação teria deixado Hannah louca da vida, se ela tivesse ficado sabendo.

— Faça o que você quiser, Tom — Rob disse, tentando ao máximo parecer indiferente.

Rob havia acabado de se mudar para seu primeiro apartamento em Austin e, coberto de suor, cercado por caixas, acendeu rapidamente um cigarro.

— A Hannah nem era minha namorada.

— Eu sei, cara, mas ela gostava de você de verdade. E eu sei que você também se importava com ela. Ela me disse isso. Ela disse que vocês dois poderiam ter namorado sério se não fosse a paixonite da Bee por você, e se você não tivesse largado a faculdade e tudo.

Essa notícia deixou Rob agitado: ele ficou chocado ao ouvir que Hannah não apenas queria algo sério com ele na época como tinha contado tudo para Tom.

— Bom, isso me deixa lisonjeado, Tom — Rob respondeu, condescendente. — Fico feliz em saber que a Hannah curtiu o tempo que passamos juntos, mas, na boa, estou no Texas. Transa com ela. Faz o que você precisa fazer.

— A questão aqui não é transar com ela, Rob. Eu gosto dela de verdade.

— Tom, é brincadeira. Olha, de verdade, dou o maior apoio.

Quando Rob desligou o telefone naquele dia, pegou um dos livros que tinha acabado de desempacotar, uma cópia manchada de café de *Los Gusanos*, de John Syles, e o jogou contra a parede.

Hannah e Tom acabaram namorando, felizes da vida, durante o último ano da faculdade e ficaram juntos após a formatura, quando Tom se ofereceu para ir com Hannah a Nova York. Pelo que Hannah havia contado a Rob em seus *e-mails* ocasionais, o casal morou no Queens por três anos e então se mudou para o Brooklyn. Tom encontrou um emprego legal em uma firma de consultoria política perto da prefeitura. Tudo andava bem até ele decidir que estava cansado da cidade e que queria morar em Boston, perto de sua família. Ele sonhava se candidatar em sua cidade natal um dia e precisava começar uma vida em Massachusetts.

Hannah não tinha interesse nenhum em deixar Nova York, a não ser que fosse para se mudar para Los Angeles. E foi assim que aconteceu.

Rob não sabia muitos detalhes sobre a separação, se Hannah tinha implorado para Tom ficar, ou se havia uma chance de eles ficarem juntos de novo. A ligação sem graça de Rob para Hannah depois de saber da notícia foi breve. Hannah tinha outros amigos em quem se apoiar. Ele estava lá longe, no Texas, na maior parte do tempo sem contato com ninguém e mal-informado.

Rob não havia visto Hannah frente a frente desde aquela viagem para Cape Cod. Aquelas ligações fizeram Rob se lembrar de como Hannah era esperta e rápida no gatilho e capaz de fazê-lo dar risada, algo raro naqueles dias.

Agora que ele tinha tirado um tempo para pensar nisso, Hannah sempre havia sido uma grande amiga, mesmo antes de o lance entre eles ficar físico. Ela sempre ajudou Rob na faculdade, forçando-o a estudar para as provas para as quais os dois sabiam que ele nem ia aparecer. Ela passava as madrugadas fazendo todo tipo de pergunta sobre os pais dele, o pai que ele nunca conheceu e a mãe que havia passado boa parte da adolescência dele viajando com o namorado.

Hannah limpou o apartamento de Rob uma vez, num fim de semana quando ele estava com gripe e não conseguia nem sair da cama. Ela esfregou o chão do banheiro de joelhos, jurando que, se ela não matasse todos os germes, ele ficaria doente de novo.

Ele nunca retribuiu esses favores. Na verdade, ele é quem tinha enfiado o Ford Tempo de Hannah em um poste no aniversário de vinte anos dela, logo depois de chamá-la de previsível porque ela queria ir para casa cedo. Mais tarde, ele até se defendeu para os amigos, dizendo que Hannah jamais deveria tê-lo deixado dirigir depois de quatro cervejas e que permitir que ele pegasse o volante também era previsível.

Ele nunca perguntava nada sobre a família dela e nunca a deixou à vontade para falar sobre seus sentimentos, mesmo quando sabia que ela estava desesperada para desabafar.

Na mente de Rob, Hannah sempre esperou demais dele e decidiu ficar irracionalmente desapontada quando Rob resolvia ser ele mesmo. Não era justo. Rob nunca fingiu ser algo que não era. Mesmo hoje, ele era apenas um cara que mandava *e-mails* legais e dizia coisas engraçadas ao telefone. Ele não era um cara que estava lá para apoiá-la quando era importante.

Quando Rob recebeu o cartão dizendo "reserve essa data" para o casamento de Bee — aquele que trazia uma foto de Bee e seu futuro marido em um pomar cheio de macieiras —, na verdade ficou encantado. Era a coisa mais próxima de um pai orgulhoso que ele tinha sentido.

Na foto, Bee usava um colete meio bufante sobre uma camiseta de manga longa e calça jeans. Ela parecia mais loira do que ele lembrava, e até mais bonita. Suas bochechas estavam rosadas e seu sorriso, verdadeiro. Parecia confiante. Era uma Bee que ele nunca tinha visto antes.

Atrás dela, com os braços ao redor de sua cintura, estava Matt Fee, o sortudo. Rob ficou sabendo por Hannah, em um *e-mail*, que Matt era advogado, mas nessa foto ele parecia mais um jogador famoso de futebol americano. Tinha o cabelo ondulado, um tom ou dois mais escuros que o de Bee, e braços que tinham pelo menos o triplo de largura dos de Rob.

A foto mostrava Bee e Matt posando à frente de um monte de maçãs. O texto sobre a imagem dizia: "Nós 'esColhemos' um ao outro!".

Rob esperava que uma piadinha envolvendo colheita de maçãs em um cartão-postal de "reserve essa data" fosse deixá-lo bravo ou pelo menos irritado. No entanto, para sua própria surpresa, ele gostou do cartão.

Bee merecia aquilo. Ela era introvertida e gentil, e deveria ficar com alguém que a tratasse bem. Ela tinha passado por maus bocados procurando um namorado na faculdade, mas não graças a sua paixonite eterna por ele e sua tendência a ser a fiel (e tímida) escudeira de Hannah.

Bee era linda, mas a maioria dos caras da faculdade a tratava como um cachorro de raça pura. Ela parecia certinha e refinada demais para despertar maior interesse. E estava bem claro, mesmo que Bee não quisesse, que namorá-la significava casamento, ou pelo menos fidelidade. A maioria dos caras na faculdade ainda não estava pronta para aquele tipo de responsabilidade. Rob não ficou surpreso por Bee precisar esperar até a faculdade de Direito para encontrar um cara que, como Matt, estivesse pronto para ser fiel.

Quando Rob viu o cartão de "reserve essa data" pela primeira vez, o examinou com cuidado, como se fosse seu dever patriarcal aprovar aquilo que via. Essa Bee mais velha tinha engordado um pouco, o que era uma coisa boa. Na faculdade ele sempre suspeitara de que ela passava fome de propósito — muitas vezes sobrevivendo apenas de *cookies diet* e iogurte *light* — para ficar tão magra quanto sua mãe, uma mulher naturalmente magra e baixinha que, de acordo com Bee, era viciada em ioga e *spinning*. Essa Bee mais velha e madura do cartão parecia satisfeita. E Matt, com seu torso másculo de tronco de árvore e barba por fazer, parecia o tipo de homem que poderia sustentar alguém, um cara estável cujo guarda-roupa era forrado de calças cáqui com pregas e bonés de beisebol.

Rob geralmente não gostava dos caras que usavam bonés, mas estava feliz por Bee se casar com um deles. Ele se sentia tão confortado pela ideia de Bee estar em um bom relacionamento que decidiu ir ao casamento, apesar da distância e do saldo insuficiente em sua conta no banco. Quando o convite propriamente dito chegou, ele imediatamente fez um "x" na opção "sim" para RSVP. Foi a primeira vez na vida em que confirmou presença.

Mas foi ali que seu entusiasmo nada característico pela felicidade alheia acabou. Semanas se passaram e ele ainda não tinha comprado a passagem de avião. Para começar, havia o custo. Ele deu uma olhada na internet e viu passagens do Texas para Baltimore por uns seiscentos dólares, incluindo várias escalas irritantes. Ele disse em um *e-mail* para Hannah: "Estou esperando o preço cair um pouco. Não se preocupe".

O emprego de Rob na biblioteca da universidade pagava bem, mas ele estava vivendo de salário em salário desde que sua ex-namorada, Lucy Barber, tinha ido embora. Quando Lucy foi morar com ele, dois anos antes, concordou em pagar metade do aluguel, o que, afinal, era justo. Pela primeira vez na vida Rob conseguiu pagar parte de sua dívida na Syracuse e guardar um pouco de dinheiro.

Mas Lucy só durou seis meses como namorada-morando-junto. Não que tenha sido um choque eles não terem conseguido viver na mesma casa, para nenhum dos dois. Mesmo antes de Lucy se mudar para lá, Rob já sabia que não podia depender dela e que a moça abusava dos medicamentos tarja preta. Mas Rob já estava vacinado e resolveu correr o risco. Ele nunca tinha sido a pessoa estável naquele relacionamento maluco e se sentiu bem ao tentar manter outra pessoa na linha.

Infelizmente, ele era parecido demais com ela para equilibrar a relação. Semanas depois que Lucy chegou, ele já estava se entupindo com os comprimidos receitados pelos médicos, que acreditavam que a medicação era a resposta para as mudanças de humor dela.

Lucy havia ido embora havia mais de um ano — e foi direto para a casa de seu ex-namorado, muito mais velho que ela —, mas tinha sido boazinha o bastante para deixar para trás seu sofá de 2.400 dólares da Pottery Barn e três saquinhos de plástico Ziploc cheios de comprimidos, aqueles de que ela sabia que ele gostava.

Rob sabia que tinha sido melhor assim, mas ainda morria de saudades de Lucy, principalmente do sexo, que era mais fácil com ela do que com qualquer outra pessoa. Era simplesmente sexo, e não uma recompensa por fazer promessas que ele não poderia cumprir. Nunca rolava uma negociação emocional.

Ele reconheceu — e também disse a Lucy antes de ela levar embora o resto de suas coisas — que a separação foi o castigo merecido. Ele merecia estar do outro lado, nem que fosse uma vez. Era uma experiência de vida valiosa, ele concluiu racionalmente.

Depois de Lucy, Rob dormiu com algumas mulheres, em sua maioria amigas de amigos, porém mais recentemente se absteve do processo de namoro e sexo como um todo. Ele não transava há meses. Era o maior intervalo sem sexo desde que perdera a virgindade. Toda essa calmaria estava rolando por causa de Lucy, mas ele não a culpou por isso.

Logo depois que Lucy pegou as últimas peças de seu guarda-roupa e devolveu a chave do apartamento, Rob, sem pensar muito, adotou uma vira-lata de um abrigo local. Ele não sabia por que tinha feito aquilo. Nunca havia tido um bicho de estimação antes.

Era uma terça-feira à tarde. Ele estava indo para casa de carro, vindo do supermercado, e passou pelo abrigo para animais que via pelo menos duas vezes por dia no caminho de ida e volta da universidade. Inexplicavelmente, ele deu meia-volta e parou o carro em frente ao abrigo.

Rob saiu de lá duas horas depois com uma vira-lata que era uma mistura de *Golden retriever* com alguma coisa, talvez pastor alemão. Ele a batizou de Liz em homenagem a Liz Phair, porque uma de suas músicas estava tocando na estação de rádio da universidade quando ele a levou para casa de carro.

Liz, a cachorra, já tinha cinco anos de idade quando Rob a conheceu. Havia outros cachorros mais novos e fofinhos, mas ele foi atraído pelos olhos tristes de Liz. Ele era Charlie Brown e ela era a árvore de Natal pequenina e murcha. Rob achou que, se não levasse Liz para casa, provavelmente ela seria sacrificada.

O primeiro incidente de Liz aconteceu cerca de um mês depois que Rob a adotou. A cachorra se levantou de seu lugar favorito na sala de estar minúscula de Rob e de repente saiu correndo, como se estivesse em uma pista de corrida. Foi direto para cima da televisão, que caiu para a frente, fazendo um barulho tão alto que Rob achou que fosse atravessar o chão. A mesa de madeira sobre a qual a TV ficava, outro item da IKEA montado atropeladamente com dois parafusos a menos, se desintegrou segundos depois.

Aparentemente inconsciente dos danos que havia acabado de causar, Liz começou a andar para trás, quase num *moonwalk* à la Michael Jackson, até seu rabo bater na parede. Então, ela caiu de lado, gemendo e tremendo. Seus olhos ficaram arregalados, vidrados e cheios de medo.

Petrificado, Rob pulou do sofá e tentou segurar as pernas de Liz junto ao chão.

— Vamos lá, menina. Vamos lá, menina — Rob repetia para a cachorra. Ele pensou que ela estivesse morrendo.

No entanto, um minuto e meio depois, Liz relaxou e piscou. Parecia cansada e confusa, assim como seu dono. Devagarinho, Liz usou as pernas traseiras para se levantar. Ela se apoiou em Rob para conseguir ficar em pé sobre as quatro patas.

Rob pegou Liz no colo e a levou para o sofá. Acariciou seu pelo e beijou a parte de trás das orelhas dela.

— Vai ficar tudo bem, menina — ele disse sem muita convicção, com a voz tremida.

Ele a levantou de novo e a colocou no sofá, ao lado dele. Então, esperou até ela fechar os olhos e respirar profundamente ao cair no sono antes de ir até a cozinha ligar para o número de "Pet Emergência" no ímã de geladeira que o veterinário lhe havia dado quando ele a adotou.

Rob ligou já com raiva para o 0800, tentando caçar as teclas no telefone.

Um homem atendeu.

— Sim, senhor, o senhor pode trazê-la. Mas é uma da manhã, e atendemos os cachorros de acordo com a gravidade da situação — disse o homem da linha direta. — Se o ataque já passou e ela está dormindo, recomendo que o senhor aguarde até amanhã.

Rob marcou uma consulta no hospital veterinário para o dia seguinte e voltou para o sofá, onde Liz ainda dormia a sono solto, seu torso canino lisinho expandindo e contraindo a cada respirada.

Ele ficou de olho nela, a televisão ainda no chão, até cair no sono a seu lado.

No hospital, no dia seguinte, o diagnóstico foi rápido. Era epilepsia canina. Um distúrbio comum.

— Eu não sabia que cachorro também tinha epilepsia — Rob disse à veterinária, uma mulher de meia-idade, baixinha e redonda e com pouco cabelo.

— E por que eles não teriam? — ela respondeu, de um jeito seco demais para o estado frágil dele.

Não demonstrando piedade alguma, a doutora explicou tudo para ele em poucas palavras. A doença de Liz poderia ser controlada temporariamente com remédios, ao custo de uns 75 dólares por mês. No entanto, com o passar do tempo, os ataques se tornariam mais frequentes e a cachorra teria de ser sacrificada.

— Quanto tempo ela tem? — Rob perguntou, sussurrando, como se não quisesse que Liz escutasse.

— Ela pode viver um ou dois anos antes dos ataques ficarem frequentes demais para controlar e doloridos demais para o animal — a doutora explicou. — É um compromisso caro, e ela já não é filhote há muito tempo. Se você quiser sacrificá-la agora mesmo, podemos fazer isso também.

Rob, que estava sentado à frente da veterinária em uma cadeira de pano coberta de pelos de cachorro, olhou silenciosamente para Liz, que estava de pé de novo e apoiada com todo o carinho contra a perna dele.

— Senhor — a doutora disse em voz baixa —, talvez o senhor deva pensar no assunto por alguns dias.

Naquela noite, na cama, com Liz dormindo a seus pés, ele fez as contas. Duzentos dólares por ano em remédios e exames de sangue, mais a ração. Além dos trezentos dólares que ele não recebia mais de Lucy pelo aluguel.

— Dane-se! — ele disse em voz alta, fazendo com que Liz levantasse a cabeça e olhasse para ele com cara de sono.

No dia seguinte, Rob pegou uma receita para os comprimidos, que deveriam ser misturados à ração seca da cachorra, conforme recomendado. O farmacêutico do hospital veterinário também aconselhou Rob a se mudar para um lugar com mais espaço. O lugar mais seguro para um cachorro sofrer um ataque epilético era um gramado macio, onde ele teria espaço para se contorcer e correr de um lado para o outro sem bater em nada pontiagudo.

Foi assim que Rob se mudou para esse lugar onde estava morando havia oito meses. Era uma casa pequena, cujo aluguel saía por 800 dólares por mês. Era localizada em um bairro menos desejável, mas, ao contrário do apartamento, ficava em um terreno com quintal de 2.000 m^2.

— É para a Liz. Assim ela pode ter seus ataques. — Rob contou para Ben, um de seus amigos mais próximos em Austin, que às vezes passava para tomar uma cerveja, quando não estava com sua mulher ou em *tour* com sua banda.

— Que romântico — Ben dissera.

Quando Rob pensou em ir ao casamento de Bee, pensou em Liz e no que faria com ela por um fim de semana inteiro. Ele poderia pedir a seu irmão para vir para Austin tomar conta dela. Jeremy morava em Dallas e estava sempre procurando uma maneira de fugir de sua família.

Mas, como no final das contas ele acabou não comprando a passagem para Maryland, também não ligou para o irmão. Era melhor assim, Rob pensou. Ele achava que Jeremy poderia deixar Liz sozinha para ir a uma noitada com seus antigos amigos da faculdade.

Rob fez que não com a cabeça e estendeu o braço para pegar o telefone. Tinha tomado a decisão certa ao ficar em Austin. Mas talvez devesse ligar de volta para Hannah, só para dar uma força e descobrir como estava o pessoal da faculdade. Ele pegou o telefone, selecionou o único nome gravado na agenda e ligou uma última vez.

~~Nancy~~ Phil

A viagem de carro de Baltimore para Annapolis pareceu ainda mais longa do que era.

Apenas cerca de 50 quilômetros separavam as duas cidades em Maryland, mas o calor, mesmo em setembro, era sinônimo de trânsito no caminho. Phil se viu plantado em cada uma das cidades na rota, ouvindo atentamente o boletim de trânsito no rádio. Glen Burnie. Severn. Parole, que ele imaginava que fosse habitada por ex-presidiários[3]. Provavelmente Phil já tinha visitado aquelas cidadezinhas nos campeonatos de basquete no Ensino Médio, mas o tempo já tinha apagado qualquer lembrança delas.

Desde que havia se mudado para Baltimore depois da faculdade, Phil não saía muito de lá. Ele estava a apenas vinte minutos da casa onde cresceu, onde sua mãe ainda morava — agora com um filhotinho da raça Newfoundland, que havia substituído seu último Newfoundland, que por sua vez havia ficado no lugar do anterior.

Phil havia comprado aquele apartamento em um condomínio sete anos antes, em seu aniversário de trinta e dois anos, e ele ficava a apenas alguns minutos de caminhada do estádio de beisebol Camden Yards, apesar de ele nunca fazer o caminho a pé. Sua cidade natal lhe parecia menos segura que Nova York, Filadélfia ou qualquer das outras cidades

[3] *Parole* em inglês quer dizer "liberdade condicional" (N.T.).

que ele tinha visitado por causa dos jogos. A altura de Phil não ajudava muito. Ter 1,98 metro e ombros largos vinha bem a calhar no estádio, onde ele era encarregado da segurança. Na rua, contudo, Phil achava que a altura e o corpo de lenhador faziam dele um alvo. As pessoas simplesmente achavam que ele era um cara durão, mas aquilo não tinha nada a ver.

Agora Phil já via placas para Annapolis, o que queria dizer que chegaria ao casamento a tempo. Provavelmente era uma notícia boa, embora Phil não achasse má ideia pular a cerimônia e chegar apenas a tempo da recepção. Ele só estava indo a esse casamento porque sua mãe não podia ir. Tecnicamente, ele nem tinha sido convidado. Sua mãe, Nancy MacGowan, é que era a amiga querida da mãe do noivo. As duas, hoje com sessenta e poucos anos, tinham sido inseparáveis quando moravam na mesma cidade, na época em que Phil era um adolescente e a família do noivo, os Fee, passou dois anos morando nos subúrbios de Baltimore para expandir seu negócio de família da Carolina do Norte para Maryland e Virgínia. Todos esses anos depois, as mulheres faziam de tudo para se encontrar com frequência — mas não se viam tanto assim.

Nancy ficou toda empolgada com o casamento. Ela não só estava animada por rever Barb, sua velha amiga, e seu filho Matt, de quem ela tinha tomado conta quando era pequeno, mas também vinha planejando havia meses o vestido que usaria. Ela raramente tinha uma desculpa para sair da cidade, ainda mais para usar um vestido novo e conversar com gente que nunca tinha visto na vida.

Ainda bem que Matt tinha se apaixonado por uma moça cuja família era de Maryland. Se esse casamento não fosse perto, Nancy jamais teria confirmado presença.

No entanto, dois dias antes, ela ficara doente. Era gripe ou uma virose de estômago, Phil suspeitava. Uma doença que ela não queria descrever, o que queria dizer que envolvia diarreia. Phil achava que, se não fosse por aquilo, Nancy teria reunido forças para comparecer.

— Não existe nada pior do que ficar doente quando ainda está calor lá fora — Nancy disse a Phil ao telefone, e ele concordava.

— Quer que eu passe aí no sábado? — Phil perguntou à mãe, pensando em si mesmo e em como seria bom lavar algumas roupas de graça e ver o cachorro.

— Pode deixar que me cuido sozinha — Nancy respondeu. — Mas, Philly, querido, você vai ter que ir àquele casamento em Annapolis e se sentar no meu lugar. A Barb me contou que os pratos custaram quase duzentos dólares cada um, e eu não quero que ela gaste dinheiro à toa. Vou ligar para a Barb e dizer que você vai representar nossa família.

Phil mal podia acreditar.

— Meu Deus, mãe! — ele berrou. — A senhora está brincando comigo. Eu nem conheço esse povo!

— Olha essa boca, menino — Nancy respondeu, secamente.

E assim Phil soube que não havia remédio. Ele passaria um de seus preciosos fins de semana de folga do estádio comemorando o casamento de duas pessoas que nem conhecia.

Apesar de a viagem ter sido insuportavelmente lenta, e Phil achado que seria uma daquelas pessoas que chegam bem no meio da cerimônia, em pouco tempo ele estava dirigindo ao longo da baía de águas brilhantes em direção ao Clube de Campo Tower Gardens, com dez minutos de sobra. Phil saiu do carro e respirou fundo, sentindo os aromas do local ao seu redor. Era um dia perfeito de quase outono. Era sua época favorita do ano no Camden Yards: fazia frio demais nos jogos durante a primavera e ficava abafado demais nos jogos durante o verão. Phil aguardava ansiosamente pelas duas semanas perfeitas ao final de setembro.

Também era a época favorita da equipe que trabalhava no estádio, porque representava o final de uma temporada cansativa. A não ser que os Orioles chegassem às finais do campeonato, o que não acontecia desde o final dos anos 1990, a última noite da temporada caía bem no último dia do mês. O clima confortável anunciava uma luz no fim do túnel.

Saindo do estacionamento, Phil avistou o que achava ser uma multidão de duzentas pessoas ou mais em trajes formais, procurando seus lugares nas fileiras de cadeiras brancas. As mulheres tentavam andar rapidamente, antes que os saltos dos sapatos afundassem no solo úmido. A maioria dos homens usava terno preto. As mulheres estavam de modelitos pretos curtos ou vestidos sedosos floridos ou em tons pastel e sandálias metálicas, que pelo jeito estavam na moda, pelo que ele via no estádio.

Phil odiava admitir que o lugar era lindo. Se ele nunca tinha pensado em casar na igreja, mudaria de ideia na hora em um local como aquele, pensou. O clube parecia aquele tipo de lugar em que um oficial da marinha do século 19 se casaria ou jogaria golfe. O gramado era tão brilhante como grama artificial e era protegido por uma fileira de arbustos bem cuidados. Ao apertar os olhos, ele conseguiu enxergar a fila de veleiros além de uma cerca de madeira que marcava os limites da propriedade.

Um adolescente o cumprimentou quando ele chegou à área onde estavam as cadeiras.

— Amigo da noiva ou do noivo?

— De nenhum dos dois — Phil respondeu, se arrependendo no mesmo instante de ter feito a piada. — Noivo. Desculpa, cara. Noivo. A minha mãe é amiga da mãe do noivo.

— É a minha tia, a Barb.

— Isso. Barb. Eu não a vejo desde que era criança. Uma senhora muito legal — Phil disse meio sem jeito, enquanto o menino apontava na direção de um dos últimos lugares vagos no lado do noivo no gramado.

Phil percebeu que o lado da noiva estava pelo menos um quarto mais vazio que o do noivo, o que o fazia se sentir mal por ela. A família de Barb, um grupo barulhento que já parecia estar bêbado e animado enquanto aguardava o início da cerimônia, fazia o clã da noiva parecer certinho demais e depressivo.

Antes de se sentar, Phil decidiu trocar de time e andou rapidamente até uma cadeira vaga no lado da noiva, para tentar ajudar a equilibrar as coisas. Escolheu uma fileira totalmente vazia, esperando que não precisasse sentar ao lado de ninguém, caso não estivesse cheirando muito bem.

Phil era um cara impecavelmente limpo, que tomava dois banhos por dia, antes e depois dos jogos, mas, por causa da programação cheia do beisebol durante o verão, ele não andava ligando muito para a organização de seu guarda-roupa. Era fanático por manter seus uniformes e as calças cáquis (compradas na loja especializada para caras mais altos) limpos, mas tinha meio que deixado de lado as roupas que usava fora da temporada e também os trajes mais formais. Quando Nancy contou a Phil sobre o casamento, havia dois dias, ele anotou com má vontade os detalhes, o nome do lugar e o horário, e desligou o telefone para tentar achar sua única roupa mais chique, que estava perdida em algum lugar em seu quarto desde o batizado de seu sobrinho, em julho.

Depois de uma hora procurando debaixo da cama e nas pilhas de roupas para lavar, Phil achou o paletó e a calça cinza, muito amassados, em uma sacola que ele havia separado para levar ao tintureiro e que, é claro, nunca havia saído dali.

Alguns minutos na secadora haviam dado conta do recado — seu terno estava sem um único amassadinho. Infelizmente, Phil não conseguiu se livrar do fedor. Apesar de terem se passado quase dois meses, o terno ainda cheirava às asinhas de frango picantes que ele tinha devorado depois do batizado. O cheiro o deixou com fome e levemente enjoado.

Phil ficou pensando se o casal sentado na sua frente poderia sentir o cheiro. Ele queria pedir desculpas a eles e explicar por que estava fedendo a asinhas picantes, mas manteve os olhos fixos no programa do casamento sobre seu colo. Nunca tinha ido a um casamento onde não conhecia nenhum nome citado no programa. Phil já tinha sido padrinho umas doze vezes — para a maioria de seus colegas do time de basquete da faculdade —, e padrinho principal duas vezes.

Phil passou os dedos sobre o nome do noivo e tentou se lembrar da última vez em que tinha visto Matt Fee. Phil tinha poucas lembranças da família de Barb, mesmo sendo tão importante para sua mãe. Ele ficou pensando se havia bloqueado aquelas memórias.

Agora que estava mais velho, ele percebera que Barb era o único canal de comunicação adulta para sua mãe durante os últimos anos de vida de seu pai. Phil era só uma criança quando seu pai foi diagnosticado com uma doença que acabou por matá-lo, e que seu irmão explicava às pessoas de fora da família como algo "que não chegava a ser mal de Parkinson, mas que também não era doença de Lou Gherig" .

Aquela doença não se parecia com nada, pelo que Phil conseguia se lembrar. Era uma névoa escura que tinha tomado conta do cérebro de seu pai e lhe roubado a habilidade de escrever, andar e, por fim, respirar.

No início, Nancy, Phil e seu irmão, Mickey, acharam que o patriarca da família, geralmente mal-humorado e sarcástico, estava simplesmente deprimido. Frank vinha se tornando cada vez mais calmo e reservado, e eles achavam que o motivo era a morte da mãe dele, no ano anterior.

Por fim, Nancy conversou seriamente com Frank sobre aquela tristeza que não passava. Sua resposta foi assustadora: "Acho que não estou bem", ele disse, enquanto uma lágrima escorria por sua bochecha direita.

Dentro de uma semana, eles estavam todos no hospital para as tomografias e consultas. O diagnóstico chegou em um mês.

"Isso se chama demência frontotemporal", Nancy explicou para os filhos, sentados no sofá floral da família com a cabeça baixa. Frank estava lá também. Ele estava sentado em sua poltrona reclinável de couro favorita, olhando fixamente pela janela.

A progressão da doença, na verdade, foi bem lenta, e Phil se ressentia daquele fator — em segredo, é claro. Se Frank tivesse morrido rapidamente, se tivesse perdido todas as suas capacidades dentro de um ano, Nancy não teria perdido sua vida, aos quarenta e poucos anos, cuidado de um homem que passou de bravo a um estado vegetativo ao longo de seis longos anos. Parecia que aquilo não ia acabar nunca, e Nancy o manteve a seu lado o máximo que pôde.

Aquela era a lembrança mais significativa da amiga de Nancy, Barb Fee — o que ela disse à mãe dele na noite em que ela percebeu que teria de colocar seu marido em uma casa de repouso.

Phil estava indo de seu quarto para a sala assistir à TV quando ouviu sem querer a conversa cochichada de Barb e Nancy. Ele escutou escondido em meio às sombras do corredor.

— Você não pode mais cuidar dele — Barb tinha dito com cuidado. — Você tem sido um anjo, fez tudo o que podia. Mas a situação está além do que você pode fazer e é ruim para os meninos. É hora de levá-lo para um lugar especializado, Nancy.

— Não — Nancy respondeu, sem muita convicção. — Ainda não.

— Você vai acabar fazendo isso, e eu vou te ajudar.

Phil ouviu sua mãe deixar escapar um soluço. Geralmente ela chorava sem dar um pio, com os olhos rasos de lágrimas, enquanto falava claramente. Mas daquela vez ela liberou tudo, choramingando e soluçando.

Nancy suspirava, tentando recuperar o fôlego. Phil se agachou o mais silenciosamente que pôde e abraçou os joelhos para se segurar e não começar a soluçar também. Ele sabia que as lágrimas não eram por seu pai, que roncava alto no quarto ao lado do dele. Já fazia mais de um ano que ele havia aceitado o fato de que tinha perdido o pai que conhecera quando criança. Mas ele ficou triste por sua mãe, Nancy, a santa. A vida deveria ter sido mais fácil para ela, mas ela havia sido obrigada a carregar aquele fardo tão infeliz. E logo Phil sairia de casa para ir para a faculdade. E Barb, que havia se tornando a melhor amiga de Nancy tão rapidamente, tinha planos para se mudar de volta para Raleigh. A mãe de Phil ficaria sozinha.

Naquela noite, depois de ouvir Barb bater à porta da frente procurando por Nancy, Phil prometeu em silêncio devoção à mãe — que, agora ele sabia, deveria ter levado seu pai para uma clínica anos antes.

Sozinho em seu quarto, ele chorou por ela. E prometeu a si mesmo que ficaria ao lado dela, não importando o que acontecesse. Ele viria da faculdade para casa em toda oportunidade que aparecesse. Jamais sairia de Maryland enquanto ela morasse lá.

E era por isso que ele estava em Annapolis, com um monte de estranhos no gramado de um clube de campo. Phil faria de tudo por sua mãe.

Nancy havia contado os detalhes do casamento a Phil rapidamente: o filho de Barb, Matt, conheceu a noiva na faculdade de Direito em Raleigh. Ela era de Ellicott City, Maryland, a apenas vinte minutos de onde Phil viveu toda a sua infância. Ela era rica. O pai dela era advogado também.

"Fascinante", Phil pensou, sarcasticamente, enquanto sua mãe continuava dando a ficha do casal.

Phil nunca havia compreendido de que forma pessoas como Matt Fee, que tinham empregos em firmas de advocacia e bancos e empresas, conseguiam acordar cedo todo dia e ir para o trabalho sem cair em depressão. Phil amava seu trabalho, apesar da maneira como o mundo enxergava seu emprego. Ele trabalhava como segurança em um estádio de beisebol. Era chefe das operações, mas isso não significava que demitisse pessoas a torto e a direito ou vivesse mandando todo mundo parar de fumar. Era difícil explicar para gente de fora, mas a profissão dele era muito mais complicada que aquilo.

Como chefe de segurança, Phil liderava uma equipe de 130 pessoas, responsáveis por até 45 mil fãs de beisebol presentes ao longo de quatro horas muito emocionantes. O emprego requeria grande concentração e coordenação e ficava mais complexo a cada ano. Em algumas noites, Phil ficava encarregado do bem-estar de algum jogador famoso, geralmente alguém como Alex Rodriguez, para garantir a movimentação dele pelo estádio sem ser atacado por fãs ou inimigos. Phil também já havia sido responsável por ficar de olho em celebridades fãs de beisebol pelo menos uma dúzia de vezes. Na última temporada, quando os Red Sox estavam na cidade, alguns atores famosos de Boston apareceram na última hora com sua comitiva de funcionários, pedindo para assistir ao jogo do camarote oficial. A administração dos Orioles ficou feliz em atender ao pedido, muito satisfeita com a publicidade que iria render. Phil se sentou ao lado dos bostonianos famosos para garantir que ninguém seria atacado na saída. Phil adorava contar essa história: um dos atores VIPs não comeu nada durante o jogo todo, apesar de os donos terem mandado um monte de cachorros-quentes e asinhas de frango picantes.

"É por isso que não sou famoso", Phil dizia aos amigos, dando uma palmadinha na barriga. "Eu adoro não ter um distúrbio alimentar."

Em algumas noites, Phil fazia questão de ficar no setor Família do estádio para garantir que ninguém ficasse bêbado, nem mostrasse o dedo médio com as crianças por perto.

E sempre acontecia algo inesperado durante os jogos, algo que fazia com que seu emprego tivesse mais a ver com psicologia ou antropologia.

Por exemplo, no mês passado ele recebeu a denúncia de um espectador que tinha visto um pervertido se masturbando no banheiro grande próximo ao Portão H. Ele fez o que tinha de fazer — chamar a polícia imediatamente —, então foi correndo para o banheiro olhar por entre as aberturas estreitas entre as cabines e checar se o cara parecia perigoso.

Quando Phil chegou ao banheiro e olhou pela abertura, viu que não se tratava de um velho nojento, muito menos um pervertido se masturbando na cabine: na verdade, era um moleque, um adolescente naquele tipo de diversão solitária em frente à privada.

Phil virou os olhos e foi até a porta do banheiro, onde três policiais estavam prontos para agir.

— Senhores — Phil disse, com um meio sorriso. — Desculpe chamar vocês aqui por causa disso. É só um moleque. Não é um pedófilo, nem um criminoso, nem nada desse tipo.

— Senhor — um dos homens de uniforme respondeu —, nós recebemos uma chamada de exposição indecente e vamos checar o ocorrido.

— Gente, olha só, eu sei que estão só fazendo o trabalho de vocês, mas e se eu falar com ele? Se alguma coisa parecer estranha, eu trago ele aqui para falar com vocês. Pelo amor de Deus, se a polícia gritar com o moleque só porque ele está batendo uma, o pinto dele provavelmente não vai mais funcionar pelo resto da vida.

Os policiais relaxaram um pouco. Um deles até sorriu.

— Obrigado — Phil disse, voltando para a cabine.

Ele bateu de leve à porta.

— Ô, menino, abre aí.

Silêncio.

Uma voz de taquara rachada, nervosa, finalmente disse:

— Algum problema?

— Moleque, abre aí — Phil disse mais alto.

Um minuto depois, o menino, com o rosto vermelho e que parecia ainda mais novinho do lado de fora da cabine e em postura ereta, olhou desafiadoramente para Phil, que era pelo menos uns 45 cm mais alto que ele.

— O que foi? Eu não fiz nada de errado — a voz do menino tremia. Phil ficou achando que o moleque ia cair no choro ali na frente dele.

— Menino... — Phil disse com todo o jeito, notando que os outros homens no banheiro estavam encarando a cena. — Menino, vem comigo.

Eles foram até o canto do banheiro. Phil se inclinou para a frente para conseguir olhar o garoto nos olhos.

Agora o menino já estava chorando. Lágrimas escorriam por seu rosto, que já estava cor de beterraba.

— Escuta só: tudo bem. Olha, você não pode se masturbar em um banheiro público. Todo mundo faz isso, mas, se alguém vir você num lugar assim, onde dá para ver o que está acontecendo lá dentro da cabine, vai pensar que você é um pervertido e chamar a polícia, como fizeram hoje.

— Alguém chamou a polícia? — o menino tremia, os olhos arregalados.

— Alguém achou que tivesse visto um velho se masturbando no banheiro. Eles pensaram que você fosse um pervertido. Olha, não tem nada de errado em bater uma de vez em quando, mas você só pode fazer isso em casa.

— Eu faço — o menino choramingou, secando os olhos. Phil protegeu o menino da vista dos outros homens nos urinóis, para que não vissem suas lágrimas. Agora Phil é que parecia um pervertido, ele pensou consigo mesmo, achando aquilo até divertido.

— Eu sempre faço isso sozinho — o menino continuou, falando rápido. — Mas estou de férias com meus pais e minha irmã e a gente está no mesmo quarto do hotel, e já faz quatro dias e essa foi a primeira vez que consegui ficar sozinho e tinha que tentar.

Phil mal podia acreditar. Passou a mão pela testa enquanto o garoto continuava.

— Minha irmã trouxe uma amiga, a Hayley, e estou dormindo no chão, ao lado dela e...

— Moleque — Phil disse, nada ansioso para ouvir mais. — Você não precisa me contar essas coisas. Não vai acontecer nada com você, e eu entendo. Mas você não pode se masturbar aqui. Não faça isso de novo. Agora vá encontrar seus pais e assistir ao jogo.

Geralmente, o trabalho começava mesmo depois dos jogos. O emprego de Phil exigia que ele ficasse no estádio até tarde e preenchesse um relatório com o nome de todos aqueles que os guardas tinham expulsado naquela noite, com ênfase especial para aqueles que haviam sido presos. A parte favorita do serviço era descrever o "motivo da expulsão".

"Espectador mijou no corrimão". "Torcedor do Tampa Bay cuspiu em criança que usava boné do Orioles". "Torcedor homossexual do Blue Jays assediou torcedor do Orioles". Somente ao anotar esse tipo de coisa é que ele percebia como as pessoas ficam ridículas quando bebem.

Phil nunca achou que ainda estaria trabalhando no estádio com trinta e tantos anos, mas o que havia começado como um bico de verão durante a faculdade tinha se tornado uma carreira. Ele havia escalado os níveis da empresa e agora participava de reuniões com os chefões do Orioles. Os jogadores o conheciam pelo nome. Alguns o chamavam de Sr. MacGowan.

Antigamente, sua parte favorita do trabalho era conversar com os jogadores. No entanto, agora ele era uma década mais velho que os astros e sábio o bastante para ver que a maioria deles era um bando de vagabundos que nem sabiam a sorte que tinham de ganhar milhões por ano para fazer aquilo que amavam.

Agora, sua parte preferida era gerenciar um bando de moleques da faculdade que trabalhavam como seguranças meio-período, como ele também tinha feito quando ainda estudava. Ele gostava de ser um chefe legal. Deixava os meninos saírem mais cedo e os mandava para casa quando apareciam de ressaca. Ele lhes dava apelidos como Shrek e Cinto de Segurança.

É claro que a programação de beisebol era desumana. Para Phil, era quase impossível ver alguém além de sua mãe de abril a setembro, e aquilo tinha afastado algumas mulheres de seu caminho. A mulherada sempre dizia a Phil que sabia como era o beisebol — 162 jogos em uma temporada, e apenas metade deles acontecia em casa —, mas sempre parecia surpresa e traída quando chegava a primavera e Phil não podia mais planejar nada para as noites de sábado. Elas ficavam bravas como se ele não tivesse avisado.

Enquanto se instalava em sua cadeira branca, que sob o seu peso afundava naquele gramado perfeito de Annapolis, com o cheiro de seu terno camuflado pelo aroma poderoso da água salgada ali perto, Phil olhou ao redor, percebendo com clareza uma situação formal fora do estádio. Todo mundo parecia andar em pares ou em grupos. Além de tudo, ele estava sentado sozinho, com uma cadeira vazia de cada lado, se sentindo mais sozinho do que nunca.

O celular vibrou na lateral de sua perna enquanto ele contemplava sua solidão. Phil ficou satisfeito ao tirá-lo do bolso até se dar conta, com uma depressão repentina, de que era seu agente de apostas.

Joe

Joe sabia que não seria bem recebido no casamento da sobrinha, pelo menos não por Donna, sua cunhada, que era uma megera abominável de Boston, na opinião dele.

Ele via o irmão, Richard, só uma vez por ano e sempre na casa de Richard, em Maryland, um casão robusto de tijolinhos à vista e quatro quartos que não ficava muito longe da rua principal e histórica de Ellicott City — para Donna, o lugar mais interessante do planeta.

Donna nunca havia deixado Richard visitar o irmão em Vegas, apesar de Joe tê-lo convidado pelo menos umas vinte vezes ao longo dos anos. Joe e Richard nunca tinham sido próximos, mas ele não via a hora de exibir suas conquistas em Vegas, mais especificamente seu negócio de fornecedor de produtos para restaurantes, que ia de vento em popa. Donna nunca havia deixado as crianças irem também. Como turista, Donna chamava a terra natal de Joe de "Cidade do Pecado", como se fosse habitada apenas por prostitutas e jogadores viciados em drogas. Se ela soubesse quantas famílias boas e irritantemente barulhentas enchiam os cassinos agora... Elas basicamente dominaram um dos maiores clientes de Joe, o hotel New York New York, graças ao complexo de jogos de fliperama e à montanha-russa, que mais parecia uma Coney Island em miniatura.

As coisas iam tão bem na empresa de Joe que ele nem tinha aparecido para visitar Richard nos últimos três anos. Para dizer a verdade, não era só por causa da loucura no trabalho. Não havia razão alguma para ir a Maryland. Bee, a sobrinha favorita de Joe, já era adulta e morava em Raleigh com seu noivo. Eric, o irmão de Bee, tinha tomado a sábia decisão de deixar Maryland e ir para a faculdade na cidade de Nova York e passava a maior parte de suas férias de verão na Europa, à custa de Richard. Joe não conseguia se convencer a visitar Richard se o grupo ficasse reduzido a apenas três adultos.

Donna geralmente começava a atacar pouco tempo após a chegada de Joe, dando a ele apenas alguns minutos para relaxar antes de começar a fazer perguntas indiscretas sobre a filha dele, como se fosse culpa dele a ex-mulher ter decidido morar a mais de 4 mil quilômetros de onde ele podia ganhar um dinheiro decente para sustentar a menina.

Rachel, a ex de Joe, era professora. Ela e a filha Cinthia moravam no Maine, perto da família de Rachel. A pensão alimentícia de Joe dava conta da maior parte das despesas, e é por isso que morar em Nevada, onde ele tinha uma renda estável, parecia ser a prioridade mais óbvia, pelo menos na cabeça dele. Joe podia ser muitas coisas, mas não era um pai caloteiro. Dava bastante dinheiro para a filha. Quando Donna o acusava de ser um pai ausente, ele sempre respondia: "Professor não pode trabalhar em qualquer lugar? Então por que diabos Rachel mora lá no Maine? É uma escolha!". Aquilo geralmente botava um ponto-final na conversa. Frequentemente, os jantares terminavam em silêncio.

Joe já tinha começado a sofrer com Donna havia mais ou menos uma semana. Ela havia ligado para ele, exigindo saber onde ele planejava ficar durante o fim de semana do casamento.

— Você não pode ficar aqui — Donna havia dito, não muito educadamente. Ele podia imaginá-la em suas roupas de ginástica de marca cara, sempre se exercitando demais. A vida dela era uma série de "cachorros baixos" (uma posição da ioga) e quilômetros extras. Ela tinha deixado a própria filha, Bee, complexada a respeito de sua aparência e peso, e é por isso que ele sempre inundava a menina de elogios em suas visitas quando ela era adolescente.

Ouvir a voz de Donna o fez se arrepender imediatamente de ter confirmado presença.

— Eu não estava planejando ficar com vocês — Joe respondeu, na defensiva.

— Os pais do Matt, o noivo de Bee, estão no quarto de hóspedes e meus pais estão no quarto de Bee. Não temos mais nenhuma cama extra.

— Eu já reservei um quarto em uma das pousadas, Donna, e eu sei quem é o Matt. Você não precisa me dizer com quem é que minha sobrinha vai se casar.

— Tá bom, então. E, Joe, só gostaria de lembrar que é traje a rigor.

Joe resmungou.

— Donna, o convite diz "traje a rigor opcional". Eu tenho um terno bonito. Vai ficar ótimo.

— Só para garantir que você vai vir apresentável.

Joe odiou o lembrete de Donna — como se ele já tivesse aparecido na presença dela usando qualquer coisa que não fosse apresentável. Ele podia ser um homem que se casou e divorciou jovem demais, que morava na "Cidade do Pecado" e tinha uma filha que mal via, mas com certeza conseguia se vestir bem sozinho. Na verdade, se vestir sempre tinha sido uma de suas especialidades. O irmão de Joe, Richard, era como o pai dos dois — um homem cujo guarda-roupa era composto principalmente por calças marrons inclassificáveis e camisas com modelagem ruim. Joe, no entanto, sempre havia se vestido como um modelo de catálogo. Era um pouco *fashionista*, com um quarto convertido em *closet* forrado de ternos bem cortados e sapatos estilosos. Assim, ele se sentia à vontade em Vegas, mas, sempre que visitava a família na Costa Leste, percebia que a maioria das pessoas — o tipo de gente que morava em subúrbios e trabalhava em escritórios — se sentia confortável usando roupa de bancário.

As mulheres amavam o estilo de Joe — o que era bem conveniente, porque ele amava as mulheres. Joe geralmente preferia paquerar as que não moravam em Vegas, e em qualquer dia da semana havia milhares delas para se escolher.

Sua pequena empresa atendia cerca de quarenta e dois restaurantes do distrito dos cassinos, que na sua maioria também eram hotéis. Ele passava a maior parte das tardes visitando os gerentes dos restaurantes para discutir os produtos, e geralmente ficava para uma refeição grátis, que comia usando os talheres que havia encomendado especialmente para o local.

Quando seu trabalho do dia estava terminado, ele dava uma passada no bar do hotel, onde geralmente jogava conversa mole para cima de um grupo de mulheres em viagem de despedida de solteira ou, se fosse primavera, de jovens em férias da universidade.

Mais ou menos uma vez a cada dois meses, ele pegava um avião para Reno. Era de lá que vinha a maior parte de seus novos contratos. Quase uma dúzia de novos restaurantes estava aparecendo do nada na região, desde a alta no mercado imobiliário, desesperada por jogos de facas, garfos e palitinhos de metal classudos.

O sócio de Joe na empresa era um amigo da faculdade que lhe tinha dado um emprego em vendas quando ele ficou sabendo que teria de pagar pensão alimentícia para sua ex, que estava grávida. Joe tinha talento para convencer os outros a comprar coisas e acabou ganhando mais dinheiro para seu amigo do que os dois achavam ser possível. Dentro de um ano, seu amigo o convidou para ser sócio.

Joe adorava seu trabalho, exceto pelas viagens para Reno, que ele considerava a verdadeira "Cidade do Pecado". Sempre se sentia deprimido na hora em que chegava lá. Era como as piores áreas de Vegas, e sem nenhum lugar luminoso para compensar. Velhinhas torrando o dinheiro da aposentadoria em máquinas caça-níqueis. Despedidas de solteiro regadas a muita bebida, sem solteiras por perto. Casais nada atraentes brigando por causa de dinheiro.

No entanto, no ano passado, foi em Reno que ele a conheceu: Victoria. Uma moça de trinta e dois anos, recém-saída da faculdade, que tinha o apelido de Vicki. Ela tinha cabelo preto e curto e parecia uma fada Sininho meio asiática. Estava sentada no bar de uma churrascaria japonesa, tomando goles curtos de vinho branco e assistindo fixamente ao filme de artes marciais dos anos 1970 que passava sem parar em uma das TVs de tela plana do restaurante. Os olhos dela estavam vidrados. Não parecia bêbada, mas cansada. Ele se aproximou dela sem sua autoconfiança de sempre e perguntou, timidamente, se poderia pagar o próximo drinque.

— Não, obrigada, não precisa — ela respondeu em uma voz grave que o surpreendeu.

— E se eu te contar que na verdade o drinque sai de graça de qualquer jeito? — Joe contra-atacou.

A moça lançou um olhar confuso para ele.

— Esse restaurante é cliente meu. Sou o fornecedor dele. Quando venho aqui, como e bebo de graça. A gente pode colocar o seu drinque na minha conta.

Ele levantou os braços, como estivesse se rendendo.

— Sem segundas intenções. É que parece que você precisa de mais um drinque.

A moça deu um sorriso amarelo.

— Bom, se você não está pagando de verdade... Tá bem. Obrigada.

Quatro drinques depois, ela concordou ir com ele para seu quarto de hotel. Ela parecia surpresa por sua própria decisão, fazendo que sim com a cabeça e dando um sorriso fraco enquanto tirava a roupa e ele assistia a tudo da cama.

— Eu nunca fiz isso antes — ela disse. — Mas tenho certeza de que todo mundo diz isso.

— Não, eu acredito em você — Joe respondeu. — Mas eu faço isso o tempo todo — ele completou, para sua própria surpresa.

A moça, Vicki, agora nua, deu de ombros e sorriu para ele, as pálpebras cobrindo a metade de suas pupilas.

— Obrigada pela honestidade.

O sexo foi pouco criativo e deprimente. Vicki parecia derrotada, como se estivesse transando para evitar fazer outra coisa.

Mesmo assim, havia profundidade entre os dois, pelo menos para Joe. Ele decidiu que ela precisava de alguém como ele, que havia uma razão pela qual ela o tinha escolhido para ter uma noite de intimidade pouco característica em vez de voltar para seu quarto e assistir à TV. Ele queria saber mais sobre ela e vê-la novamente. Mas nunca pensou em perguntar seu sobrenome. Ela já tinha ido embora quando ele acordou.

Ele foi correndo para o restaurante japonês no dia seguinte para ver se conseguia o nome dela ou número de seu quarto com o *barman*, mas Joe então lembrou que havia "pagado" pelos drinques de Vicki. Não havia nenhum registro dela no bar.

Joe tinha de ir embora para Vegas naquela noite, mas adiou o voo para o dia seguinte a fim de conseguir ver Vicki novamente. Esperou no bar mais uma vez, achando que ela fosse voltar procurando por ele. Vicki não voltou. Lá pelas duas da manhã, Joe voltou para seu quarto, sem esperança e abatido. Não havia como entrar em contato com ela. Ele nem conseguia lembrar onde Vicki havia dito que estudava. Pensou em pedir à segurança do hotel para dar uma olhada nos vídeos do circuito interno, e então pelo menos ter uma lembrança mais clara de sua aparência. Mas a segurança jamais concordaria. Pensaria que ele era um criminoso.

Então, Joe chegou à conclusão de que, se Vicki quisesse vê-lo, poderia entrar em contato com o restaurante e perguntar ao *barman* quem tinha pagado por seu vinho. Ele tinha esperança de que ela fosse perguntar. Mas meses se passaram e ela não apareceu. Vicki era um fantasma.

Na verdade, Joe agora tinha uma namorada. Ele não estava namorando quando conheceu Vicki, mas havia uns quatro meses tinha conhecido Sarah, e os dois vinham se vendo com regularidade desde então. Ela era *hostess* no Hotel Wynn. Sarah havia estudado gerenciamento de hotéis em Cornell e estava a caminho da chefia. Tinha trinta e um anos e era uma ruiva bonita e de boa família. Mas Joe achava que, por causa da diferença de idade entre eles, o relacionamento provavelmente seria temporário. Recentemente — uma semana antes do casamento de Bee — ela perguntara se Joe se opunha a ter mais filhos. Ele não soube o que responder.

— Vamos pensar nisso quando eu voltar de Maryland — Joe havia dito a ela, beijando sua testa.

Ele pensou em trazer Sarah para o casamento, mas não queria dar a impressão errada a ela sobre seu nível de compromisso. Com quarenta e poucos anos, ele não sabia se poderia levar adiante um relacionamento com alguém tão interessado em ter uma família. E, sinceramente, ele não queria que Sarah fosse a Maryland e visse a forma como ele era tratado pela família do irmão. Perto de Sarah, Joe era um adulto. Mas, em Maryland, com Richard e Donna, Joe era o cara incorrigível. Ele era Peter Pan. Joe não queria que as pessoas de seu mundo em Vegas o vissem pelos olhos de seu irmão e sua cunhada.

Depois de deixar seu carro alugado no pequeno estacionamento atrás da pousada, Joe esperou em fila para pegar sua chave. O pequeno prédio deixava Joe desorientado. Ele estava acostumado a muitas luzes e hotéis decorados de acordo com a última moda. Aquele lugar era a definição de "pitoresco naval", com poltronas de couro marrons e pinturas de ondas e navios pendurados nas paredes de tijolinhos à vista e revestidas de madeira. Na sua frente estavam alguns homens de negócios, um casal que lhe parecia familiar — talvez seus primos de segundo grau — e uma mulher na frente da fila com um violão nas costas. Quando ela se afastou do balcão de madeira da recepção, chave na mão, Joe não pôde se conter e saiu da fila para ir falar com ela. Ele não podia ver uma mulher que tocasse um instrumento, principalmente quando usava jaquetas de couro. Elas o faziam pensar em Lita Ford — ele tinha um pôster dela no quarto quando era criança.

Joe deu alguns passos rápidos, seguindo a mulher enquanto ela se encaminhava para o elevador.

Ela estava de costas, e ele gritou:

— Você toca?

A moça se virou, quase acertando o rosto de Joe com o violão. Geralmente os músicos são mais cuidadosos com seus instrumentos, ele pensou.

— Sim — ela respondeu, forçando um sorriso estreito.

Joe sentiu as palmas das mãos ficarem úmidas. Essa mulher é linda, ele pensou. E seu cabelo, embora na altura dos ombros, era igual ao de Vicki: fino e muito preto. Ao contrário de Vicki, cujo cabelo combinava com seus olhos asiáticos e uma pele cor de oliva disfarçada, a pele dessa mulher o lembrava a da Branca de Neve. Seu corte estilo Chanel, opaco e bagunçado, caía sobre uma pele de marfim quase translúcida. Ela não estava usando maquiagem, e seus lábios pareciam frios e roxos. Joe ficou se sentindo culpado por imaginar como é que essa mulher ficaria se cortasse o cabelo no mesmo cumprimento do penteado de Sininho, para ficar mais parecida com Vicki de Reno. Essa mulher era o máximo que ele conseguiria se aproximar da Vicki de verdade. Ele ficou imaginando a moça nua e se ela se importaria se ele a chamasse de Vicki. Joe resolveu se concentrar em permanecer calmo e não ficar vermelho de vergonha.

Joe respirou fundo e perguntou se ela ia fazer um *show* ali por perto. Talvez ele conseguisse sair de fininho do casamento mais cedo para vê-la tocar.

— Não, é só um passatempo — a mulher explicou. — Estou aqui por causa de um casamento.

Joe relaxou, e agora tinha certeza de que não teria de tirar os olhos dela. Ele se apresentou como o tio de Bee e no mesmo momento se arrependeu por ter se feito parecer tão velho.

— Eu sou a Vicki — ela disse e continuou, mas Joe não conseguiu ouvir mais nada.

Joe havia tido todas as chances de não comparecer a esse casamento. Na verdade, Donna provavelmente esperava que ele fosse pisar na bola e evitar a qualquer custo a Costa Leste e as responsabilidades familiares. Ele admitia que esse entusiasmo duvidoso com o casamento tinha alguma coisa a ver com seu amor por Bee, que havia sido bem grudada nele quando criança. Mas talvez houvesse uma razão cósmica para sua presença ali. E talvez sua decisão de não levar Sarah ao casamento fosse mais que simplesmente evitar o compromisso. Joe era uma pessoa espiritualizada. Supersticioso não, mas acreditava em carma e em casualidade. Talvez houvesse um motivo maior por trás de tudo aquilo, ele pensou, esfregando as mãos úmidas na lateral da calça.

Sua cabeça estava latejando. Ele olhou para baixo, examinando rapidamente o que estava usando e o que Vicki — a nova Vicki — acharia daquilo. Calça de alfaiataria cinza. Uma camiseta branca batida sob um *blazer*. Tudo bem. Ele olhou para cima, percebendo de repente que deveria ser sua vez de responder a sei lá o que fosse que Vicki estava dizendo, mas, ao erguer o olhar, tudo o que viu foi o estojo volumoso do violão se afastando. Assim que ele se projetou para frente, ela virou no canto da recepção e desapareceu.

Hannah

Hannah já estava maquiada, com lápis de olho e tudo, olhando através da janela para o gramado do clube de campo. Ela apertou os olhos para tentar identificar cada pessoa minúscula como uma formiga com cabelo castanho que passava por ali para ver se era Tom. Uma formiga de cabelo castanho tinha potencial para ser Tom. No entanto, ao examiná-lo com maior cuidado, ela viu que os ombros do homem eram largos demais e as passadas, curtas demais para ser Tom. Seu estômago sossegou com uma mistura de decepção e alívio enquanto ela observava o homem nada familiar se sentar nas cadeiras do lado do noivo. A agonia continuaria.

Faltando apenas vinte minutos para o início da cerimônia de casamento de Bee e Matt, a maioria dos convidados já havia chegado ao Clube de Campo Tower Gardens, onde agora rodeavam as fileiras de cadeiras brancas como um bando de urubus em trajes formais. Eles paravam aos pares, para discutir em voz baixa se seria mais confortável se sentar nas fileiras da frente, próximo ao altar montado, onde seria mais fácil ouvir os votos dos noivos, ou lá para trás, onde teriam acesso facilitado aos banheiros.

Enquanto os convidados circulavam ao redor das cadeiras, moços de *blazers* castanho-avermelhados corriam pelo pátio entre o gramado e a tenda da recepção. Eles arrumavam as taças de vinho sobre as mesas e traziam bandejas de gelo para o coquetel de recepção, que entreteria os convidados entre o "aceito" e a festa de verdade, que não deveria começar antes de 45 minutos depois dos votos de casamento.

Da janela onde Hannah estava, na cidadela que dava para o clube de campo, os convidados pareciam pequenos dançarinos, pares de figuras de pauzinho que pareciam participar de uma grande valsa antes de se acomodar em seus assentos. Seus movimentos eram similares e circulares. Hannah imaginou que, a qualquer momento, ouviria uma música e eles fariam mesuras e se curvariam uns para os outros.

Ela ficou nas pontas dos pés, com o nariz quase tocando o vidro, para olhar melhor. Apertou os olhos com toda a força, fingindo estar num tiro ao alvo, seus olhos se lançando a toda a velocidade entre as formas sobre o gramado.

Hannah podia identificar alguns rostos, apesar do tamanho diminuto das pessoas. Ela viu os dois caras que moravam no apartamento acima do de Bee no terceiro ano da faculdade. Eles estavam de braços dados com mulheres bem parecidas, provavelmente suas esposas. Lá estava também o pai de Bee, Richard, que parecia discutir com o pastor no canto da propriedade. Hannah também espiou alguns membros da família de Bee e de Matt que tinham aparecido para o jantar de ensaio na noite anterior.

Hannah passou os dedos pelo vidro, onde sua respiração nervosa tinha criado um pequeno círculo de névoa. E, então, cheia de vergonha, esfregou os dedos no peito, que estava quase todo à mostra. O decote de tecido preto de seu vestido de madrinha era bem generoso, revelando muito mais do que ela estava acostumada. O sutiã complicado, que empurrava seus seios para cima, só deixava o conjunto ainda mais revelador.

Hannah continuou olhando fixamente para o gramado lá embaixo e enfiou suas unhas curtas, que tinham sido feitas e esmaltadas pela primeira vez desde a faculdade, no peitoril da janela. A madeira velha era macia. Suas unhas pequeninas deixavam marcas enquanto ela as apertava contra a madeira, fazendo a tinta marrom e o esmalte vermelho descascarem, e seus flocos aterrissarem sobre o chão de madeira perfeitamente limpo. Ela levou os dedos à boca e ficou imaginando se seria envenenada pelo chumbo da tinta. Fechou os olhos e imaginou os flocos de tinta viajando de sua língua para a cabeça, e assim matando seus neurônios e acabando de uma vez por todas com seu sofrimento.

— Hannah — ela ouviu Dawn comandar, com voz seca, atrás dela.

Hannah se virou para ver Dawn a uns 60 centímetros de distância, chamando-a com seu dedo indicador.

— Posso falar com você por um minuto aqui? Só um minuto, querida. Aqui.

Hannah andou lentamente, com seus sapatos novos, até Dawn. Todas as madrinhas e padrinhos estavam prontos. Jackie e Lisa ainda estavam ao lado de Bee, alisando a cauda de seu vestido e também a noiva, elogiando sua maquiagem, seu cabelo e sua cinturinha fina. Hannah sabia que era daquilo que Bee precisava. Ela estava realmente linda, mas provavelmente insegura ainda e, sem dúvida, preocupada com o que sua mãe pensaria ao vê-la. Hannah estava aliviada por Bee ir morar em Raleigh depois do casamento, mais perto da família de Matt, que a cobria de carinhos.

— O que foi? — Hannah perguntou a Dawn com a voz trêmula, seus olhos piscando de ansiedade e medo da bronca que levaria da madrinha principal. Os olhos de Dawn estavam sérios, os lábios contraídos. Sem aviso algum, ela pegou os dois dedos mindinhos de Hannah, cada um com uma mão.

— Pode parar com isso — Dawn rosnou baixinho.

— Parar com o quê? — Hannah perguntou, chocada.

— Olha só o que você está fazendo — Dawn continuou em voz ainda mais baixa, virando as palmas de Hannah para baixo para que ela pudesse ver suas unhas, que tinham sido pintadas de vermelho sob ordens de Dawn. Hannah viu que suas unhas estavam em cacos de esmalte. Graças à cor, parecia que seus dedos maiores estavam sangrando.

Dawn soltou as mãos de Hannah e levantou seu rosto pelo queixo. Chegou tão perto que elas se viam olhos nos olhos, perto o bastante para um beijo. Em qualquer outra situação, Dawn era pelo menos cinco centímetros mais baixa que Hannah, mas, com o salto alto como perna-de-pau que a madrinha principal estava usando, para compensar pela cauda comprida do vestido, a diferença era de pelo menos dois centímetros e meio.

— Posso ser sincera com você? — Dawn sussurrou, os dedos ainda segurando o queixo de Hannah, em um tom doce, mas severo. Hannah não respondeu. Seus olhos estavam arregalados, o rosto rosado. Ela simplesmente concordou fazendo que sim com a cabeça.

Dawn não disse nada. Olhou fixamente nos olhos de Hannah, estudando sua testa franzida, e seus olhos foram ficando mais gentis e cheios de compaixão.

— O que foi? O que é que você está olhando? — Hannah perguntou, nervosamente. As palavras saíam uma atrás da outra enquanto ela virava a cabeça de um lado para o outro, tentando se livrar da mão de Dawn.

— Eu sinto muito pelas unhas — Hannah continuou rapidamente. — Nem vi o que estava fazendo. Não estou acostumada a usar esmalte. Ninguém vai ver. Eu escondo minhas mãos nas fotos, juro.

— O problema não são as unhas, querida — Dawn a interrompeu, soltando o queixo de Hannah e segurando-a pelos mindinhos de novo, dessa vez apertando-os com força. — Estou nervosa, querida, porque você está deixando todo mundo estressado. Bee vai andar até o altar em alguns minutos, e você está no canto do quarto, sozinha, olhando pela janela como uma *serial killer* maluca que vai tirar uma arma do vestido e começar a atirar nos convidados.

Dawn foi para o lado de Hannah e se inclinou para falar ao ouvido dela:

— Isso aqui não tem nada a ver com você hoje — Dawn sussurrou, seus lábios tocando o lóbulo da orelha de Hannah. Hannah estremeceu com o contato. Dawn continuou inabalável. — Dá para você parar de pensar em você mesma e focar na sua amiga? Dá para focar na Bee agora, querida?

Os olhos de Hannah procuraram Bee, que, do outro lado do quarto de cobertura impecável, parecia uma boneca de porcelana. Seus olhos estavam fechados agora, enquanto Jackie e Lisa a rodeavam, se agachando meio desajeitadamente para afofar a barra de seu vestido. Os lábios de Bee se moviam em silêncio enquanto ela praticava suas falas, provavelmente os votos que tinha escrito. Hannah podia ver a ansiedade de Bee em relação à *performance* que ocorreria a seguir. Ela odiava falar em público. Havia lutado contra esse medo na faculdade de Direito, muitas vezes pedindo dicas do mundo dos atores para Hannah. Hannah sempre a aconselhou a fingir ser outra pessoa.

— Você é uma advogada. Então vá lá para a frente da sala e imagine que é... a Susan Dey, de *LA Law*.

— Meus pais não me deixavam assistir a *LA Law* quando eu era criança, Hannah — Bee havia respondido, com a voz falhando.

Então, Hannah cobriu os olhos com as mãos e soltou um resmungo comprido.

— Ah, meu Deus, eu sou terrível. Ela está ali, se preparando para se entregar a alguém para o resto da vida, e eu nem estou lhe dando atenção. Diga o que eu tenho de fazer, Dawn. Será que tenho que ir para lá afofar o vestido dela?

— Hannah! Olhe para mim! — Dawn ordenou em seu sussurro meio alto, forçando Hannah a tirar as mãos dos olhos e enxergar os dela. A voz da madrinha principal soou mais amigável, mas quase ficou cheia de rancor de novo quando Dawn viu que Hannah estava começando a chorar.

— Não. Absolutamente não — Dawn disse rapidamente, usando seu dedo em riste para secar as primeiras lágrimas dos olhos de Hannah antes que elas se encaminhassem para as bochechas. — Nada de lágrimas. Lágrimas não são uma opção neste momento. Você está maquiada.

Ela tomou as mãos de Hannah.

— Olhe para mim.

Hannah fechou os olhos bem apertados, tentando segurar as lágrimas.

— Olhe para mim! — Dawn sibilou alto o bastante para Lisa olhar lá do canto onde Bee estava, confusa e preocupada.

Hannah obedeceu silenciosamente. Seus olhos se abriram de repente. Ela piscou rápido para segurar as lágrimas.

— Quero que você respire fundo, bem devagar — Dawn a instruiu autoritariamente.

As duas mulheres inspiraram, olhos nos olhos.

— Agora, solte tudo — Dawn disse, e as duas expiraram simultaneamente.

Dawn deixou os braços de Hannah caírem sem movimento ao lado do corpo dela.

— Querida — Dawn disse. —, você tem que parar com isso agora.

— Eu sinto muito. É que estou procurando por ele lá embaixo. Essa espera toda está me deixando louca. Eu só quero ver o Tom e acabar logo com isso. Eu quero ver o Tom, me sentir terrível, voltar para o hotel e tocar minha vida para a frente. Desculpe. Eu quero apoiar a Bee... Mas só consigo pensar que o Tom está lá embaixo naquele gramado com outra mulher. Uma... orientadora vocacional. E, quando não estou de olho lá embaixo, fico checando essa porcaria de telefone. E não tem nada. Nenhuma mensagem. Nada de Natalie Portman. Nada de nada.

Dawn virou a cabeça para o lado, sem nem perguntar por que é que Hannah tinha mencionado Natalie Portman. Sem aviso nenhum, ela se afastou rapidamente de Hannah e correu para sua maleta de maquiagem. Hannah observou enquanto Dawn abria a maleta de plástico e tirou de lá um pequeno porta-moedas, de onde tirou três comprimidos brancos. Os saltos de seus sapatos ressoaram sobre o chão de madeira enquanto ela voltava.

Dawn pegou a mão direita de Hannah, colocando os comprimidos sobre sua palma.

— Pode colocar na boca e tomar refrigerante por cima — Dawn deu as instruções, apontando com a cabeça o copo de refrigerante pela metade e já sem gás que Hannah estava tomando mais cedo.

Hannah mordeu o lábio, estudando os comprimidos.

— O que é isso?

Dawn deu um sorriso.

— Dois vão acalmar você e o outro vai mantê-la bem alerta. Eu dou esses comprimidos para as minhas meninas antes dos concursos. Eles ajudam os nervos. E vão te deixar com o humor melhorzinho.

Hannah fez que não com a cabeça, lentamente.

— Não sei, não, Dawn. Não quero cair no sono, nem ficar com enjoo. Eu tenho tolerância baixa para remédio.

— Você não vai ficar com enjoo, querida — Dawn respondeu, pegando o copo de refrigerante e colocando-o na mão livre de Hannah. Os rostos das duas estavam tão próximos que Hannah podia ver a pequena faixa de cola que prendia um par de cílios postiços às pálpebras de Dawn.

— Posso ser sincera com você, Hannah? — Dawn continuou enquanto Hannah estudava seu rosto, tão redondo e saudável, os dentes brancos demais. — Você tem que fazer isso pela Bee. Esses comprimidos vão ajudar você a enfrentar a cerimônia com um sorriso sincero no rosto. Bee deveria estar focada no dia do casamento dela, mas agora está preocupada com você.

— Se você tomar esses comprimidos agora — Dawn continuou, em seu sussurro em voz alta de sempre —, vai ter umas três ou quatro horas tranquilas e vai poder ir direto para o hotel e dormir. Amanhã você vai acordar bem descansada.

Hannah olhou para os comprimidos, que já estavam começando a derreter sobre sua palma suada.

— Mas eu preciso tomar os três? Essa é a dose recomendada?

— Querida, minhas meninas tomam mais que isso, e a maioria ainda é adolescente e pesa menos de 45 quilos.

— E o que vai acontecer depois? O que eles fazem exatamente?

— Ah, nada que alguém possa perceber — Dawn disse, revelando seu sorriso de vitória enquanto observava Hannah jogar os comprimidos na boca e tomar um gole rápido do copo de refrigerante. — Daqui a uns vinte minutos, você vai se sentir calma, tranquila e pronta para encarar a passarela. Depois de um tempo, o efeito passa e tudo o que você vai querer é uma boa soneca.

— Você quer dizer o corredor da igreja — Hannah disse, sorrindo para si mesma. — Você falou "passarela".

— Você pode chamar como quiser, queridinha — Dawn replicou, ainda em tom leve.

— Obrigada, Dawn — Hannah disse, delicadamente. Dawn deu uma piscadinha rápida para Hannah e foi até Bee para fazer a inspeção final no vestido da noiva.

Hannah permaneceu onde estava, tomando aos golinhos o restante do refrigerante enquanto observava Dawn ajudar Bee, rodeando o vestido para checar todos os lados. Dawn se aproximou e sussurrou alguma coisa que fez Bee cair na risada. Elas deram um abraço rápido e formal, quase sem se tocar para não manchar os rostos e os vestidos uma da outra.

Hannah sorriu ao ver a doçura do abraço desconfortável. Pensou em se juntar a elas, mas não resistiu a se satisfazer pelo menos mais uma vez. Primeiro, checou o telefone. Nada de Natalie. Então, ela foi até a janela para fazer uma busca final, de olho no topo de cada cabeça no gramado abaixo para ver se reconhecia o cabelo de Tom, o penacho preto alcaçuz pelo qual ela costumava passar os dedos enquanto ele dormia em seu colo.

Hannah nunca tinha visto um cabelo tão preto em uma pessoa de pele tão branca antes de conhecer Tom em Syracuse. Era até mais escuro que o cabelo de Vicki, que parecia tinta preta em contraste com sua pele branca.

A cor dramática de Tom foi o primeiro assunto que ele e Hannah discutiram na noite em que finalmente se conheceram de verdade.

Tom tinha sido amigo de Rob — uma das únicas pessoas que Rob considerava dignas de receber sua atenção durante seus três anos na faculdade. Os dois rapazes tinham se conhecido em uma aula de estudos feministas, que fazia parte do requerimento do curso de Horizontes Culturais, criado apenas alguns anos antes, logo depois que suásticas foram encontradas nos banheiros de alguns prédios de repúblicas estudantis.

Tom e Rob começaram a sair para tomar cerveja toda quarta à tarde depois do "laboratório de debates" da aula de estudos feministas, que Rob havia descrito para Hannah como "doze mulheres em botas com enfeitinhos de pele falando sobre o potencial de uma quarta onda de feminismo".

— Com base nos quarenta e cinco minutos daquela merda incompreensível que a gente escuta toda semana, eu sinto muito pelo seu sexo — Rob disse a Hannah durante uma de suas discussões ilícitas na calada da noite. Rob tinha chegado pouco depois das onze e meia, e eles concordaram rapidamente que ambos estavam cansados demais para qualquer tentativa de intimidade física. Rob repousou a cabeça sobre o peito de Hannah, o que os colocou em um abraço bem carinhoso e nada característico dos dois. Hannah fazia carinho no topo da cabeça dele com os dedos e imaginou por uma fração de segundo se, com a aprovação de Bee, ela e Rob poderiam ser algo além de amigos.

Rob a arrancou de supetão de sua fantasia ao falar sobre o novo amigo.

— Mas você tem que conhecer o Tom melhor, viu? — ele disse, pensativo. — Ele falou que provavelmente vai aparecer no *show* na sexta.

— Estou chocada por você gostar desse cara — Hannah respondeu, fazendo pequenos círculos com os dedos sobre o couro cabeludo dele. Ela olhava fixamente para o teto, inspecionando os erros na pintura daquele semestre de outono, as pequenas pinceladas de verde que tinham encontrado o caminho até as luminárias, provavelmente porque ela e Vicki estavam decorando o quarto bêbadas.

— Eu achei que você tivesse dito que eu deveria ter mais amigos — Rob se afastou dela e deitou de barriga para cima, com as mãos atrás da cabeça.

— Eu sei — Hannah respondeu, suspirando e tremendo ao deixá-lo ir. — Mas esse Tom tem alguma coisa que me deixa na defensiva. Estranho. Eu mal falei com ele nas duas vezes em que nos vimos e achei que ele ficava me olhando, me julgando.

— Acho que isso é neura sua. Ele é um cara legal — Rob disse. Minutos depois, os dois já tinham caído no sono.

Hannah teve sua primeira conversa com Tom apenas alguns dias depois. Estavam todos em alguma festa sem importância em uma casa, com um monte de conhecidos que só tinham em comum a banda Ostrom e Madison, batizada em homenagem às ruas do cruzamento onde Rob havia sido indiciado por um policial por urinar em público, em seu primeiro ano na faculdade. A banda de *rock* clássico trazia Rob no violão, Rich (então namorado de Vicki) na bateria, Matt Dorfman no baixo e um aluno de teatro musical chamado Jared Novak nos vocais. Ninguém jamais chamava Jared Novak apenas pelo primeiro nome. Era sempre Jared Novak, dito rapidamente como se fosse uma única palavra.

Apesar de Hannah não curtir nada a música da banda, ela gostava de ver os *shows* da Ostrom e Madison, especialmente quando Vicki estava junto. Hannah e Vicki, que tinham se tornado amigas rapidamente no primeiro ano da faculdade, quando moravam no mesmo dormitório de Rich, Rob e Bee, ficavam no canto mais escuro da plateia tirando o maior sarro das músicas e, mais especificamente, de Jared Novak, que não parava de gesticular e cuja presença de palco seria muito mais apropriada para entreter clientes em um restaurante, e não numa banda de *rock* de faculdade. Geralmente, Bee ficava ao lado das duas, rindo de suas piadas. Às vezes ela até tentava fazer com que as amigas se comportassem.

— Vicki — ela dizia, tentando segurar o próprio riso —, você sabe que está tirando uma da cara do seu namorado, né?

— Ah, sim, tenho plena consciência disso — Vicki respondia, sorrindo.

Naquela noite em particular, a noite da festa sem importância em uma casa, Vicki tinha passado no quarto de Hannah no último minuto para explicar que teria de pular as festividades para dar uma força para uma menina que morava no apartamento acima do delas e que suspeitava estar grávida. Vicki a havia encontrado soluçando sobre uma pilha de neve na varanda que compartilhavam e se ofereceu para levá-la à farmácia e comprar um teste de gravidez.

— Afe — Hannah disse, já encapotada para ir a pé encontrar Rob e a banda. — Se você não vai, eu também não vou. Está gelado demais lá fora. Prefiro pedir comida do Alto Cinco e assistir TV.

— Não, Hannah, você tem que ir. Os pais da Bee estão na cidade, então ela não pode ir. Eu disse ao Rich que iria, então uma de nós tem que aparecer. E ouvi dizer que Jared Novak vai fazer um *cover* do Queen. Vai, sim, e me conta tudo depois.

Horas depois, Hannah já tinha jogado conversa fora com os fãs de sempre da Ostrom e Madison e ficou pensando se poderia mandar uma mensagem mental a Vicki para explicar o que ela estava perdendo: Jared Novak usando um casaco listrado laranja, azul e vermelho, bem berrante, que mais parecia ter sido roubado de um musical. Hannah ficou pensando no que Vicki estaria fazendo naquele momento: provavelmente ajudando sua vizinha a interpretar as cores de um bastão coberto de urina.

Enquanto Jared Novak gemia a letra de *Fool in the Rain*, do Led Zeppelin, indo para a frente e para trás como Robert Plant e repetindo o verso "light of the love that I found"[4], Hannah foi surpreendida por Tom, que apareceu ao seu lado de repente, bem casual, com um copo de plástico vermelho de cerveja em cada mão. Ele deu um para ela, e Hannah aceitou.

— E aí?

— Oi — Ela desviou o olhar de Tom e se voltou para a banda, concentrando-se o máximo que podia na música sem estremecer.

Tom sorriu, passando os dedos pela cabeleira preta.

— Eles estão tocando bem esta noite, né?

---

[4] "Luz do amor que encontrei" (N.T.).

— Quem?

— A banda.

Hannah mordeu o lábio e virou o rosto para olhar para o outro lado, mas ele pôde ver seu sorriso.

— Ué! Você não acha que eles estão tocando bem? — Tom sorriu também.

— O Rob está tocando bem. O Rich está tocando bem, eu acho — Hannah disse, apontando para a banda com a cabeça. — Mas Jared Novak?

— Você não é fã do Jared Novak?

Hannah fez uma pausa para que ambos pudessem escutar uma palhinha dos gemidos de Jared Novak.

"Now my body is starting to quiver. And the palms of my hands getting wet"[5], ele cantava, choramingando.

— Meu Deus. Eu não quero nem imaginar o corpo de Jared Novak tremendo — Hannah disse, agora dando risada. — Você o viu em *Joseph e o Incrível Casaco Technicolor*, no primeiro ano da faculdade?

— Infelizmente, não — Tom se apoiou na parede e se aproximou para escutá-la melhor. Os ombros dos dois se tocaram.

— Bom — Hannah disse, ficando na ponta dos pés para sussurrar no ouvido de Tom. — Eu vi. Foi glorioso. E tenho certeza de que ele roubou o casaco que está usando hoje à noite do guarda-roupa da peça. Era vermelho, laranja, rosa, roxo e azul.

Tom riu ao interrompê-la:

— E rubi e oliva e roxo e castanho claro... — ele continuou, cantarolando a música tema do musical.

— Você entendeu a piada. Você sabe as letras de "Joseph" — Hannah disse, se aproximando dele. — Ah, não, isso quer dizer que você é um *nerd* de teatro.

---

[5] "Agora meu corpo começa a tremer. E as palmas das minhas mãos estão ficando molhadas" (N.T.).

— Não — Tom respondeu, ainda dando risada. — Mas minha irmã é. Ela participou desse musical duas vezes. Ela já fez *Guys and Dolls* umas duas vezes também. Eu sei todas as letras de uns cinco ou seis musicais.

— Você é um bom irmão.

— É o que eu vivo dizendo para ela — Tom respondeu, colocando as mãos nos bolsos e todo o peso sobre o ombro apoiado na parede. — Rob me contou que você também é uma *nerd* de teatro. *Nerd* mesmo.

— Acho que sim — Hannah disse, os olhos indo para lá e para cá enquanto ela ficava pensando quanto Tom sabia sobre os termos de seu relacionamento com Rob. — Estou fazendo artes cênicas, isso é verdade. Mas não sou atriz. Quero ficar na produção. Talvez produzir ou montar o elenco. Vou fazer um estágio em montagem de elenco em Nova York neste verão.

— Esse lance do elenco parece bem interessante — Tom disse, agora tão perto de Hannah que ela podia sentir o cheiro de seu xampu. — Minha família gosta de montar o elenco do filme falso da nossa vida. Era disso que a gente brincava nas viagens de carro mais longas. Uma vez, dirigimos de Boston até a Flórida. A gente montou o elenco que interpretaria a família toda, nossos amigos, os amigos...

— E quem interpretaria você? — Hannah perguntou, sentindo as bochechas corarem por causa da cerveja.

— Sabe que eu não consigo lembrar quem a gente dizia que faria o meu papel? A escolha mudava com o passar dos anos. Mas minha mãe sempre quis ser interpretada pela Susan Sarandon.

— E quem não gostaria de ser interpretada pela Susan Sarandon? Ela parece a Susan Sarandon?

— Não muito — Tom disse, dando uma risadinha. — Ela tem a pele clara, cabelo liso, uma típica irlandesa de Boston. Parece mais a Sissy Spacek. Eu não pareço nada com ela. Meu pai e eu temos cabelo preto irlandês. Bom, agora acho que o cabelo dele é grisalho irlandês.

— Preto irlandês? — Hannah perguntou, confusa.

— Você nunca ouviu falar do cabelo preto irlandês? É como eles chamam essa gente de família irlandesa e católica, pálida e com o cabelo bem preto, como eu. Tem um monte aqui na Nova Inglaterra.

— Eu não conheço muita gente de família irlandesa, para ser sincera — Hannah respondeu. — Se conheço, nunca me contaram. Minha cidade natal tem mais judeus. Na sétima série, eu devo ter ido a uns vinte *bat mitzvahs*. Eu não sabia que isso não era comum até entrar na faculdade.

— Você é judia? Não parece. Não se parece com o estereótipo. Meu Deus, será que posso retirar o que acabei de falar? Saiu pior que eu imaginava!

— Não, tudo bem. Eu não nasci judia, mas fui criada assim desde criança. Minha mãe se casou com um judeu. Martin é o sobrenome do meu pai, mas agora minha mãe é Kathy Feldman.

— *Mazel tov*[6] — Tom disse, meio sem jeito, sem pronunciar a frase da maneira correta. Agora ele estava na frente de Hannah, de costas para a banda, ela com as costas apoiadas na parede.

— Então — ele continuou, aparentemente sem perceber que seu rosto estava apenas a alguns centímetros do rosto dela. — Você e o Rob estão namorando sério? Ele não vai passar de ano e vai sair da faculdade, sabia?

Hannah olhou para baixo e colocou uma mão atrás do pescoço, esfregando-o nervosamente. Deu um passo para o lado a fim de ver a banda novamente e abriu um pouco de distância entre ela e Tom. Hannah mordeu o lábio e manteve os olhos fixos em Jared Novak enquanto pensava na resposta.

— Rob e eu não estamos namorando. Somos só amigos — ela respondeu por fim, secamente.

— Eu não quis me intrometer na sua vida — Tom disse, tentando ficar em frente dela de novo, seus olhos entrando em pânico. — Desculpe. Eu só estava curioso. O Rob é muito legal. É um bom amigo. É

[6] Boa sorte, em iídiche (N.T.).

que... Vocês parecem estar sempre juntos, e sei que você faz muito por ele. Ele estava me contando depois da aula um dia desses que você o está ajudando a tirar notas melhores. Isso... Isso é muito legal. Mas, como disse, vocês nem estão namorando. E ele anda meio perdidão. Os seus amigos sabem que você está dormindo com ele?

O queixo de Hannah caiu. Ela olhou em outra direção, mandando um olhar penetrante e zangado para Rob, que deu um passo para trás sem entender nada, com o violão na mão. Os olhos dele mostravam a dor de acompanhar a versão de Jared Novak para *Don't think twice, it's all right.*

— Putz, Hannah, foi mal. Eu não paro de falar bobagem hoje. Não tenho nada com isso. Eu estou... O Rob é demais. Esqueça que eu falei disso. Acho que eu estou bêbado. Por favor, não escute nada que estou dizendo hoje à noite.

— Não estou dormindo com ele — Hannah disse rispidamente, olhando de novo para Rob, cujos olhos agora estavam fechados, bem apertados. Provavelmente ele estava tentando imaginar que outra pessoa, e não Jared Novak, estava cantando aquela que Hannah sabia ser sua música favorita de Bob Dylan.

— Mas eu não tenho nada com isso mesmo — Tom continuou, enquanto tentava se colocar na frente do campo visual de Hannah. — Por favor, esqueça o que eu disse. Só estou com ciúmes. Já tomei seis cervejas. Eu não deveria estar abrindo a boca.

— Com ciúmes? — Hannah perguntou, olhando de novo para Tom e se sentindo meio tonta também. Ela bem que tentou evitar o sorriso, mas as pontas de seus lábios se curvaram.

— Com ciúmes — Tom disse, sorrindo para ela.

Hannah se lembrou de como entrou no quarto de Vicki com tudo naquela noite, toda animada com o comentário e tentando dissecar seu significado.

— Acho que "com ciúmes" quer dizer que ele está "com ciúmes" — Vicki havia dito, depois de um grande bocejo. Ela estava deitada na cama sob três camadas de lençóis de flanela e um edredom. A capa do edredom combinava com as paredes, que agora tinham cor de canela. — Eu acho que significa que ele quer sair com você, e você deveria aceitar. Ele é legal. Ele é solteiro. Bee não está apaixonada por ele. E ele não aparece na sua porta às duas da manhã pedindo para você bater uma pra ele.

— Uau, Vicki. Você sabe que Rob é nosso amigo. E você sabe que isso é complicado.

— Você sabe que eu adoro Rob, mas não gosto desse lance escondido. Chegou a hora de acabar com isso.

Hannah resmungou.

— Você só está de mau humor porque ficou falando de gravidez a noite toda.

Vicki soltou uma risadinha exausta.

— Provavelmente. Ei, a banda ainda estava tocando quando você foi embora? Rich ficou de vir aqui quando eles terminassem, e eu estou morta. Se você acha que vai demorar um pouco para ele chegar, pode deixar a porta dos fundos aberta?

— Bom, como posso explicar isso... Quando fui embora, Jared Novak tinha começado um *pot-pourri* de *Cats*. Acho melhor você não esperar acordada.

— Engraçadinha — Vicki respondeu, bocejando novamente e virando o rosto para a parede.

Agora, quase oito anos depois, a lembrança dos ciúmes que Tom havia admitido sentir naquela noite ainda estava nadando no cérebro de Hannah. Ela já podia sentir que os comprimidos de Dawn estavam funcionando. Seus ombros caíram de tão relaxados. Ainda à janela, ela levou a mão ao tronco, tentando encontrar as pontinhas do arame do sutiã que se enterravam em sua pele.

De repente, seus olhos foram atraídos por um ponto em formato de cotonete no gramado lá embaixo. Ao lado do ponto preto familiar estava um ponto mais loiro, um penteado afofado sobre uma mulher baixinha e magra que Hannah identificou como a namorada de Tom, Jaime, a orientadora vocacional. As mãos de Hannah ficaram úmidas de repente. Ela se virou da janela e andou até o canto oposto da cobertura na torre, para procurar sua bolsa. Tirou o telefone de lá e mandou uma mensagem de texto rápida para Vicki, que ela achava que finalmente tinha encontrado seu lugar nas cadeiras lá embaixo. "Ele chegou. Com ela", dizia a mensagem. Hannah se levantou rapidamente e sentiu os tornozelos tremerem.

— Dawn! — Hannah gritou de repente. Ela deu um passo rápido para trás, surpresa com o volume de sua própria voz.

— O que foi, querida? — Dawn perguntou do outro lado do quarto.

— Nada importante — Hannah respondeu, dando um sorriso lúcido. — Eu só queria dizer obrigada e que você é muito boa no que faz.

Dawn abriu um sorriso largo e foi até o posto de observação de Hannah. Tocou a pontinha do nariz de Hannah e sorriu.

— Eu sei, querida. Você está se sentindo um pouco melhor, não é?

— Sim. Sim, estou — Hannah respondeu, confiante e com um sorriso no rosto, secando um pequena camada de suor que vinha se formando sobre seu lábio superior. — Vamos lá!

Bem nessa hora, Bonnie Hunt, a organizadora do casamento, passou sem cerimônia pela porta.

— Senhoritas, chegou a hora. Façam a fila na ordem certa. Bee, você fica bem atrás da sua madrinha principal. E... Com licença, Hannah? Você é a Hannah?

— Sim?

— Você precisa de um lenço?

— Por quê?

— Você está suando um pouco, acima do lábio superior. E tem alguma coisa no seu peito. São cacos de tinta?

Hannah olhou para baixo e viu que tinha espalhado os cacos de esmalte e de verniz do peitoril da janela bem em cima de seu decote.

— Ah! — Hannah exclamou, indo rapidamente para o canto pegar um guardanapo, que usou para secar o lábio e limpar o peito.

— Então, tudo bem. Vamos lá, meninas, rápido. Lisa vai primeiro. E então Jackie. E então Hannah. Dawn, e depois Bee. Quando eu disser "vai", podem sair uma por vez. Lembrem-se de esperar três segundos inteiros antes de dar cada passo. Conte um Mississippi, dois Mississippi, três Mississippi. Seu padrinho correspondente estará à sua espera ao pé da escadaria. Bee, seu pai está bem ao pé da escada espiral, atrás dos outros homens. Ele vai te dar o braço assim que você chegar ao gramado.

Na fila, Hannah cerrou os punhos e as palmas molhadas. Arqueou as costas e se virou à direita de Jackie para poder ver Bee, que estava o mais perto possível de Dawn.

— Bee! — Hannah disse, em voz alta demais de novo.

Bee olhou para a frente para enxergar Hannah, com um sorriso tenso.

— O que foi, Hannah?

— Você está foda de linda — Hannah disse bruscamente, a mão sobre o peito com orgulho. — Nunca escute a sua mãe. Você é foda de maravilhosa!

— Obrigada — Bee respondeu, ainda tensa.

— Agora! — comandou Bonnie Hunt. A marcha pela escada espiral abaixo começou bem na hora em que Hannah começou a se sentir tonta, bem tonta.

Joe

Tudo tinha acontecido tão rapidamente. Em um minuto ela era uma estranha, e no próximo já estava ao seu lado, seus ombros tocando os dele. Tudo começou quando ele saiu de seu quarto no hotel, a porta fazendo um "clique" alto ao ser trancada. Foi então que ele ouviu a voz dela. Estava xingando baixinho para si mesma. Ele havia conversado com ela por apenas alguns segundos na recepção antes de estragar tudo, mas sabia que era Vicki. Seu coração bateu com força no peito. Ele não esperava vê-la até chegar ao casamento.

Ele virou à direita e lá estava ela, a apenas dois quartos de distância, com as duas mãos sobre a pequena bolsa enquanto resmungava.

— Pelamordedeus — ela disse.

Ela não havia notado a presença dele. Vicki se agachou rapidamente e jogou o conteúdo da bolsa no chão em frente ao quarto. Não havia muito à vista — batom, chaves do carro, um celular, um livro. Ela fez cara feia e soltou mais um "merda!" antes de recolher seus pertences. Ao se levantar novamente, começou a dar passos largos em direção à recepção.

— Oi! — Joe disse, tentando chamar sua atenção. Ela virou a cabeça na direção dele.

— Oi? — Vicki respondeu como se fosse uma pergunta, apertando os olhos para tentar identificar com quem estava falando.

— Eu sou o Joe, tio da Bee — Joe disse, com um meio sorriso, a testa tensa. — Você sabe... Da recepção. — Ele não sabia o que fazer com os dedos, e acabou deixando cair as chaves de seu carro alugado. Ele se abaixou cuidadosamente para pegá-las, rezando em silêncio para que a calça de seu terno não rasgasse. Vicki, depois de recolher suas coisas, deu dois passos na direção dele e lhe deu um sorriso fraco.

— Desculpe. Estou sem óculos. E desculpe também pelos palavrões. Deixei a chave do meu quarto em cima da cômoda — ela disse, a mão direita segurando a bolsa minúscula coberta de contas pretas e brilhantes.

— Eles devem ter outra chave na recepção — Joe disse, transferindo o peso de uma perna para a outra ao sentir a voz quase sumir. — Você pode pegar uma quando voltar. Acho que você poderia pegar a chave agora, mas a gente provavelmente deveria ir para o casamento. Falta menos de meia hora para começar.

Vicki estava muito mais alta que no primeiro encontro na recepção, Joe pensou, lançando um olhar ofendido para os sapatos decorados de tachinhas dela. Ele não gostava quando as mulheres faziam aquilo — usavam sapatos que pareciam fazê-las andar sobre pernas-de-pau. Ela estava era vestida mais para um enterro, ele pensou, de olho no vestido preto e sem forma, com jeito de saco de lixo, e que ia quase até os joelhos. Apesar do calor que estava fazendo, as pernas dela estavam cobertas por uma meia-calça preta.

Os olhos dele se lançaram sobre a bolsa de novo. Ele viu o livro saindo de lá. Não conseguiu ler o título, mas reconheceu o estilo da fonte, de romance barato. Sua ex, Rachel, lia aquele tipo de livro. As palavras pareciam mais cobertura de bolo, roxas e cheias de rococós.

— Leitura para relaxar? — Joe perguntou enquanto andavam em direção ao *lobby* com pelo menos 60 centímetros de distância entre si. — Você vai ler durante o casamento da minha sobrinha?

— Bee não esperaria nada menos que isso de mim — Vicki disse, permitindo-se um sorriso rápido. — Vou tentar não ler quando eles fizerem os votos.

Joe riu, talvez alto demais, ele pensou. Ele ficou a um metro atrás dela, lutando contra a vontade de sair correndo e abraçá-la.

Ela não parecia com a Vicki original, pelo menos não no rosto, mas havia alguma coisa similar em sua expressão negligente — um bico melancólico e pronunciado — que permitia que ele levasse sua fantasia à frente.

A Vicki do Reno e a Vicki de Maryland tinham corpos similares: pequenos e quase como se fossem duendes. O vestido estilo saco não impediu que Joe adivinhasse a constituição pequena e os peitos diminutos de Vicki. Ela não parecia fazer exercício, era naturalmente magra — provavelmente o tipo de garota que comia doces no café da manhã e fumava na hora do almoço, ele pensou.

A namorada de Joe, Sarah, que ele lembrou de repente que estava à sua espera em Vegas, era o oposto daquele tipo de garota. Estava sempre malhando, sempre correndo. Joe tinha começado a ficar com raiva dos treinos constantes de Sarah para meias maratonas, e de como ela passava toda manhã de domingo correndo com uma de suas amigas do treinamento militar, um programa de *fitness* que exigia que ela acordasse todos os dias às cinco da manhã para fazer exercícios à moda do exército no asfalto de Nevada, que àquela hora já fervia. A rotina dela o fazia pensar em Donna.

Joe usou sua visão periférica para olhar para Vicki agora que andavam pela recepção lado a lado. Os ombros dela estavam tensos, sua postura, engessada. Ele viu as gravuras náuticas emolduradas nas paredes e soltou um suspiro para preencher o silêncio desconfortável.

Ao chegarem à porta da frente, ele a viu mexer na bolsa de novo, dessa vez para pegar as chaves do carro. Joe tossiu de leve para lembrá-la que estava lá e falou mais alto, com a voz insegura.

— Por que você não vem no meu carro? A gente está indo para o mesmo lugar. Posso te dar uma carona.

Vicki parou em frente à saída para olhar para ele. Apertou a chave que já estava na sua mão.

— Obrigada — ela disse, dando mais um passo em direção à luz do sol. — Mas pode ser que eu volte mais cedo. E vou dar carona para uma das minhas amigas, que é madrinha. Preciso do meu carro.

— Mas venho embora quando você quiser — Joe disse, quase implorando. — Você não vai querer dirigir por Annapolis tarde da noite, principalmente se for beber. Fica surpreendentemente escuro depois que você sai das estradas pavimentadas. Eu vou ficar sóbrio e posso mesmo voltar para o hotel quando você quiser.

Falei rápido demais, ele pensou. Estava desesperado demais.

Vicki pegou as chaves do carro e olhou para a porta de vidro enquanto pensava em suas opções. Olhou de relance para o teto, mordendo o lábio.

— Estou falando sério — Joe continuou —, não tem problema nenhum. Quando você e a sua amiga madrinha quiserem sair de lá, a gente vem embora.

Vicki deu de ombros e pendeu a cabeça para o lado.

— Acho... Acho que tudo bem, então — ela respondeu, olhando na direção do rosto dele, mas sem encará-lo nos olhos. — Se eu quiser ir embora sozinha, posso chamar um táxi.

— Então, tudo bem — Joe disse, sorrindo e usando as mãos para abrir a porta para ela. — Depois de você.

Ela o seguiu até o sedã cinza no pequeno estacionamento, ao longo da rua das pousadas. Ele apertou com força o botão de seu chaveiro para destrancar o carro, mas não ouviu som algum. Os dois puxaram cada um sua maçaneta de cada lado da porta, mas o carro ainda estava trancado.

— Acho que esse não é o seu carro — Vicki disse, lançando um olhar acusador para ele.

— Merda. Quer saber? Você tem razão — Joe disse, com uma risada nervosa. — Esses carros alugados são todos iguais. Acho que o meu é um Mercury.

Joe apertou o botão vermelho no chaveiro, que fez tocar uma sirene bem alta a apenas alguns carros de distância. Vicki levou um susto com o barulho, seus olhos arregalados e zangados.

— Desculpe! — Joe berrou por cima do barulho, apertando o botão rapidamente de novo para silenciar o alarme. A cara dela ainda estava azeda.

— Eu deveria ter avisado — ele disse com todo o jeito, se desculpando. — Eu só queria achar o carro. É aquele ali. O Sable.

Eles andaram até o outro carro cinza e tomaram suas posições nos bancos da frente. Vicki colocou o cinto de segurança e olhou fixamente pela janela. Virou tanto a cabeça para a direita que Joe não podia ver nenhum de seus olhos, apenas sua orelha e o cabelo muito preto que quase cobria seus brincos minúsculos.

Ele ligou o carro o mais rapidamente possível, com medo de que ela abrisse a porta e fosse embora.

— Não se preocupe. Não vamos chegar atrasados.

Ela continuou em silêncio e segurou a bolsa sobre o colo com as duas mãos.

— Então — Joe disse, com a voz tremida —, você toca violão na noite. Isso eu já sei! Mas o que você faz durante o dia?

Vicki manteve os olhos fixos no vidro enquanto ele falava. Ele tentou identificar sua expressão facial pelo reflexo da janela.

— Você também é advogada, como a Bee? — ele perguntou, tentando de novo.

— Não — Vicki respondeu secamente. — Sou *designer* de interiores em uma rede de supermercados.

— Parece bem interessante — Joe disse, aliviado por ela ter respondido.

— Parece mesmo? — Vicki respondeu, se virando para ele. Intimidado por sua atenção repentina, ele olhou de novo para a rua e segurou o volante com força. Ele respirou fundo antes de falar de novo.

— Parece um bom emprego, confiável — Joe disse, de olho no utilitário esportivo à sua frente. — Para mim, *design* de interiores parece bem interessante. Eu conheço alguns que fizeram a decoração de uns restaurantes em Vegas. É um negócio interessante, embora eu nem imagine como é decorar um supermercado. Você trabalha para uma rede específica?

— Trabalho para a Walton's.

Joe fez que sim com a cabeça.

— Acho que não tem Walton's em Vegas, mas eu lembro do nome por causa dos anos em que passei na Costa Leste. Então, o que uma *designer* de interiores de supermercado faz? Você decide onde eles colocam o leite? Ou é você quem escolhe o papel de parede?

— A Walton's não usa papel de parede, a não ser na parede que fica atrás do balcão do atendimento ao cliente — Vicki disse, se permitindo relaxar um pouco e se sentindo mais confortável no banco do passageiro. — Na verdade, não há muita criatividade no meu trabalho. Cada Walton's é igualzinha à outra, com poucas exceções. As placas da padaria são idênticas em todas as lojas. A maioria das paredes tem de ser amarelo manteiga. Basicamente, eu sou apenas uma gerente de projetos. Visito todas as lojas da minha região para garantir que está tudo certo. Mando pintar de novo quando as coisas começam a descascar.

Vicki soltou um suspiro, exausta com a explicação.

Joe apertou os olhos enquanto pensava no próximo passo.

— Então seu apartamento deve ser lindo — ele disse, olhando rapidamente para a direita para ver se ela ainda estava prestando atenção à conversa. — Bom, as paredes do seu apartamento não têm que ser amarelo manteiga, né? Aposto que você faz tudo de um jeito bem criativo em casa.

— Acho que sim — Vicki respondeu, fazendo que sim com a cabeça. — Na verdade, minha casa é bem bonita mesmo. O custo de vida é tão baixo em Rochester que consegui comprar móveis bem elegantes, as coisas com que sonhava quando estava na faculdade. O problema é que meus amigos não veem nada disso. Ninguém quer ir para Rochester, e eu não os culpo.

Joe sorriu, imaginando Vicki descansando em seu pijama de seda sobre um sofá de veludo, sozinha.

— Tenho certeza de que é bonito mesmo — ele continuou, agora mais confiante porque ela estava realmente participando do diálogo. — E o que Rochester tem de bom? Para dizer a verdade, estou surpreso por você não morar em Nova York. Pensei que você fosse uma nova-iorquina quando a vi de jaqueta de couro na recepção do hotel. E o violão...

Vicki deu de ombros de novo.

— Eu queria me mudar para Nova York com Hannah, minha melhor amiga, depois da faculdade. Eu queria começar um negócio pequeno de decoração. Eu tinha essa ideia genial para unir gente cheia do dinheiro e artistas talentosos. Tipo, em vez de comprar móveis de lojas caras para os clientes, eu contrataria um marceneiro independente para criar peças únicas. Eu contrataria meus amigos artistas da faculdade para criar papéis de parede exclusivos. Hannah amava essa ideia. Mas a Walton's me ofereceu um emprego, uma agência veio atrás de mim. Ela me ofereceu um salário alto, que é maior ainda em Rochester. Eu provavelmente economizo mais do que gasto. Mas esse é o preço que pago. Tenho que morar longe dos meus amigos e aguentar aqueles invernos terríveis enquanto todo mundo está aproveitando seus vinte e poucos anos num lugar legal. E nada de empresa de decoração. Nada de apartamento legal com a Hannah no Brooklyn. São algemas de ouro. É assim que eles chamam isso, né? Quando você ganha dinheiro demais para não fazer aquilo que realmente te faria feliz?

— Acho que sim — Joe respondeu, tentando manter os olhos na estrada apesar da vontade de olhar para ela. — A essa altura, mesmo que eu quisesse ir embora de Vegas, não poderia. Eu ganho dinheiro demais lá para começar tudo de novo em outro lugar.

Ele notou que Vicki virou a cabeça de novo para a janela, com uma expressão pensativa. Joe tentou mudar de assunto rapidamente, antes que ela ficasse de mau humor.

— Eu namorei uma *designer* de interiores uns anos atrás — ele disse, com a voz animada. — Uns seis anos atrás, acho. Ela ajudava as pessoas a redecorar suas casas antes de colocá-las no mercado... Para especular. Ela tinha um ótimo gosto. Eu só deveria ter pedido para ela me levar para comprar móveis antes de terminar o namoro.

Vicki lançou um olhar zangado para ele, mas Joe podia ver que ela estava disfarçando um sorriso.

Eles saíram do carro e se viram no estacionamento de cascalho branco, entre o utilitário esportivo que estava à frente de Joe o tempo todo e um pequeno carro esportivo com a capota abaixada e uma placa que dizia: EU SOU A LEI.

— Vamos? — Joe perguntou, dando de ombros.

— Será que a gente tem outra escolha? — Vicki respondeu, indo para o lado dele enquanto eles se juntavam aos convidados de última hora em uma rápida peregrinação para o gramado do clube de campo, onde podiam ver um pequeno altar decorado com hortênsias roxas azuladas e lírios surpreendentemente brancos. Ao andarem lado a lado em direção à entrada do gramado do clube de campo, a distância entre os dois encolheu, e suas mãos se tocaram sem querer quando Vicki afundou os saltos na grama.

Um rapaz jovem e com o rosto marcado de acne os recebeu enquanto eles se aproximavam do espaço da cerimônia, onde os convidados rodeavam as fileiras de cadeiras brancas de plástico dispostas como bancos de igreja.

— Vocês são convidados da noiva ou do noivo? — o menino perguntou.

— Somos convidados da noiva — Joe respondeu por ele e Vicki, que parecia aliviada por não ter de falar.

— Tio Joe? — o menino perguntou, olhando-o mais de perto.

Joe se inclinou para a frente, apertando os olhos ao examinar o menino.

O garoto sorriu.

— Sou eu... Derek. Eu sou filho da Sandra. Irmão do David. Que bom ver o senhor, tio Joe. Que surpresa reconhecer o senhor. Acho que, na última vez que nos vimos, eu tinha 12 anos.

— Você deve ter razão — Joe respondeu, lembrando-se dos dois meninos magrelos de sua prima Sandra, que ele tinha visitado anos atrás na Filadélfia durante uma convenção da indústria dos restaurantes. — Você cresceu, garoto. Está muito bem.

— Eu me formo este ano — Derek disse, sorrindo. — E vou tentar entrar na Cornell.

Joe quase contou ao menino que sua namorada, Sarah, também tinha estudado na Cornell, mas se ligou bem na hora, lembrando-se de Vicki ao seu lado.

Vicki se virou para olhar para trás e deu um encontrão no ombro de Joe, como quem diz "tem uma fila de gente esperando para ser recebida".

— Acho melhor a gente procurar um lugar para sentar — Vicki disse, puxando o braço de Joe pela ponta da manga do terno marrom dele. Joe olhou para a mão dela sobre seu braço e sorriu de olhos fechados.

— Derek — ele disse, cheio de orgulho —, ela tem razão. É melhor a gente se sentar, mas conversamos depois, na recepção, tá?

— Claro, tio Joe.

Joe olhou para o chão enquanto andavam, lutando contra o sorriso que se tornava cada vez mais largo quando se sentaram em duas cadeiras, uma ao lado da outra. Estavam cercados por parentes que Joe vinha evitando havia anos e pessoas velhas irreconhecíveis que Joe presumia serem colegas de trabalho de seu irmão.

Havia grupos de jovens atraentes de vinte e poucos anos espalhados, que para Joe deveriam ser os amigos de Bee, de infância e da faculdade. Ele ficou pensando com que grupo Vicki se sentaria se não tivesse se tornado sua acompanhante para aquele dia. Ele se permitiu virar para ela e olhar para a moça com adoração. Ela sorriu para ele e então torceu o nariz de repente.

— Você está sentindo esse cheiro? — ela sussurrou, se aproximando da orelha de Joe.

— Cheiro de quê? — ele disse, aproveitando a oportunidade para colocar a mão sobre as costas da cadeira dela.

— Tem alguma coisa fedendo a... comida. Parece cheiro de... — Ela fez uma pausa, cheirando o ar de novo. — Molho picante. É isso. Está me dando enjoo.

Joe deu uma risadinha silenciosa, seu rosto quase tocou o cabelo dela. Ele notou que os ombros dela relaxaram. Ela se sentou reta de novo na cadeira, que ele havia envolvido com seu braço.

— É horrível — ela continuou. — Isso me lembra da sessão de frango assado da Walton's.

— Acho que estou sentindo — ele mentiu, enquanto olhava para a lateral do rosto dela e suas mãozinhas minúsculas, que seguravam o panfleto com a programação do casamento com força. Vicki inclinou a cabeça para o lado e depois para o outro, alongando suas articulações.

Joe notou a presença de um homem atraente com cabelo escuro e ondulado sentado mais à frente na mesma fileira. Não alto demais, mas de ombros largos. O homem se inclinou para a frente e acenou para Vicki para chamar sua atenção.

— Acho que você tem um admirador — Joe sussurrou no ouvido de Vicki. Ela olhou para o rapaz que acenava e lhe deu um aceno de volta, meio robótico. Seu rosto ficou sem expressão. Ela não sorriu. Joe sentiu que o corpo de Vicki estava tenso em.

Antes que ele pudesse perguntar, ela se virou para Joe e sussurrou:

— É o ex-namorado da minha amiga Hannah, Tom, e a nova namorada dele. A gente odeia ele.

— A gente? — Joe perguntou, com um sorriso largo o bastante para revelar a covinha em sua bochecha direita.

— Sim — Vicki respondeu com um sorriso à altura. — A gente odeia. Ou, bem, mais precisamente, nós temos raiva dele e nos sentimos abandonadas por ele. Hannah é madrinha. É ela que a gente vai levar de volta para o hotel hoje à noite. Você vai conhecê-la mais tarde.

Joe sentiu um frio no estômago. Então haveria um "mais tarde".

Vicki virou artisticamente o rosto de volta na direção de Tom, bem devagar, para que ele não percebesse, e examinou a mulher ao lado dele, uma loira baixinha que apenas olhava para a frente, nem imaginando que estava sendo supervisionada. Ela era uma moça bonita com o rosto sardento. Usava um vestido sob medida preto com um cinto vermelho. Estava sentada com as costas retas e segurava uma bolsa vermelha, que combinava com o modelito, sobre o colo.

— Ela não é tão bonita assim — Vicki resmungou para si mesma.

— Ah, por favor — Joe disse, aproximando a cabeça do pescoço dela. — Não vamos falar mal da coitada. Ela parece ser uma moça legal.

— Tá, tudo bem. Ela é bonita. Mas não é nenhuma Hannah — Vicki disse na defensiva, sem tirar os olhos de Jaime, a orientadora vocacional. — E eu não gosto dos sapatos dela.

Joe se inclinou na frente de Vicki para conseguir ver os pés da mulher. Ela estava usando sapatos pretos de salto meio grosseiros, com uma tira ao redor do tornozelo. Os sapatos eram estilosos, talvez errados para a ocasião, mas não feios.

— Você tem razão — ele disse em tom de brincadeira — Os sapatos não têm nada a ver. Ela acabou de cometer um crime fashion.

— Ele partiu o coração da Hannah — Vicki disse, com a voz repentinamente mais baixa, olhando nos olhos de Joe, querendo convencê-lo. — Ver esse cara com outra pessoa, essa mulher, vai deixar Hannah arrasada.

— Por quê? — Joe perguntou, confuso. — Eles eram casados? Ele a traiu?

— Não — Vicki disse, defensivamente. — Eles só... terminaram. Anos atrás. Eles moravam juntos em Nova York, e ele decidiu se mudar para Boston para ficar mais perto da família. Mas ela ainda não se recuperou.

— Por que não? — Joe perguntou, ainda perplexo.

— Porque... — Vicki fez que não com a cabeça, frustrada. — Bom, eu... eu não sei. Eu acho que ela achava que Tom era o tipo de cara que jamais iria embora. E então ele foi. Às vezes é difícil tocar a vida para a frente, sabe? Principalmente quando você achava que estava seguro.

Joe ficou pensando por um momento se a sua própria namorada, Sarah, descreveria sua situação como segura. Não era.

— Entendi — Joe disse, afetuosamente, dando um tapinha amigável nas costas dela.

De repente, uma mulher em um terninho marrom-claro passou correndo por entre as cadeiras, pelo corredor que levava até o altar, e apontou um dedo com vontade para o quarteto de cordas posicionado à frente. Eles começaram a tocar uma marcha quase sombria, que Joe reconheceu, mas não conseguia identificar.

De trás do conjunto de cadeiras, as madrinhas começaram a emergir em vestidos longos e pretos, cada mulher de braço dado com um homem de *smoking*. Todas de cabelo com chapinha, sobrancelhas feitas. Todas as mulheres usavam os mesmos colares de pérolas e brincos pequeninos de pérolas também.

Joe riu em silêncio, lembrando-se das milhares de vezes que tinha sido padrinho de seus amigos quando tinha vinte e poucos anos. A maioria deles já estava divorciada agora. Ele havia escoltado mais madrinhas invejosas até o altar do que conseguia lembrar — mulheres de todos os formatos e tamanhos. E tinha até dormido com algumas.

Em seu campo periférico de visão, Joe viu Vicki se animar, com o maior sorriso que ele já tinha visto no rosto dela desde que a havia conhecido. Ela sorria para o grupo de madrinhas, quase se levantando enquanto se inclinava para olhar o final da fileira e observar a procissão.

— Qual delas é a sua amiga? — Joe sussurrou para ela, agora que as madrinhas e os padrinhos caminhavam rapidamente para o altar repleto de flores, onde o noivo aguardava Bee com as mãos fechadas em frente à cintura.

— Ela é a terceira na fila. A mais baixinha.

— Ela é linda — Joe disse, de olho em Hannah. — Você tem razão: ela é mais bonita que a nossa amiga do sapato feio — ele completou, sabendo que faria Vicki sorrir.

Tendo a mesma ideia, Joe e Vicki olharam à direita para ver se conseguiam pegar a reação de Tom à grande entrada de Hannah. Como era de esperar, Tom olhava fixamente para Hannah, examinando-a com cuidado enquanto ela continuava a marcha ritmada. Tom esfregou a testa e estremeceu quando Hannah chegou ao altar e se virou para olhar para os convidados. Ela estava bem no meio da fileira de madrinhas, perto da madrinha principal de bochechas rosadas, que havia se posicionado um pouco perto demais da noiva, como se estivesse doida para ser o centro das atenções.

— Você viu como Tom olhou para Hannah? — Joe perguntou para Vicki, agora investindo no drama da amiga dela. Ele se surpreendeu com a maneira como pronunciou os nomes, como se fossem personagens de novela.

— Vi — Vicki sussurrou, satisfeita, com os olhos ainda sobre Tom. — Era... era exatamente isso que eu queria que acontecesse. Foi exatamente isso. O olhar de alguém se remoendo de arrependimento.

— É melhor a gente levantar, ou vamos perder a entrada de Bee — Joe disse, sorrindo ao ver a noiva, sua sobrinha favorita, que ele não via e para quem não ligava havia anos.

Joe e Vicki se levantaram com o restante dos espectadores quando Bee começou sua marcha em ritmo lento em direção ao matrimônio. Ela acenava com a cabeça para os convidados na ponta das fileiras enquanto andava. Estava de braço dado com o pai, que mantinha uma expressão facial rígida. Como sempre, ele não transparecia nada.

Joe tentou imaginar sua própria filha andando de braço dado com ele em uma situação como aquela. Não parecia possível, pelo menos não agora. Quando era mais nova, Cynthia ficava animada com as ligações de Joe e não via a hora de ir vê-lo em Vegas, em visitas repletas de *shows*, bufês e passeios no deserto. No entanto, nos últimos anos, ela mal retornava suas mensagens. Ele podia ouvi-la reclamar quando a mãe a obrigava a atender as ligações do pai.

A namorada de Joe, Sarah, o havia confortado explicando que Cynthia estava simplesmente passando pela puberdade, mas Joe achava que a situação ia além disso. Afinal, ele é que tinha falado para a filha, pela primeira vez, de onde vinham os bebês. Ele tinha sido a primeira pessoa para quem ela havia ligado quando sofreu a primeira paixonite, e quando ficou menstruada pela primeira vez e se sentiu envergonhada demais para contar à mãe. A puberdade deveria ter fortalecido a ligação entre os dois, mas, na última vez em que Cynthia tinha visto o pai em Vegas, havia gritado com ele, acusando-o de ser um pai apático. Ela havia criticado seu estilo de vida e tirou sarro de seu namoro.

— Ela tem, tipo, a metade da sua idade! — Cynthia disse sobre Sarah, logo depois que a conheceu.

— Isso não é verdade. Se ela tivesse a metade da minha idade, teria vinte e um anos. Ela tem trinta e um.

— Mas a idade dela está mais perto da minha que da sua! — Cynthia contra-atacou.

Joe parou de falar por um minuto, calculando o mais rápido que podia.

— Não é verdade. Cynthia, não sei o que está acontecendo aqui. Se você não gosta da Sarah, tudo bem. Ela não vai vir aqui quando você estiver comigo. Mas eu nunca te vejo, e só quero passar um tempo com você.

— Eu acho — Cynthia disse, as pálpebras cobertas de sombra azul brilhante — que, se você quisesse mesmo me ver, então iria para o Maine ver a gente, eu e a mamãe.

Joe voltou ao momento presente quando Vicki pegou em seu braço. Bee estava passando pela fileira deles e lhes deu uma piscadela. Os olhos de Joe estavam rasos de lágrimas. Sempre tinha sido mais fácil lidar com Bee do que com sua própria filha. Bee adorava Joe quando criança, e ainda mais em sua adolescência. Era o tio Joe que lhe trazia chocolate escondido quando ela ainda era alérgica, e lhe dava um anti-histamínico enquanto ela comia um Snickers. Assim, quando eles voltavam de sua longa caminhada pelo distrito histórico de Ellicott City, ninguém nem reparava. Era o tio Joe que levava Bee para o *shopping* em Colúmbia, onde comprava para ela esmalte e acessórios baratinhos, o que Donna afirmava ser gastar dinheiro à toa.

Joe sorriu carinhosamente para Bee e então para Vicki. Ele e Vicki se olharam como se fossem pais orgulhosos, seus ombros se tocando.

— Ela está perfeita — Vicki disse, com os olhos repentinamente cheios de lágrimas tristes. Sua boca fez um bico. Seus ombros estremeceram e ela engoliu um soluço.

Joe colocou o braço ao redor dela, confuso, mas sentiu o sabor da vitória quando ela se inclinou na direção dele e colocou uma das mãos em frente à lapela marrom dele.

— Tudo bem — ele sussurrou, tirando um lenço de papel de um dos bolsos. Ela se recompôs rapidamente enquanto os convidados se sentavam.

— Você está bem? — Joe perguntou, sussurrando em seu ouvido enquanto ela se sentava com as costas retas e tensas, olhando para o final da fileira para ver se Tom havia notado seu breve faniquito.

— Tudo bem — Vicki respondeu, quase sem voz. — Na verdade — e agora ela sussurrava um pouco alto demais, enquanto o pastor começava a cerimônia —, eu estou com uma merda de depressão.

Duas mulheres mais velhas na frente deles se viraram para trás para lançar um olhar zangado para Vicki e Joe. Joe as reconheceu como as irmãs de Donna.

Joe tentou segurar uma risada com a reação típica de diretora de escola das mulheres, mas Vicki já estava rindo. Temendo que fossem fazer escândalo, os dois seguraram o rosto entre as mãos, olhando para o colo, seus ombros tremendo enquanto tentavam manter-se em silêncio. Eles se apoiaram um no outro, tentando se controlar. Pelo canto do olho, Joe viu que Tom agora estava olhando na direção deles, provavelmente confuso: o que poderia ser tão engraçado? Ele olhou fixamente para Vicki, sem saber o que pensar, e então deu um sorriso fraco ao ver que Joe estava olhando para ele.

Joe se virou para Vicki, e ela ainda estava de cabeça baixa. Ele podia ouvir o pastor dando as boas-vindas aos convidados, mas não olhou para o altar. Ele ofereceu a mão a Vicki e ela a apertou com força.

Phil

Assim que o noivo e a noiva disseram "aceito", Phil pulou de sua cadeira dobrável para encontrar um banheiro na recepção do clube de campo. Uma vez lá dentro, tirou o celular do bolso e procurou o último número para o qual havia ligado, tentando não pensar na chamada de seu agente de apostas, que tinha ido para a caixa postal. Apertou o botão verde e viu "Mãe" aparecer na tela. Ela atendeu depois de o telefone tocar duas vezes.

— Alô? — pela voz rouca, Phil já sabia que ela não estava melhor. As palavras saíam abafadas, como se houvesse uma camada de algodão entre o telefone e o rosto dela.

— Nancy, pela sua voz, você piorou — ele disse, brincando com o fato de chamá-la pelo primeiro nome.

— Na verdade, estou me sentindo melhor que na noite passada, querido. Espere aí... Que horas são? Não é a hora do casamento? Você já chegou em Annapolis? — ela terminou sua pergunta tossindo.

— Estou aqui. Eles acabaram de falar "aceito" — Phil disse, sussurrando, imaginando se alguém do outro lado da porta do banheiro conseguia ouvi-lo.

Nancy continuou, disparando perguntas sobre a cerimônia, e ele ignorou quase todas.

— E a Barb, está bonita? Como era o vestido da noiva? O Matt parecia nervoso? O que você está usando? A sua roupa está limpa?

— Sim, mãe — Phil mentiu, pensando se poderia tomar um banho de *spray* de desodorizador de ambientes empoleirado sobre o vaso sanitário, para disfarçar o cheiro das asinhas picantes. Mas rapidamente decidiu que não seria uma boa ideia. As coisas ficariam ainda piores se ele acabasse fedendo a frango e Pinho Sol.

— Querido, me conte mais sobre a Barb. Ela deve estar tão orgulhosa. O filho caçula casado, ela tem tanta sorte!

— Eu ainda não a vi, mãe — Phil respondeu secamente, entendendo a indireta. — Ela estava sentada lá na frente e eu estava mais atrás. Eu não queria bloquear a visão de ninguém.

Nancy não questionaria esse fato. Phil sempre teve consciência de sua altura, principalmente em *shows* e no cinema, onde ele se sentia um gigante que estava sempre bloqueando a visão de alguém. Elizabeth, a ex-namorada de Phil, que tinha 1,57 metro, sempre ficava impressionada com a compaixão dele por pessoas mais baixas. No segundo encontro propriamente dito dos dois, ele a levou ao Charles Theater, um teatro histórico em Baltimore e o único lugar onde ele sabia que passavam filmes cabeça. Elizabeth tinha entrado na frente dele e escolhido um lugar numa das fileiras do meio, preparada para ocupar as melhores poltronas da casa, mas Phil a chamou do fundo do cinema, explicando que, com seu 1,98 metro, ele não se sentia confortável sentando-se onde acabaria restringindo a visão de muitos humanos de tamanho normal.

— Uau — Elizabeth disse, surpresa. — Como você é... atencioso.

— Gente baixa também é gente — Phil respondeu sarcasticamente enquanto se ajeitava numa das poltronas das fileiras do fundo, certificando-se de que não havia ninguém atrás dele, nem na frente dela.

— Não, estou falando a verdade. É muito legal — Elizabeth havia dito. — Eu não sabia que as pessoas altas eram tão preocupadas com as baixinhas. Parece que sempre tem uma pessoa alta na minha frente que não está nem aí.

— Bom, minha mãe tem só 1,52 de altura — Phil explicou. — Estou acostumado a cuidar de mulheres baixinhas.

— Que fofo — Elizabeth disse, sorrindo para ele com afeição.

É claro que, um ano e meio depois, Elizabeth não achava mais fofa a preocupação de Phil com sua mãe.

— Você é apaixonado pela sua mãe! — ela havia berrado durante uma de suas últimas batalhas, antes de sair com tudo do apartamento dele, batendo a porta da frente, e depois a dela também. Como eles eram vizinhos, sempre havia duas batidas de porta, uma logo depois da outra.

A briga tinha começado depois que Phil cancelou a viagem do casal para Virginia Beach. Ele havia prometido que levaria Elizabeth para lá em um fim de semana prolongado. Estava tudo pronto — eles tinham combinado ficar na casa de um amigo de Phil —, mas, um dia antes da viagem, Phil recebeu uma ligação de Nancy. Ela o convidou para jantar e disse que já tinha feito seu prato favorito: filé Wellington.

— Eu disse que iria — Phil explicou.

— Mas por que você não falou que a gente ia viajar? — Elizabeth perguntou, já irritada.

— Bom, para dizer a verdade, ela parecia meio estranha. Meio solitária. Ela passou seis horas fazendo filé Wellington para mim, e já está na geladeira. Não quero que ela passe o fim de semana sozinha. Estou com um pressentimento ruim. Se eu não estiver lá, alguma coisa ruim pode acontecer. O aniversário do meu pai é na semana que vem. Provavelmente minha mãe já está ansiosa por causa disso.

Foi então que Elizabeth teve um treco. Primeiro, literalmente: empurrando o pescoço para a frente e para trás, nervosa, fazendo com que o ar entre os ossos produzisse um barulho alto de algo se partindo; e então emocionalmente, ao apontar diretamente para o relacionamento de Phil com a mãe pela primeira vez. Ela já tinha dado alguns golpes passivo-agressivos, dizendo que a mãe de Phil era uma mulher adulta e capaz de tomar conta de si mesma, mas nesse dia não houve filtro algum.

— Que engraçado, Phil, porque eu meio que achava que você estivesse a fim de transar neste fim de semana. Ou talvez seja por isso que você vai para a casa da sua mãe.

— Por favor, Elizabeth — ele não tinha mais nada a dizer. O silêncio encheu a sala enquanto ele assistia a Elizabeth ferver.

— Então vá para casa, Phil. Faça o que você quiser.

Com isso, ela saiu e bateu as duas portas. Alguns segundos depois, Phil foi até a parede que separava os dois apartamentos e apoiou a orelha contra ela. Ele sempre conseguia escutar Elizabeth falando ao telefone depois dessas brigas, xingando-o para uma amiga ou para a própria mãe, que morava na Califórnia. Geralmente, mais ou menos uma hora depois da batalha, ele podia ouvir vozes masculinas e femininas, o que queria dizer que ela tinha ligado a TV. Ele ficava de orelha colada na parede até conseguir identificar ao que ela estava assistindo. Geralmente era um dos episódios de *Sex and the City* que ela tinha gravado. Elizabeth tinha gravado quase toda a reprise daquela série, apesar de ter a maior parte das temporadas em DVD.

Phil odiava *Sex and the City*, mas reconhecia a capacidade do programa de melhorar o humor de sua namorada. Ele ligava para ela depois das brigas, sabendo ao que ela estava assistindo, e ela atendia sem dizer "alô". Ela respirava ao telefone, e ele dizia algo como "Carrie Bradshaw vai ficar ainda mais feia na minha tela plana". Ela ria, desarmada, e voltava para o apartamento dele com um de seus DVDs, ao qual eles assistiam em silêncio, abraçadinhos.

Aquela rotina funcionou até começarem os superchiliques e prazos para pedidos de casamento e irem morar juntos. Phil não cumpriu esses prazos, e ela manteve a promessa de continuar tocando sua vida em frente. Ela não ligou de volta para Phil. Ela mantinha os olhos fixos no carpete marrom do corredor quando passava por ele ao sair de casa. Phil não sabia ao certo, mas tinha a impressão de que fazia três meses, desde que tinham terminado o namoro, que Elizabeth não ligava a TV na sala para que ele não descobrisse ao que ela estava assistindo.

A mãe dele tinha perguntado sobre Elizabeth algumas vezes depois do fim do namoro, aconselhando-o:

— Você deveria ligar para ela — como se ele já não tivesse tentado. — Ela é uma boa moça, Phil. Tenho certeza de que ela vai perdoar o que quer que você tenha feito.

Mas o problema era o que ele não tinha feito. Ele não a havia pedido em casamento. Ele se recusava a considerar a coabitação, explicando que era de uma família muito católica e que morar junto antes de casar não era certo. Elizabeth o lembrou de que o irmão dele tinha morado com a esposa por vários meses antes do casamento, mas Phil desconsiderava o exemplo.

— Minha mãe ficou sabendo que eles foram morar juntos antes do casamento e ficou fula da vida. Não vou fazer isso com ela.

De dentro da cabine do banheiro da sede do clube de campo, Phil agora escutava sua mãe, que mandava animadamente uma mensagem que ele deveria transmitir a Barb.

— Diga a Barb que ela é uma ótima mãe, e que isso não quer dizer que ela seja velha. E Phil, querido, diga a ela que vou visitá-la assim que puder. Ou talvez, na próxima vez em que vier a Maryland, ela possa vir me ver. Imagino que ela estará por aqui mais vezes agora, já que a família da nora é daqui. Diga a ela que a gente tem tanto para conversar!

— Tá, mãe — Phil disse, abrindo a porta do banheiro para encontrar três adolescentes irritados esperando lá fora. — Mãe, preciso ir. A recepção vai começar.

— Até que enfim, cara — um dos meninos resmungou quando Phil passou por eles. Phil fez uma careta, morrendo de vontade de chutar o moleque para bem longe dali.

De repente, desesperado para ir embora e para evitar a próxima ligação de seu agente de apostas, Phil pensou em sair à francesa.

— Mãe — ele perguntou esperançoso —, e se eu ficasse na recepção por uma hora e depois fosse para casa? Posso ir buscar uma sopa para você. Amanhã cedo, se você estiver se sentindo melhor, a gente podia ir comer omelete no *pub*. E eu posso levar o cachorro para passear. Assim você não precisa sair.

— Não, querido — Nancy respondeu rapidamente e com o máximo de autoridade que conseguia manter entre uma tosse e outra. — Você tem que ficar nesse casamento. Barb precisa ver que estamos ao lado dela. E não quero que você dirija tantas horas num dia só.

— Mas, mãe — Phil reclamou. — Você está sozinha aí. E tem tanta gente aqui. Barb iria gostar de saber que fui embora para tomar conta de você. Ela nem vai perceber que fui embora.

— Querido — Nancy disse. — Eu estou bem. Agora vá se divertir. Vá conversar com as madrinhas.

Phil virou os olhos.

— Tá, mãe.

— Tchau, querido.

A sede do clube de campo estava lotada com uma multidão de convidados que vinham do coquetel no pátio para a tenda que havia acabado de ser aberta para a recepção. O *hall* da sede era sofisticado e limpo, com alguns sofás de couro ao lado de prateleiras repletas de livros amarelados. Havia duas mesas no centro da sala, um com os cartões que marcavam os lugares reservados para os convidados às mesas, e outra dominada por um *laptop*. O computador mostrava uma fotomontagem digital de cenas de Bee e Matt como casal.

Fotos dos dois rindo na lanchonete da faculdade de Direito da UNC que se transformavam em imagens espontâneas dos dois em um barco em algum lugar tropical. Às vezes uma foto de Matt ou Bee bem jovens aparecia na tela. Havia algumas boas de Matt com um *mullet* bem anos 80, provavelmente da época do Ensino Fundamental. Havia algumas fotos de Bee na faculdade. Uma foto bem inocente e antiga mostrava Bee rindo com uma moça que Phil reconheceu como uma das madrinhas. A madrinha em questão estava loira na foto, e bem artificial. Agora o cabelo dela era castanho e liso. Ela era mais bonita pessoalmente. Phil tinha rido em silêncio ao vê-la inquieta durante a missa.

Phil fez cara feia quando a foto derreteu e desapareceu, voltando à tona como uma imagem nova, dessa vez uma de Bee e Matt no pomar de macieiras. Phil reconheceu a foto do cartão "reserve essa data" preso por um ímã à geladeira de sua mãe. Phil virou os olhos e se voltou para mesa com os cartões para os lugares reservados. Ele achou que podia esperar até a multidão se dispersar para encontrar o cartão com seu nome. Ele não estava nem aí com onde iria se sentar, pois estaria entre estranhos de qualquer jeito. Enquanto isso, achou que era melhor procurar uma TV para descobrir o que estava rolando e se seu agente de apostas estava ligando com notícias boas ou terríveis.

Ele seguiu por um corredor comprido em direção à parte de trás do prédio, onde ficou feliz ao encontrar a grande sala de estar do clube. Para sua alegria, a televisão do bar estava ligada. Três homens mais velhos que pareciam não ter nada a ver com o casamento estavam sentados em poltronas de couro não muito distantes da TV. Pareciam ser jogadores de golfe, membros do clube de campo que provavelmente passavam a maior parte de suas tardes de sábado bebendo copinhos de Bourbon depois dos jogos, para não ter de ir para casa ver as esposas.

Eles estavam sentados ao redor de uma pequena mesa de madeira, todos olhando para a frente, os olhos grudados no jogo de futebol americano Maryland × Rutgers.

Phil ficou olhando para os homens nas poltronas, tentando calcular as reações se ele mudasse de canal por apenas alguns minutos. Em qualquer outro dia, ele preferiria assistir ao Maryland × Rutgers mil vezes a tentar socializar-se no casamento de um estranho, mas tinha apostado uma quantia alta no jogo Oregon × Califórnia, que estava acontecendo ao mesmo tempo, do outro lado do país. Normalmente Phil não fazia apostas tão agressivas: ele se achava um apostador conservador e que jogava pelo caráter recreativo da coisa. Phil cerrou os punhos, imaginando o que não estava assistindo na CBS enquanto o Maryland × Rutgers continuava, como era de esperar, sem nenhum lance emocionante na ESPN.

Phil gostava do Oregon, e o suficiente para correr o risco, mas, para dizer a verdade, era ainda cedo demais na temporada para ter confiança na vitória dos Oregon Ducks por mais de seis pontos, e ainda jogando fora de casa. Ele havia arriscado quinhentos e cinquenta dólares para ganhar quinhentos naquela jogada, mas não era isso que o assustava. Era sua segunda aposta, uma decisão de última hora para tentar ganhar mil e quinhentos dólares, que o assombrava. Era uma decisão que o obrigava a torcer para ambos os times marcarem pontos. Se Oregon e Califórnia não chegassem juntos a mais de setenta e um pontos e meio, e o Oregon não ganhasse por mais de seis pontos, ele perderia dois mil e duzentos dólares. Ele teria de recorrer à sua poupança para pagar a hipoteca da casa.

Ele tinha feito essa aposta estranha havia três noites, depois de ver Elizabeth sair de seu apartamento com a maquiagem que usava para sair com ele. Ela nem fez contato visual com ele. Simplesmente se encolheu, desconfortavelmente, enquanto andava rápido pelo corredor e pegou o elevador antes que a porta se fechasse.

Ela estava usando a mesma roupa que reservava para os compromissos mais chiques dos dois, os poucos encontros que incluíam reservas em restaurantes. Ao vê-la desaparecer, quando a porta do elevador se fechou, ele ficou pensando no que sua noite reservava: televisão e um pacote de salgadinhos.

Ele se ajeitou para ficar confortável rapidamente naquela noite, pegando uma cerveja na geladeira e afundando no sofá com seu pacote gigante e recém-comprado de Doritos. Então, ligou na ESPN bem a tempo de ver uma matéria sobre o técnico de ataque do Oregon, um cara poderoso que tinha sido contratado da Universidade de New Hampshire (UNH) e cuja carreira estava em ascensão. Duas cervejas e meia e uma hora depois, Phil ligou para Hank para fazer a aposta. Fazia tempo que Hank era o agente de apostas de Phil, que o via com maior frequência anos antes, quando era um apostador mais agressivo.

Quando Phil pediu para fazer essa aposta, Hank fez uma pausa antes de responder:

— É isso mesmo, Phil? — ele finalmente perguntou.

— Hank — Phil respondeu. — Esse cara era um gênio na UNH. Eu gosto da linha dele.

Hank ficou quieto, o silêncio cheio de dúvida.

— Hank, você nunca teve que vir atrás de mim. Você não deveria querer que eu corra certos riscos?

— Eu não preciso ir atrás de você porque não sou agente de apostas — Hank disse de uma vez, nervoso, como se a linha estivesse grampeada. — Eu tenho uma comunidade informal de apostas.

— Ah, tá. Você é um cidadão exemplar, Hank — Phil disse. — Coloca o meu dinheiro no Oregon.

Agora Phil estava no coração do território dos fanáticos de Maryland, preso ali assistindo a um jogo Maryland × Rutgers. Era tudo culpa de Elizabeth, ele pensou. Elizabeth e aquela maquiagem de encontro chique e sua saia florida.

Elizabeth e Elana tinham alugado o apartamento ao lado do de Phil por três anos, mas, no primeiro ano, só reconheciam a sua existência ao cumprimentá-lo e sorrir quando passavam por ele a caminho do elevador acarpetado do prédio. Phil sabia os nomes delas graças às paredes finas e à caixa de correio no *hall* de entrada.

Elana era a mais extrovertida da dupla. Tinha uma risada de bruxa de desenho animado e um cabelo cacheado e indomável que Phil achava que ela alisaria se fosse uma mulher mais sofisticada. Era magra, a não ser pelos braços, que pareciam grandes demais para as mangas de suas camisas. Phil tinha a impressão que, a qualquer momento, os músculos de Elana se expandiriam e rasgariam sua blusa, como se ela fosse o Incrível Hulk.

Elizabeth, a mais atraente das duas, era um mistério, pelo menos no começo. Era discreta e raramente jogava conversa fora com alguém no corredor. Geralmente saía de casa antes das sete da manhã, e não tinha pedido um lugar na garagem porque tinha uma bicicleta. Por essa razão — e por causa do pequeno *piercing* de brilhante que ela tinha no nariz —, Phil achava que ela era meio *hippie*. A teoria era reforçada pelo uniforme de Elizabeth de todos os dias: saias compridas e fluidas e regatas justas.

No primeiro ano em que as duas mulheres moraram ao lado de Phil, ele achava que Elizabeth tinha namorado, apesar de não haver nenhuma evidência disso. Ela sempre vinha para casa sozinha e nunca havia homens estranhos passando pelo corredor. Phil tinha a impressão de que Elizabeth deveria ser comprometida, talvez com um *hippie* igualmente atraente, um cara barbudo que jogava frisbee.

Phil queria falar com ela algum dia e roubá-la desse homem fictício. Ele ficava no corredor esperando sua chance de abrir portas para Elizabeth, mas não conseguia pensar em uma maneira de começar uma conversa.

Ele finalmente teve uma oportunidade, um presente de Deus, como dizia a seus amigos, dois anos antes, na sexta-feira depois do Dia de Ação de Graças, quando o prédio estava quase vazio. O conjunto onde Phil morava, que não ficava muito longe dos prédios de medicina da Universidade de Maryland, era habitado em sua maior parte por alunos que viajavam nos feriados para visitar suas famílias em outros estados.

Lá pelas onze da noite, muito tempo depois de Phil requentar e consumir as sobras salgadas de peru que tinha trazido da casa da mãe na noite anterior, ele ouviu uma batida de leve à porta. Ele a abriu para encontrar uma Elizabeth pálida e mole se apoiando na parede do corredor, tentando sorrir educadamente enquanto segurava o estômago e tremia.

— Eu sou a Elizabeth aqui do apartamento ao lado — ela disse, seus olhos vermelhos e secos. — Tem alguma coisa errada. Acho que estou doente. Preciso que você ligue para alguém.

Phil pegou Elizabeth pelas mãos rapidamente e a levou para seu sofá, onde ela se deitou, suas pernas derrubando uma pequena pilha de revistas de esporte que acumulavam pó sobre a mesinha de centro.

— Você quer água? — ele perguntou sem se mexer. Ele estava congelado ao lado do sofá, olhando para sua paciente, que, pela expressão facial, estava sofrendo uma dor incalculável. — Você sabe o que você tem?

— Como é que é quando alguém precisa tirar o apêndice? — Elizabeth perguntou. — Eu acho que minhas costas vão explodir.

Phil continuou em silêncio, tirando um tempinho para aproveitar a onda de adrenalina. Estava em pânico porque temia que Elizabeth morresse em seu sofá. Mas ao mesmo tempo se sentia animado, e mais leve sobre seus pés geralmente tão pesados, porque aquilo era a melhor coisa que tinha acontecido com ele nos últimos seis meses, que fora a última vez em que ele havia tido uma garota na horizontal sobre seu sofá.

E não era uma garota qualquer: era Elizabeth, a vizinha misteriosa que ele imaginava beijar toda vez que a via prendendo a trava da bicicleta no *hall* do prédio.

Ele adorava o tamanho *petit* dela, sua baixa estatura. Ela não deveria pesar mais de 48 quilos. Ele gostava de se imaginar nu com ela: Elizabeth encolhida sobre ele como um urso bebê. Nessa fantasia, quando ele se dedicava a ela, Phil imaginava que não tinha pelo no peito e apresentava uma barriga tanquinho em vez da barriguinha proeminente que ameaça aumentar ainda mais toda vez que ele comia um segundo sanduíche de pasta de amendoim.

Era só um sonho, mas ali estava ela, no sofá dele, esticada de costas e com os olhos fechados, tremendo de medo e precisando dele — o urso bebê veio à vida.

— Acho que tenho que ir para o hospital — Elizabeth disse, chamando Phil de volta à realidade.

Lentamente, ela se levantou sozinha, usando o braço do sofá para se equilibrar. Foi andando até a porta, acenando com a cabeça como quem diz "vem comigo". Ele obedeceu, pegando as chaves de seu Durango e indo para o corredor, onde a esperou ir pegar sua carteira e uma jaqueta em casa.

A viagem para o hospital foi curta. A emergência era na mesma rua. Quando eles chegaram, Elizabeth foi levada em uma maca, e Phil foi reconfortado pelas enfermeiras, que pensaram que ele era namorado dela. Ele assumiu a responsabilidade cheio de orgulho, respondendo a todas as perguntas que podia, fingindo saber mais sobre Elizabeth do que realmente sabia.

Ele ficou lendo revistas na sala de espera até que uma enfermeira o chamou para explicar que Elizabeth tinha desenvolvido uma infecção séria nos rins, que deveria ter sido tratada havia dias. A infecção podia ser curada com antibióticos, mas ela teria de passar o resto da noite no hospital. Ele poderia ir buscá-la pela manhã. A enfermeira pediu que ele desmarcasse tudo o que tinha de fazer no sábado para tomar conta dela.

O pedido deixou Phil encantado. Ele passou pelo quarto de Elizabeth naquela noite, antes de ir embora para casa, e disse que voltaria para buscá-la pela manhã. Elizabeth abriu os olhos e sorriu. Ela perguntou em voz baixa:

— Phil, você poderia ligar para a Elana? Você poderia dizer que eu preciso que ela volte da casa dos pais amanhã para me ajudar? Vou dar o celular dela para você.

Phil fez cara feia, zangado com a possibilidade de Elana tomar seu lugar durante o processo de recuperação.

— Tá... Eu ligo para ela — ele disse, programando os dígitos em seu telefone antes de soltar a mão de Elizabeth e ir embora.

Quando chegou ao prédio, Phil seguiu as instruções de Elizabeth e ligou para Elana para dar a notícia.

A reação de Elana ao problema de saúde de Elizabeth foi tão estridente que Phil teve que afastar o telefone do ouvido.

— Ai! Meu Deus! — ela berrou. — Ela está beeem?

— Tudo bem. Ela só queria que você soubesse. Se você estiver presa em casa por causa da Ação de Graças, não se preocupe. Eu posso ficar de olho nela amanhã. Eu não vou para lugar nenhum.

— Mas você é tão gentiiiil — Elana disse. — Eu sempre achei que você fosse um idiota — ela continuou, antes de deixar escapar umas duas risadas ameaçadoras que eram sua marca registrada. — Você tem certeza de que pode cuidar dela até domingo? Só chego em casa no domingo à noite.

— Claro — Phil respondeu, cheio de confiança, satisfeito por Elana não ter insistido.

As vinte e quatro horas seguintes provavelmente foram as melhores que Phil havia passado em anos. Ele foi buscar Elizabeth na sala de emergência e a trouxe de volta para o prédio, e a instalou no sofá dele. Ela parecia incrivelmente confortável ali, apesar do fato de mal se conhecerem. Ele pediu uns sanduíches enroladinhos, os *wraps*, de um lugar oriental da mesma rua e disse a Elizabeth que poderiam assistir a qualquer coisa que ela quisesse na TV, o que acabou sendo reprises de *Sex and the City*. Aquilo acabou um pouco com Phil. Ele odiava aquele programa, principalmente a maneira como as personagens diziam "enquanto isso".

— Elas dizem essa expressão, tipo, umas cinquentas vezes por episódio — Phil disse a Elizabeth.

— Não dizem, não — Elizabeth respondeu, sorrindo, enquanto mergulhava a colher no *frozen yogurt* que tinha pedido junto com seu *wrap* de *homus*.

— Falam, sim — Phil replicou. — Elas só falam isso nesse programa. "Enquanto isso, enquanto Samantha estava indo para a parte rica da cidade, eu estava indo para o centro" — ele disse com sua melhor voz de mulher. — "Enquanto isso" — ele continuou, enfatizando a palavra —, "enquanto Miranda estava sendo advogada, Carrie dormiu com, tipo, uns cem caras."

— Cala a boca! — Elizabeth latiu brincando, e jogou uma almofada na cara dele.

Mais tarde Phil colocou Elizabeth para dormir na cama dele, e dormiu feliz no sofá, lutando contra todos os desejos de ir se juntar a ela. Quando Elana voltou, no dia seguinte, estava bem claro que ele e Elizabeth estavam prestes a se tornar um casal. Uma semana depois que Phil levou Elizabeth de volta para seu apartamento, ela preparou um jantar de agradecimento para ele. Após o jantar, os dois se beijaram em frente à porta dele e então em frente à porta dela, e ela o seguiu lá para dentro.

Eles passaram a maior parte do inverno andando de meia de um apartamento para o outro no quarto andar, às vezes permitindo que Elana ficasse por perto segurando vela e em outras deixando-a totalmente por fora ao se esconder no apartamento de Phil.

Quando a temporada de beisebol começou, em maio, Phil deu ingressos de arquibancada grátis para Elizabeth e Elana e pediu a seus amigos vendedores para levarem pipoca e refrigerante para as duas. Ele levou Elizabeth para a casa de sua mãe e mostrou a ela onde costumava jogar basquete no Ensino Médio. Ficou todo orgulhoso, mas em segredo, quando ela ficou impressionada ao ver uma foto dele na vitrine com o troféu do último ano no Ensino Médio, antes de ele ir jogar basquete na faculdade. Um dormia na casa do outro pelo menos três vezes por semana, dando a Phil o espaço necessário para sentir que tinha uma namorada legal, mas que também não era nada sério demais.

Tudo foi lindo até março do ano seguinte, apenas seis meses antes, quando Elizabeth começou a fazer perguntas sérias. Era um domingo da pré-temporada. Ela tinha acordado horas antes de Phil ter qualquer intenção de começar o dia.

— Você está acordado? — ela perguntou em voz alta, acordando-o.

— Você está? — ele resmungou, sorrindo em seu travesseiro.

Ele conseguia ouvi-la estalando os nós dos dedos. Phil se virou para ela, mas ela estava olhando fixamente para a frente com os olhos vidrados, os lábios formando uma linha fina e tensa.

— O que foi? — ele perguntou, com o estômago queimando de repente com um pressentimento ruim. Ela estava sentada sobre a cama e olhou para ele, seus olhos tristes como se ela tivesse passado a manhã ensaiando uma conversa que sabia que não ia acabar bem.

— Phil — ela disse, fazendo uma pausa longa.

— Sim? — ele respondeu, sentando-se ao lado dela. Havia pelo menos 30 centímetros entre eles.

— Eu estou com a impressão de que acabou.

— O que acabou? — Phil disse, seu tom de voz já denunciando que ele sabia, sim, do que ela estava falando.

— O que eu quero dizer é... Acabou? A gente vai morar junto em algum momento? Você está pensando em casamento ou em filhos? Quer dizer, eu não estou. Não agora. Mas vou me formar no ano que vem, e a gente já está junto há um ano e meio, e faz um tempo que estou com a sensação estranha de que é isso. Acabou.

Phil ficou em silêncio. Ele a esperou continuar.

— Você não vai falar nada?

— Não sei o que você quer que eu diga. — Ele manteve os olhos na TV ao pé da cama, que estava desligada. Podia sentir os olhos dela apontando para sua bochecha.

Ela começou a chorar.

— Eu sempre disse para mim mesma que não queria ser uma dessas namoradas reclamonas. Mas você está sempre no estádio no verão. E pensei que a gente fosse ficar mais sério no inverno, mas você estava quase sempre na casa da sua mãe. Tipo, dia sim, dia não.

— Ela fica sozinha ali, Elizabeth — Phil respondeu, secamente.

— Ela tem sessenta e poucos anos. Ela pode se cuidar sozinha. E não é essa a questão. Eu acho ótimo você passar tanto tempo com a sua mãe. Mas é estranho o fato de você raramente me convidar para ir junto. A gente mora a meia hora da casa onde você cresceu, e acho que eu só estive lá duas vezes.

— É porque você passa os feriados com a sua família na Califórnia — Phil disse.

— Toda vez que vou para a Califórnia, eu te convido — Elizabeth continuou. — Você nunca foi visitar a minha família. Tem alguma coisa estranha com a sua mãe, Phil. É como se ela gostasse de mim, mas você não quisesse que ela fosse com a minha cara. É como... É como se você não quisesse repartir sua mãe com ninguém.

Phil ficou em silêncio de novo. Seu estômago roncou alto.

— O que você quer que eu faça? — Phil perguntou, com sua voz mais irritada.

Elizabeth soluçou e respirou fundo. Com mais confiança, ela disse lentamente:

— Acho que a gente deveria morar junto.

Phil voltou a olhar para a TV desligada, evitando o olhar dela. O rosto dele ficou vermelho.

— Absolutamente, não. Não vai acontecer.

— Por quê? — ela exigiu saber, com as lágrimas descendo por seu rosto de novo.

— Em primeiro lugar, a gente não está junto há tanto tempo assim. Em segundo lugar, já falei que minha família é religiosa e tradicional. Não vou morar com ninguém antes do casamento.

— Você está brincando comigo? — Elizabeth disse. — Quer dizer que a questão aqui é Deus?

Elizabeth cruzou as pernas sobre a cama e colocou um travesseiro no colo. Respirou fundo de novo, tentando se acalmar.

— Você não me contou que seu irmão foi morar com a mulher dele antes do casamento?

— É — Phil disse, mordendo o lábio, irritado consigo mesmo por ter compartilhado aquele detalhe do relacionamento de seu irmão. — Mas todo mundo agia como se nada estivesse acontecendo. Nós mentimos para a minha mãe. Tenho certeza de que ela sabia que eles estavam morando juntos, mas posso lhe garantir que ela não gostou nada daquilo.

— Ah, então você está me dizendo que não vamos morar juntos, ou que um dia vamos morar juntos e ter que mentir para a sua mãe, ou que a gente deveria se casar primeiro?

Phil ficou em silêncio de novo. Ele não sabia ao certo o que queria dizer com aquilo. Ele achava que, um dia, Elizabeth se mudaria de volta para a Califórnia sem ele. Ele estava triste por causa do destino infeliz daquele relacionamento, e tinha até afogado algumas mágoas com autocomiseração induzida por álcool na companhia de amigos do estádio ao falar do fim que estava próximo, mas nunca tinha pensado que a separação aconteceria de fato. Ele tinha se convencido de que Elizabeth conhecia seu destino: que seu tempo juntos tinha data de validade. Não havia razão para ela ficar. E, afinal, Phil não se via com uma mulher como Elizabeth, que gostava de comprar biscoitos *vegan* e falava de comprar um carro elétrico. Eles pertenciam a mundos diferentes.

Phil falou baixinho, tentando mantê-la calma:

— Eu acho que gosto das coisas... como elas estão agora. A gente não pode continuar assim e ver o que rola quando você se formar?

Elizabeth começou a soluçar tanto que a cama tremia.

— Jesus — Phil disse baixinho. — O que foi que eu disse?

Ela jogou longe o travesseiro que estava sobre seu colo e empurrou os lençóis azul-marinho de Phil, e começou a andar para lá e para cá pelo quarto, recolhendo as poucas coisas que lhe pertenciam. Uma escova de cabelo. Um DVD.

— Elana tem razão — Elizabeth disse, parando para encarar Phil. — Ela disse que você só está me enrolando até eu me formar. Ela fala que você é um monógamo serial que é apaixonado pela mãe.

Phil arregalou os olhos.

— Mas que merda de brincadeira é essa? — ele rosnou. — Agora você resolveu escutar a Elana? Porque ela tem tanta sorte com os homens? Jesus. Apaixonado pela minha mãe? Isso é clássico, Elizabeth. Só porque eu não quero casar com você, então sou um tipo de Norman Bates? Mas que perfeito!

Elizabeth congelou. Sua escova caiu no chão.

— Então é isso. Você não quer casar comigo.

Phil olhou para baixo e instintivamente colocou as mãos sobre a barriga. Seu estômago queimava e incomodava. Ele precisava tomar leite.

— Não foi o que eu disse — ele sussurrou, estremecendo com a dor.

— Foi, sim — Elizabeth respondeu, com a voz mais calma que antes. Ela saiu do quarto dele e fechou a porta sem fazer barulho. Ele ouviu Elizabeth fechando a porta da frente com cuidado e então a porta do apartamento dela também. Ficou assustado com a compostura repentina dela.

Após alguns momentos de silêncio, Phil respirou fundo e saiu do quarto, indo para a cozinha nas pontas dos pés para que Elizabeth não ouvisse movimento algum do lado de lá. Ele se serviu um copo de leite e bebeu tudo em um gole só, imaginando o líquido gelado e grosso revestir a parte interna e delicada de seu corpo.

Ele queria desesperadamente ligar a TV — não para assistir a *Sex and the City* e tentar atrair Elizabeth para lá de novo, mas para ver ESPN. Ele só queria se distrair e esquecer tudo. Mas continuou congelado no meio do sofá da sala, com a TV desligada, paranoico demais para não achar que Elizabeth poderia escutar tudo pela parede que os separava se ele a ligasse. Parecia insensível assistir a *SportsCenter* depois do que tinha acabado de acontecer. Em vez disso, ele folheou algumas edições antigas de *Sports Illustrated* até não suportar mais o silêncio e então voltou para o quarto, onde assistiu à ESPN na cama, com o volume tão baixo que só conseguia entender algumas palavras.

Seu isolamento não acabou de uma hora para outra. Por semanas, Phil viveu fazendo o mínimo de barulho, com medo de deixar um prato cair no chão ou de falar alto demais ao telefone, morrendo de medo de que Elizabeth se lembrasse de que ele estava vivo. Ao pegar o elevador, ele se flagrava apertando os botões sem parar, como se aquilo fosse fazer o elevador ir mais depressa. Nas noites de jogo, ele saía correndo do prédio para o carro, preocupado com a possibilidade de encontrar com ela chegando da faculdade. Por fim, ele conseguiu não vê-la nenhuma vez.

Mas viu Elana duas vezes. Uma vez perto das caixas de correio, dias depois do fim do namoro. Ela fez cara feia para Phil e disse:

— Ela está sobrevivendo — como se ele tivesse perguntado. Ele respondeu com um aceno sincero de cabeça.

A segunda vez aconteceu umas três semanas depois do fim do namoro. Ela parou para falar com Phil em frente à porta do apartamento dele. Ela perguntou se ele conhecia Nick Markakis, o jogador de beisebol do Baltimore com quem todas as mulheres queriam transar, e é claro que Phil conhecia o cara. Ele o via quase todas as noites. Quando Phil lhe contou isso, Elana lambeu os lábios e balançou a cabeça para a direita e para a esquerda, nem ouvindo direito o resto da resposta. Ela estava paquerando Phil. Que vaca, Phil pensou. Ele imaginou os cachos dela como serpentes venenosas. Por um momento, ele pensou em ligar para Elizabeth para informá-la de que sua "amiga" estava tentando dormir com ele.

Foi mais ou menos seis meses depois do fim do namoro que os Orioles terminaram uma temporada de onze jogos em casa e foram viajar para a Costa Oeste, deixando Phil com as noites livres.

Naquela primeira noite livre de quinta-feira, Phil passou a maior parte do tempo no sofá, mudando de canal até se decidir por uma reprise de *House*, um programa sobre um médico mal-humorado e que tinha se tornado o favorito de sua mãe. Depois de assistir por uns vinte minutos, Phil decidiu que a jovem doutora no programa lembrava Elizabeth. Ela era muito mais alta que Elizabeth e, na verdade, não se parecia com ela, mas essa doutora em *House* era mulher, e Phil estava solitário, e ela fazia Phil pensar nos seios de Elizabeth, no sorriso de Elizabeth e no *piercing* de nariz de Elizabeth e naquela vez em que Elizabeth fez sexo oral nele apesar de estar com gripe e os dois caíam na risada toda vez que ela parava para espirrar.

Antes que Phil pudesse se impedir, ele se levantou repentinamente, determinado a ir para o apartamento ao lado e a reconquistar.

Então, e com a mesma intensidade, Phil se sentou, pensando se Elizabeth estava em casa e se gostaria de vê-lo, e no que tudo aquilo significaria. Então, ele teve outro pensamento preocupante: e se Elizabeth já estivesse namorando outro cara?

— Esse merda está ferrado! — Phil disse em voz alta, referindo-se a seu rival imaginário.

Naquele momento, Phil elaborou um plano seguro. Ele iria ao apartamento ao lado e perguntaria a Elizabeth se ela ainda tinha o cardápio para pedir comida do Emilio's — que ele sabia que ela tinha. Ao pegar o cardápio, ele sugeriria que eles pedissem comida juntos, para economizar uma viagem para o cara da entrega. Se tivesse um homem no apartamento de Elizabeth, ou se ela parecesse apática ao olhar para ele, ele pegaria o cardápio e voltaria para casa.

Infalível, Phil pensou, enquanto corria para o banheiro para garantir que seu cabelo estava apresentável.

Elizabeth atendeu à porta parecendo ainda menor do que Phil se lembrava. Ele nem teve chance de perguntar sobre o cardápio. Ele quase nem conseguiu registrar o que ela estava usando, que era, na verdade, seu velho moletom da faculdade. Antes que ele pudesse dizer qualquer coisa sobre o Emilio's, Elizabeth o puxou para dentro do apartamento pela camisa e o levou pelas mãos direto para o quarto dela.

Sobre sua cama de casal, que sempre tinha sido pequena demais para os dois, ela se sentou com as pernas abertas sobre a barriga dele e o beijou com a boca aberta para que ele não conseguisse respirar.

Se Phil tivesse a chance de falar, teria dito "Obrigado".

Ela permitiu que ele a penetrasse sem camisinha, o que tinha acontecido apenas duas vezes antes, uma delas quando eles disseram "eu te amo" pela primeira vez e outra quase no final do namoro, quando estavam muito bêbados. Enquanto Phil assistia a Elizabeth se mexendo para cima e para baixo sobre ele, decidiu que eles se casariam e teriam uma filha. Talvez ele se mudasse para a Califórnia. Ele gostava do Dodger Stadium.

Mas nada daquilo aconteceu. Não muito tempo depois da reconciliação, no começo de julho, Elizabeth disse a Phil que tinha mudado de ideia sobre aquela segunda chance.

— Eu achava que era isso que queria, mas só fico pensando se tudo vai explodir de novo — Elizabeth explicou calmamente. — Você tinha razão. Um dia eu vou acabar voltando para a Califórnia, e você sempre vai morar aqui.

— Claro — Phil respondeu, porque não havia mais nada a dizer. Ele pensou naquilo que tantos técnicos diziam depois de perder nos jogos, quando falavam para preencher o silêncio nas coletivas de imprensa. — É assim mesmo — ele resmungou.

Elizabeth continuou, justificando sua partida sem as lágrimas às quais ele tinha se acostumado durante suas discussões anteriores.

— Não há nada que sugira que as coisas vão ser diferentes dessa vez. Você não me pediu para ir morar com você, e vamos admitir, nem vai também. As pessoas não mudam. Você não mudou e eu com certeza não mudei. Eu te amo, mas tenho que seguir em frente. Nós dois temos que fazer isso.

Ela esperou pela resposta, mas ele congelou, não sabendo mais o que dizer. Será que ele tinha de pedir para que ela fosse morar com ele, naquele segundo? Será que ele tinha de dizer que queria se casar com ela?

Antes que ele conseguisse se decidir por uma declaração apropriada, Elizabeth se inclinou para a frente, beijou Phil na testa, se levantou do sofá, secou os olhos com os dedos indicadores como se tivesse chorado e passou pela porta dele, fechando-a com toda a educação.

Quando as aulas começaram de novo, Phil começou a tomar nota das idas e vindas de Elizabeth, para poder se encontrar com ela no elevador, fazendo qualquer coisa para lembrá-la de que ele ainda morava no apartamento ao lado, a apenas alguns metros de distância. Ele se viu saindo do apartamento quando não precisava, fazendo tarefas falsas para aumentar as chances de vê-la.

Então, na quarta passada, Phil teve seu desejo realizado. Ele viu Elizabeth andando pelo corredor em sua melhor roupa para encontros, sua saia floral na altura do joelho e uma camisa azul-clara que ele achava que era a única coisa que ela tinha com gola. Naquele momento, ele soube que tinha acabado mesmo.

Menos de duas horas depois, Phil usou seus dedos manchados de Doritos para ligar para Hank e apostar mais de dois mil dólares no Oregon.

Rob

Rob atendeu ao telefone.

— Quem é? — ele perguntou em um falsete cantarolado e faceiro. Estava deitado na cama, lendo uma revista *New Yorker* de dois meses atrás que ele tinha pegado da sala de periódicos no dia anterior. Estava caindo no sono quando o telefone tocou. Hannah arfava, pulando as saudações.

— Vicki falou que ela é feia, mas eu a achei bonita — Hannah sussurrou meio gritando, quase perdendo o ar ao bocal do telefone, a voz trêmula.

Ela seguiu sua declaração com uma respirada rápida no inalador. Qualquer pessoa além de Rob poderia achar que aquela explosão de ar era simplesmente o som da respiração pesada de Hannah, mas ele reconhecia sua rotina de albuterol. Era a velha sequência de expirar, aspirar e inspirar que ele ouvia, no meio da noite, havia nove anos, quando batia à porta de Hannah e passava a noite no quarto dela. Sua dependência do inalador o faria pensar nas crianças *nerd* do Ensino Fundamental que sofriam reações alérgicas a picadas de abelha, a não ser pelo fato de Hannah ser uma mulher adulta que sempre parecia estranhamente anormal usando o inalador e pijamas sexy, com o decote transbordando sobre a blusa de seda quando ela aspirava duas doses e então caía no sono ao lado dele.

— Não use esse negócio — Rob respondeu presunçosamente. — Vai parar de funcionar.

Hannah soltou um suspiro irritado que terminou com uma tosse coaxenta.

— Com todo esse estresse, o pólen e o fato de que todo mundo neste casamento fuma, não consegui parar de usar o inalador. Apesar disso, estou me sentindo fantástica — ela continuou com a voz mais aguda. — A madrinha principal me deu uns comprimidos mágicos.

Rob colocou a revista sobre a cama a seu lado e se sentou. Deveria ser por causa dos comprimidos que Hannah soava tão maluca. A voz dela sempre tinha sido aguda, mas hoje estava estranhamente tensa, como se ela fosse rir ou chorar ao final de cada frase.

— Hannah, que tipo de comprimido você tomou? — Rob perguntou bem devagar, em seu tom mais parental. — Eram comprimidos para alergia? Você poderia me dizer como eles eram?

Rob pulou da cama e foi fuçar na sala de estar, onde tinha deixado sua própria bolsinha de remédios, o mix variado de comprimidos de Lucy para acelerar e diminuir o passo.

— Acho que eram brancos — Hannah respondeu. — E redondos. E então tomei um branco que mais parecia um quadradinho. Por quê?

Rob enxugou o suor da testa. Agora ele estava preocupado com Hannah, que mal tinha estômago para uma taça de vinho por cima de todo o medicamento que tomava para suas alergias, e sabe-se lá se aguentaria um Xanax ou Valium.

— Você não deveria tomar comprimidos que não foram receitados para você — Rob disse, fazendo que não com a cabeça ao pensar na própria hipocrisia.

— Você querendo me dar liçãozinha? — Hannah deu risada, tão surpresa quanto ele por Rob fazer discursinhos sobre o uso de drogas. — Escuta aqui — ela continuou —, não se preocupe comigo. Esses comprimidos estão deixando tudo melhor. Parece que estou vendo tudo de fora do meu corpo. Eu não estou nem aí que o Tom já está em outra. Eu não estou nem aí que a parte de cima desse sutiã está abrindo um buraco no meu pescoço. Eu estou me sentindo... Impenetrável.

Rob ergueu a malinha de remédios bem na frente do rosto para inspecionar cada comprimido redondo e quadrado, imaginando qual Hannah teria tomado.

— Nossa, mas que legal. Fico muito satisfeito em saber que ninguém pode penetrar você nesse momento, mas você tem que me prometer que não vai nem passar perto de álcool. Os comprimidos já são suficientes para um peso-pena como você. Beba água.

— Eu já tomei um vinho enquanto a gente estava tirando as fotos. *Prosciutto*. Tinha gosto de suco de maçã.

— Vinho e presunto?

— Eu não comi presunto. Eu tomei vinho. Tipo champanhe.

Rob segurou uma risada.

— Ah, você tomou *prosecco*? Não *prosciutto*, é *prosecco*, Hannah.

— Ah, tá, beleza — Hannah respondeu, toda distraída de repente. — Você sabe, Rob, que eu jamais escalaria alguém para fazer o seu papel. Eu já tentei, mas acho que você teria que interpretar a si mesmo em um filme. Na verdade, eu acho que você até que é bonito o bastante para se interpretar, você não acha, não?

— Hannah — Rob continuou, colocando a bolsa de remédios sobre a mesa da cozinha para usar as mãos para arrancar os cabelos nervosamente. Um tufo de sua franja ficou arrepiado de tanto ele puxar. — Quero que você me escute. Chega de vinho. Chega de comprimidos. Quero que você encontre uma amiga, a Vicki ou uma das madrinhas, e diga a elas para ficar de olho em você. Para garantir que alguém te coloque na cama a salvo. Para garantir...

Rob parou de repente ao ouvir um barulho repetitivo vindo do banheiro. Parecia que alguém estava chutando o gabinete sob a pia lá de dentro. Era uma batida oca e abafada que fazia a porta do banheiro tremer.

— Hannah, eu preciso ir. Mas se cuida, por favor, tá? Sem beber. Vai dar tudo certo — Rob desligou rapidamente e correu em direção ao barulho.

Ao colocar a mão na maçaneta da porta do banheiro, ele ouviu outra batida alta, seguida por um gritinho agudo. Abriu a porta com tudo e viu Liz ou, mais precisamente, a ponta da cauda dela. A cabeça dela estava presa atrás da privada, entre a base de porcelana e a parede azulejada atrás dela. Seu corpo estava preso sob o armarinho de remédios, que parecia ter caído de onde ficava pendurado, acima do vaso. A cauda de Liz batia furiosamente contra a parede e na lateral da banheira, à direita dela. Liz estava prestes a ter uma convulsão — Rob podia ver o corpo dela tremendo ao ritmo epilético já familiar —, mas estava enredada pela privada e o armarinho de remédios. Ao olhar mais de perto, com os joelhos tensos, ele viu que Liz estava sangrando. O gabinete tinha furado o tronco dela.

— Jesus Cristo! — ele berrou. A voz dele ecoou.

Ele tentou arrancar o cabelo por alguns segundos, em choque.

— Jesus! — ele berrou de novo.

Rob finalmente se aproximou de Liz e cuidadosamente levantou o armarinho de remédios do corpo dela. Arremessou a caixa pesada de madeira, cheia de seus produtos de higiene pessoal, na banheira, com tanta força que sua porta espelhada se espatifou.

Sem aquele peso sobre a barriga, Liz começou a tremer mais febrilmente. Rob ficou de joelhos e se esticou do outro lado da privada para ver a carinha dela. Os olhos de Liz estavam arregalados de pânico. Ela olhou para Rob confusa e desesperada. A convulsão estava passando, mas agora ela parecia sofrer com a dor. Os movimentos foram ficando mais contínuos que as convulsões involuntárias que normalmente acompanhavam os ataques epiléticos.

— Aguenta firme, querida — ele disse, respondendo a um ganido de Liz.

Rob foi para o outro lado da privada ver se o corte que o armarinho tinha feito na barriga dela era muito fundo. Havia sangue demais para analisar o tamanho da ferida. Ele fez carinho nas pernas dela e se inclinou na direção da cachorra, colocando a mão esquerda sobre a fonte do sangramento, como tinha visto os médicos fazerem com pessoas que levavam tiros em programas de TV passados em hospitais.

— Vamos dar um jeito nisso. Vamos dar um jeito, querida.

Ele tirou a mão da ferida e colocou os dois antebraços sob o corpinho ainda tremendo de Liz, para conseguir erguer o corpo dela e tirá-la dali. Fez uma parada rápida na sala de estar para pegar suas chaves e a carteira na mesinha de centro. Fechou a porta da frente com o pé, esquecendo-se de trancá-la, e beijou o topo da cabeça de Liz.

Ele segurou Liz contra o peito como um bebê ao abrir a porta de trás de seu velho Audi com a mão livre. E então a colocou sobre o banco com todo o cuidado, a barriga dela sangrando sobre o assento de vinil.

— Vai ficar tudo bem, querida — ele repetiu enquanto pulava no banco do motorista e ligava o motor.

Esse momento o fez lembrar-se de todos os filmes que tinha visto em que um homem leva ao hospital uma mulher arfante, prestes a dar à luz. O rádio estava alto, ainda sintonizado naquela estação da faculdade que nas noites de sábado tocava um bloco inteiro de *hip hop* tradicional. Os ganidos de Liz de repente foram engolidos por *Return of the Mack*, que estava tocando tão alto que o carro vibrou.

— Puta merda! — Rob berrou e rapidamente desligou o rádio. Mas então o ligou de novo, baixando o volume, esperando que a música acalmasse Liz. Ela gostava de música. Em seus dias mais saudáveis, ela começava a pular — quase galopar — quando *Hurricane*, de Bob Dylan, tocava no som de casa.

Com aquilo em mente, ele desligou o rádio de novo e começou a cantar aquela música, esperando que ela a reconhecesse.

— "Piston shots ring out in the barroom night. Enter Patty Valentine from the upper hall..."[7]

---

[7] "Tiros ressoam na noite dentro do bar. Entra Patty Valentine, vinda do salão superior" (N.T.).

Sem obter uma reação mais sólida do banco de trás, Rob começou a cantar *Ballad of a Thin Man* e *Are You Ready?*, a canção do álbum "cristão-novo" de Dylan que sempre parecia fazer Liz até arfar com mais entusiasmo, como se ela estivesse passando por seu próprio despertar religioso.

— "Are you ready to meet Jesus? Are you where you ought to be?"[8]

Rob não era religioso, mas cantar aquela letra deixou seus olhos rasos d'água. Era tudo agourento demais. Ele ficou pensando se Liz achava isso também. Ele continuou cantando, secando as lágrimas de suas bochechas com as costas da mão.

Pelo espelho retrovisor, ele podia ver que Liz estava de olhos fechados. Movimentos discretos no peito dela eram prova de que ainda estava respirando. Talvez estivesse dormindo. Ou talvez escutando Rob. Ele decidiu voltar para a música favorita dela, *Hurricane*, e cantou enrolado como Dylan. Ele também tentou imitar o tom nasal de Dylan.

Lá pelo terceiro verso, Rob estacionou o carro em uma vaga para deficientes no hospital veterinário. Em segundos, ele saiu do Audi, pegou Liz, que ainda respirava, apesar de não demonstrar muita força e agora com os olhos abertos. Ela pareceu quase entretida enquanto Rob corria com ela para a sala de espera, sem saber muito bem aonde estava indo.

O lugar estava surpreendentemente cheio para uma noite de sábado. Famílias com cachorros chorões e filhotinhos recém-nascidos olharam fixamente para Rob quando ele entrou com tudo com um cachorro sangrando em seus braços.

Uma veterinária que ele nunca tinha visto antes, uma moça magra com cabelo castanho-escuro, impediu sua entrada na sala de cirurgia.

— Pois não, senhor?

— Ela está sangrando. Um armarinho de remédios caiu em cima dela. E ela tem epilepsia canina.

---

[8] "Você está pronto para conhecer Jesus? Você está onde deveria estar?" (N.T.).

Antes que Rob pudesse continuar, a mulher colocou os braços calmamente sob as pernas de Liz e a tirou de seus braços. Rob a seguiu enquanto ela levava Liz por um corredor estreito para uma sala vazia com papel de parede xadrez e verde. Ela colocou Liz sobre uma mesa que parecia bem similar à que Rob tinha visto no consultório de seu próprio médico, um banco estreito com uma capa de plástico verde e um papel branco e fino desenrolado por cima.

A veterinária bonita passou as mãos pela barriga de Liz, parando na ferida. Rob ficou olhando enquanto outra mulher de jaleco entrou na sala e colocou luvas.

— Senhor, é melhor esperar lá fora — a segunda mulher disse, lançando um olhar de compaixão para Rob.

— Ela vai ficar bem? — Rob perguntou.

— Ainda não sei — a veterinária respondeu distraidamente, enquanto a outra mulher o levou para fora da sala, as portas entre ele e Liz se fechando atrás dele.

Hannah

— Não me deixe sozinha — Hannah disse, fazendo bico para Vicki, cujo novo amigo grisalho estava esperando a alguns metros de distância.

Hannah não conseguia entender quando e por quê Vicki tinha ficado tão íntima daquele homem mais velho, que Vicki tinha apresentado brevemente como o tio de Bee. A nova Vicki, dos anos pós-faculdade, não era daquele jeito. E a nova Vicki com certeza não daria esperanças para um homem que obviamente queria dormir com ela.

— Nós estamos a duas mesas de distância, se você precisar de alguma coisa — Vicki respondeu, tentando acalmá-la. — Se você ficar loucona, venha se sentar com a gente.

— Nós? — Hannah sussurrou, lançando um olhar penetrante para o tio de Bee, que estava a alguns metros delas com duas taças de vinho nas mãos, provavelmente para Vicki e ele. Ele olhava fixamente para a mesa à sua frente, transferindo o peso de um pé para o outro. Hannah fechou a cara e olhou de novo para Vicki, que ainda sorria para o tio.

— Vocês dois já viraram "nós"? Você e o tio da Bee? Quantos anos ele tem? Sessenta?

— Ai, ele tem uns quarenta e dois — Vicki disse, olhando com cara feia para Hannah, e completou sussurrando alto. — Ele é bem mais novo que o pai da Bee. E, se você quer saber, não é o que você está pensando.

Os olhos de Hannah ficaram mais amáveis de tanto arrependimento. Vicki estava de bom humor, o que era raro naqueles dias.

Hannah esfregou a nuca enquanto pensava que podia estar com inveja. Afinal, ela ainda não tinha achado um parceiro para o casamento, a não ser Dawn, que era mais um capataz que uma amiga.

Rob com certeza não tinha cumprido a promessa de ser a zona de conforto de Hannah durante o fim de semana. Além de não aparecer, ele tinha desligado o telefone muito rápido.

Hannah olhou de relance para o tio de Bee e o examinou com mais atenção. Com aquele terno marrom sob medida e o cabelo grisalho e ondulado, ele bem que podia ser uma celebridade. Estava em boa forma e tinha o queixo forte. Tinha uma boa postura. Não chegava a ser um George Clooney. Talvez um Treat Williams?

— Você está escalando um ator para ele. Pode parar! — Vicki disse, reconhecendo o olhar fixo de Hannah.

— Tá.

— Bom — Vicki continuou, dando um sorriso tímido —, pelo menos me diga quem você escolheu.

— Treat Williams.

— Quem é Treat Williams?

— Ele era o pai naquele seriado *Everwood.* E estava na versão para o cinema de *Hair.*

— Nada a ver — Vicki respondeu se aproximando de Hannah para que Joe não ouvisse nada. — Assim não vale. Me dê pelo menos um Robert Downey Jr.

— Nada a ver — Hannah a copiou. — Ele é lindo. Vai sonhando. O seu carinha ali é velho demais.

— Ele tem uns quarenta anos! — Vicki respondeu, alto demais, e as duas olharam para baixo e seguraram o riso. Joe lançou um olhar questionador para Vicki, as bochechas coradas.

Hannah mandou um sorriso inocente para ele como resposta. Ele tentou sorrir na direção dela, deu um gole em uma das taças de vinho e olhou em outra direção.

— Mas e o Scott Bakula? — Hannah perguntou, pensativa.

— Também não sei quem é esse aí.

— Sabe sim, daquela série *Contratempos*.

Vicki apertou os olhos.

— Mas que série é essa?

Hannah deu um tapa na própria testa.

— Você está de brincadeira? Como é que você não sabe o que é *Contratempos*? Como é que eu posso ser sua amiga?

Vicki revirou os olhos.

— Nem todo mundo assiste a TV e filmes para ganhar a vida, Hannah. A maioria das pessoas tem empregos adultos.

— Então — Hannah disse, ignorando o golpe de uma amiga monumentalmente deprimida que, naquele momento, parecia quase boba. — Se não é "nada do que eu estou pensando", então o que é? Porque eu tenho certeza que o tio Joe quer dar uns amassos em você. E, se eu fosse você, iria com tudo. Talvez ele chegue ao nível Robert Downey Jr. até o fim da noite. Ele está no caminho certo com aquele terno.

Vicki apertou os olhos de novo.

— Dá para não falar disso como se fosse uma coisa nojenta?

— Eu não falei que era nojento — Hannah respondeu, sua voz pingando insinuações —, eu só disse que um cara mais velho e bonitão quer ver você pelada. Só é nojento se você achar que é nojento.

— Não, Hannah, quer dizer, não é assim. Ele é só um cara legal. Ele tem uma filha. Uma filha adolescente. Ele a ama. E ele adora Bee. Ele trabalha na indústria dos restaurantes, então ele entende o que eu faço da vida. Ele é legal.

— O que fizer você feliz — Hannah respondeu tentando ficar focada, apesar de seu coração ter disparado. Seus braços ficaram dormentes e as pontas de seus dedos formigavam. Suas axilas passaram de levemente úmidas a desconfortavelmente molhadas em segundos, e, enquanto ela tentava se concentrar na boca de Vicki e nas palavras que saíam dali, Hannah sentiu o estômago dar um capote. Ela só pegou o final dos pensamentos de Vicki sobre tio Joe.

— ... legal ficar perto dele — Vicki continuou enquanto Hannah fechava os olhos. — Eu não sei, talvez seja bom demais estar com alguém que acha meu emprego interessante, mesmo que eu...

Vicki olhou para Hannah com mais atenção, agora com incerteza.

— Hannah, você está bem?

— Estou — Hannah respondeu, apertando as mãos sobre a barriga, morrendo de cólica, para tentar segurar aquela dor estranha. — Estou bem. Acho... acho que é uma reação ao comprimido.

— Que comprimido? — Vicki disse, em tom maternal.

— Está tudo bem — Hannah respondeu, com a respiração ofegante e as mãos sobre os quadris como se tivesse acabado de correr uma maratona. — Vou me sentar. Pode deixar que vou lá se precisar de alguma coisa.

— Tá — Vicki respondeu, meio sem jeito. — Olha, se a gente se perder mais tarde, nós estamos no quarto 140. E esqueci a minha chave, então vamos ter que pedir outra na recepção. E cadê sua mala de roupas para mais tarde?

— Está lá na torre com o resto das coisas das madrinhas. Não me deixe esquecer de pegar a mala antes de irmos embora.

Hannah olhou de relance para a mesa onde deveria se sentar. Ela seria a nona convidada em uma mesa para oito, apertada entre as outras madrinhas e seus acompanhantes. Dawn já estava sentada ali com seu marido, um homem atarracado de trinta e poucos anos, que parecia extremamente concentrado em passar manteiga em um pãozinho.

— Não consigo entender — Hannah disse, finalmente admitindo sua inveja com um resmungo. — Como é que você e o tio da Bee estão sentados juntos? Vocês tinham lugar reservado na mesma mesa? — Hannah fez bico enquanto Vicki levantava o dedo indicador para fazer um sinal para Joe de que estaria lá em um minuto.

— Nós estamos quebrando as regras — Vicki sussurrou, com um sorrisinho. — Na verdade, Joe deveria se sentar com os sócios da firma de advocacia do pai de Bee, mas estou salvando a vida dele. Rob não apareceu, então Joe vai ficar com o lugar dele. Valeu, Rob.

Hannah fez cara feia. Se havia um lugar vago ao lado de Vicki, não era ela quem deveria se sentar ali? Ela viu Vicki fazer contato visual com Joe de novo, e ele ainda estava segurando as taças de vinho, acenando para que ela se juntasse a ele. Hannah suspirou, percebendo que não havia um motivo bom o bastante para roubar o lugar de Rob de um homem que Vicki obviamente queria ter por perto.

— Então, tá — Hannah disse, derrotada. — Vou lá sentar com os advogados mocinhos e a *miss* da cidade. Divirta-se com o Scott Bakula. Ah, e quem mais está na sua mesa? Você não vai se sentar com o Tom, né? — Hannah estreitou os olhos, em pânico.

— Não. A Bee sabia que não ia dar certo me colocar para sentar perto do Tom. Estou com os irmãos do noivo e uns primos dele.

— Espera aí! Você está na mesa do irmão lindo dele? — Hannah perguntou, tirando as mãos da barriga para colocá-las sobre o peito, e abrindo-as sobre o decote. — Você está na mesa do Jimmy Fee?

— Sei lá — Vicki respondeu. — Por quê? Quem é Jimmy Fee?

— O irmão do noivo — Hannah disse, com inveja de novo. — Eu o conheci quando cheguei aqui. Ele é lindo, e a namorada dele também. Ele poderia ser interpretado por Justin Timberlake, juro por Deus. Por favor, anote tudo na sua mente para mim.

— Pode deixar — Vicki prometeu antes de lançar mais um olhar preocupado para Hannah. — Tem certeza de que está bem? Parece que você está com... calor. Que comprimido você tomou?

— Só um Benadryl. Estou bem. Vou lá te visitar na sua mesa daqui a pouco. Divirta-se!

— Tá — Vicki respondeu, ainda sem acreditar. — Venha me buscar se passar mal.

Hannah piscou e se virou para procurar seu lugar à mesa das madrinhas. Foi até a cadeira vazia entre Dawn e a madrinha boazinha, Lisa, com quem ela tinha dormido de conchinha na festa de despedida de solteira meses antes. Ao lado de Lisa estava seu noivo, um ruivo pálido com uma urticária cheia de bolinhas pelo pescoço já grosso. Cory Monteith, de *Glee*, Hannah pensou. O noivo de Lisa coçou a pele ao redor da gola da camisa, fazendo uma careta quando ela ficou vermelho-escura.

— Ele tem alergia ao calor — Lisa sussurrou para Hannah, vendo que ela olhava fixamente para ele. — Hoje está tão úmido, aquele terno está sufocando o coitadinho.

— Querida — Cory Monteith protestou, morrendo de vergonha ao ouvir a noiva diagnosticá-lo como se fosse uma criança.

— Desculpe — Lisa respondeu, humildemente. — Eu só queria explicar...

Hannah desviou o olhar para evitar o conflito.

Do outro lado do arranjo de hortênsias estava Jackie, a especialista em abandonar os outros, que brincava em silêncio com sua salada no prato. Ela olhou para cima, bem nos olhos de Hannah.

A boca de Jackie se contraiu enquanto ela erguia as sobrancelhas.

— Qual é o seu problema? — ela disse, sem cuidado nenhum, para Hannah. — Parece que você está prestes a desmaiar.

— Não é nada — Hannah respondeu, confusa. Ela não entendeu a pergunta de Jackie. Estava suando, mas alerta, ligada e animada.

Hannah começou a bater o pé direito sob a mesa, tentando liberar um pouco da energia que sentia acumular dentro de si, mas não era o suficiente. Ela se sentia presa ali, estática demais na cadeira, desesperada para se levantar e sair correndo em vez de esperar pacientemente enquanto os garçons do clube de campo continuavam servindo a salada para cada um dos convidados. Hannah teve uma vontade repentina de chutar alguma coisa ou gritar. Seus braços, ao longo do corpo e prendendo a cadeira sob ela, agora tomavam suas próprias decisões. Eles não viam a hora de tocar o teto. Ela ficou imaginando como seria gostoso malhar naquela máquina elíptica na academia, lá em Nova York.

— Então, Hannah, você trabalha com cinema?

Hannah enxugou a testa suada e olhou na direção da voz, que ecoava em seus ouvidos. Era o novo namorado de Jackie, Will, o otorrinolaringologista. Ele parecia ter uns trinta e cinco anos. Estava ficando careca e tinha um sorriso bonito. Christopher Meloni, de *Lei e Ordem — Unidade de Vítimas Especiais*, ela decidiu. Os dentes de Will eram brancos e brilhantes. Hannah começou a contá-los em silêncio. Havia pelo menos dez dentes visíveis. Ela estreitou os olhos, tentando avistar os incisivos dele.

O sorriso de Will desapareceu.

— Tudo bem? — ele perguntou, e Jackie ainda estava lançando um olhar preocupado para Hannah.

— O quê? — Hannah respondeu, se remexendo na cadeira para ver se podia aliviar um pouco da tensão de suas costas.

— Eu só perguntei se você estava bem — o namorado de Jackie respondeu, ainda tentando falar com ela. — Eu tinha perguntado sobre o seu trabalho. Ouvi dizer que você trabalha com cinema e teatro, na cidade de Nova York. Parece muito legal.

— É! — Hannah respondeu, percebendo de repente que tinha gritado. — É — ela repetiu, mais sutilmente, olhando em outra direção.

— O que você faz exatamente? Você é diretora? Produtora?

— Jesus, não — Hannah respondeu, talvez agressivamente demais. Ela deu outro gole no vinho branco que tinha sido colocado à sua frente. — Eu sou diretora de elenco — ela continuou. — Eu escalo o elenco para peças e comerciais. E recentemente comecei a escalar elencos para uns filmes também.

— Mas que fascinante! — o otorrinolaringologista respondeu, todo animado, inclinando-se para a frente de repente e disparando perguntas a uma velocidade que deixou Hannah com enjoo. — Você já escolheu o elenco de alguma coisa que eu já tenha visto? Você trabalha na Broadway também? Como você sabe quem escalar? Você já conheceu um monte de gente famosa? Meu Deus, deve ser tão divertido. Quer dizer, você deve adorar seu trabalho, não é?

Hannah fechou os olhos. As palavras dele a sufocavam. Ele não parava nunca.

— Quando fui para a faculdade, uma parte de mim dizia que eu deveria tentar o teatro, mas não me parecia uma escolha muito estável — o doutor continuou. — Mas eu acho que teria adorado. Quem sabe um dia? Eu sempre fico pensando como é que os médicos conseguem participar daqueles programas de conselhos de saúde na TV. Acho que me daria muito bem naquilo. Você sabe como eles conseguem esses trabalhos?

O namorado de Jackie estava curvado para a frente, seus cotovelos sobre a mesa. Ele olhava fixamente para Hannah, esperando uma resposta. Ela sentiu seus olhos se encherem de lágrimas. Apertou a barriga e fechou os olhos enquanto o suor se acumulava sobre o lábio superior.

Ela piscou até se livrar das lágrimas e lutou contra um desejo repentino de virar a mesa. Imaginou a taça de vinho na sua frente se partindo em mil pedacinhos. Hannah imaginou os dentes perfeitos do médico curioso caindo de sua boca. Ela podia sentir seu batimento cardíaco nas pontas dos dedos. Ela sentiu os dedos dos pés repuxando e fechou os olhos. Hannah enxugou o nariz a e boca com seu guardanapo.

— Jesus, Hannah. Mas o que está acontecendo? — Jackie perguntou, com a voz baixa e preocupada.

— Não sei — Hannah sussurrou, ainda de olhos fechados.

Minutos antes, Hannah tinha parecido tão calma. Ela havia visto Tom do outro lado do salão e não sentiu nada. Mais precisamente, ela tinha sentido dor, confusão e animação, mas era como se todas essas emoções tivessem sido domadas por uma força maior. Intelectualmente, ela sabia que estava nervosa, mas se percebia incapaz de realmente sentir suas emoções. Para Hannah, os comprimidos tinham anestesiado seus sentidos e dissipado os sentimentos negativos que normalmente teriam tomado conta de seu cérebro.

Ela não tinha problema nenhum com aquilo, e se sentia agradecida por Dawn ter ficado preocupada o bastante para drogá-la. Mas agora ela se sentia como Cinderela à meia-noite. Seu corpo, que tinha se portado como uma limusine a noite toda, ameaçava se transformar em abóbora novamente. Era como se ela estivesse com um espartilho sendo desamarrado rapidamente.

Ela tentou focar novamente a cena e fazer contato visual com o namorado de Jackie.

— Você tem certeza que está bem? — ele perguntou, agora olhando de relance para Dawn, cujos olhos não deixavam o marido, que estava passando manteiga no terceiro pãozinho da noite. Jason Segel, Hannah pensou.

— Pode parar! — Dawn mandou, falando ao ouvido do marido. — Chega de pão e de bolo!

Hannah soltou um "Rá!" meio alto, fazendo que com Dawn lhe lançasse um olhar zangado. Por um momento, Hannah se sentiu normal de novo. Respirou fundo, soltou o ar e se permitiu falar. Voltou suas atenções para o namorado de Jackie novamente.

— Eu tenho mais experiência em teatro — disse a ele, falando claramente. — Comecei logo depois da faculdade, fiz estágio em um monte de teatros pequenos e no Festival de Shakespeare de Nova York. Depois, eu fiz alguns musicais que saíram em *tour* e uns projetos mais industriais e corporativos. E, então, comerciais. Eu acabei de começar a trabalhar com filmes independentes. Nenhum campeão de bilheteria. A maior parte dos filmes mais famosos tem elenco escalado em Los Angeles.

— Em relação a esses programas de saúde com consultores — Hannah continuou, orgulhosa de sua habilidade repentina de ser articulada —, não sei como funciona. Mas posso perguntar. Eu conheço...

Hannah colocou as mãos sobre a mesa à sua frente. Ela não havia tocado a salada, mas um garçom estava levando o prato embora e trocando-o pela entrada.

— Aqui está o caranguejo, senhorita — ele disse. — A não ser que a senhorita tenha pedido a opção vegetariana.

— Sem problemas — Hannah respondeu, grata pela interrupção.

— E no cinema — o namorado de Jackie continuou, de olho nas mãos de Hannah, que agora puxavam as pontas do guardanapo como se quisessem rasgá-lo em dois. — Para quais filmes você já escolheu o elenco? Você tem certeza que nunca vi nenhum?

Hannah não podia falar mais nada. A calma tinha passado e agora parecia que havia um balão em seu peito, se expandindo cada vez mais e apertando seus órgãos. Ela passou o guardanapo na camada mais recente de suor que se formara sobre o lábio. Fechou os olhos e ficou feliz de repente ao ouvir o barulho agudo do retorno do microfone, um guincho penetrante que fez com que todos os convidados se virassem para a frente da tenda, perto da banda.

Bonnie Hunt, a organizadora de casamentos, estava no meio do palquinho. Ela falou educadamente ao microfone, parecendo mais uma professora de maternal do que uma coordenadora de eventos.

— E agora, senhoras e senhores, é hora de ouvirmos a madrinha principal.

Hannah viu que Dawn já tinha ido para a parte da frente da tenda. Ela estava ao lado da organizadora de casamentos, o braço estendido para agarrar o microfone o mais rápido possível. Assim que Bonnie Hunt rendeu o microfone, Dawn o pegou com as duas mãos e deu um passo à frente para ficar bem no meio da pista de dança. Ela sorriu para os convidados, esperando que todos parassem de falar antes de começar seu discurso.

Hannah ficou surpresa ao ver como Dawn estava linda sob as luzes brilhantes da tenda. Agora estava quase escuro lá fora, e ao anoitecer o rosto de Dawn estava sendo iluminado por fios de lâmpadas brancas que cercavam a tenda. Até aquele momento, Hannah não tinha notado o lápis de olho de Dawn. Ou era a sombra? De qualquer forma, a madrinha principal parecia uma princesa. Ela estava maravilhosa. Era uma fada-madrinha, ou melhor, uma Bruxa Boa, que poderia ajudá-la a voltar para casa. Ela deveria ter asas, Hannah pensou.

Agora não se ouvia mais som algum além do zumbidos das geladeiras portáteis e do vaivém dos garçons que iam de mesa em mesa para pegar os pratos sujos. Dawn mandou sua primeira fala, sua voz sulista de Reese Witherspoon invadindo a tenda.

— O dicionário Webster define "irmandade" como "o estado de ser uma irmã". Mas também define "irmandade" como "a solidariedade entre mulheres com base em condições, experiências e preocupações compartilhadas" — Dawn fez uma pausa para dar uma respirada longa e dramática. — Tudo isso é verdade — ela disse, seu rosto sério. — Mas a minha definição para "irmandade" é Bee, minha melhor amiga.

Com isso, Dawn foi até o púlpito e pegou uma pilha de cartões cheios de anotações que pareciam conter o restante de seu discurso. Devia haver uns cinquenta cartões na pilha. Hannah pôde ouvir alguns dos convidados mais jovens resmungarem a algumas mesas de distância.

Hannah colocou a mão sobre a boca para esconder o sorriso. Segurou o riso enquanto Dawn continuou falando, dizendo apenas algumas palavras entre pausas longas e dramáticas. Hannah olhou para o marido de Dawn, que estava aproveitando a posição da mulher à frente do salão para passar manteiga rapidamente no quarto pãozinho e enfiá-lo na boca, engolindo sem mastigar direito. Ele sorriu diabolicamente para seu comportamento não supervisionado.

— No ano passado, sofri um acidente de carro — Dawn continuou, sua voz ecoando como uma série de sinos. — Eu estava deitada de costas. Os médicos disseram que eu teria que usar um protetor para o pescoço. E quem estava ali ao meu lado?

Dawn parou antes de responder à própria pergunta e se inclinou para a frente.

— Eu nunca tive irmãs — Dawn continuou, ignorando por completo sua própria pergunta, a voz baixa e sombria para um efeito mais dramático. — Mas agora eu tenho.

Hannah sentiu seus braços tremendo. Ela estava rindo, ainda em silêncio, mas agora abertamente. Sem pensar, ela olhou para Tom, para ver se ele estava se divertindo com aquele momento tanto quanto ela. Ela não sabia onde ele estava sentado — ela não havia se permitido examinar o salão em busca do rosto dele —, mas agora o encontrara em questão de segundos, quase como se tivesse sentido sua presença. Para a surpresa de Hannah, Tom já estava olhando de volta para ela, os olhos arregalados ao detectarem o sorriso dela. A expressão de Hannah se transformou em um sorrisinho dolorido. Tom, que também ria em silêncio, mordeu o lábio.

Eles não pararam de se olhar enquanto Dawn continuava sua história aparentemente interminável sobre a cirurgia nas costas, sobre como Bee trazia o jantar para ela durante sua recuperação. Era o brinde de casamento mais absurdo e egoísta que Hannah tinha ouvido na vida. O discurso nem falava do agora marido de Bee. Ignorou o assunto "casamento" por completo. E agora, ao chegar ao sexto minuto de atuação, Dawn ficava cada vez mais teatral, as pausas entre frases soando como golfadas de ar.

A namorada de Tom, Jaime, a orientadora vocacional, olhava fixamente para a frente, com o rosto sério, enquanto Tom e Hannah compartilhavam aquele momento, olhando um para o outro ao reagirem simultaneamente às proclamações de Dawn e suas perguntas hipotéticas, que nunca recebiam resposta. Hannah e Tom ainda estavam se olhando quando, relutantemente, Dawn passou o microfone, para Bonnie Hunt, que parecia desesperada para seguir com a programação depois do extenso monólogo da madrinha principal. O sorriso de Hannah morreu. Acabou. Tom respondeu à expressão ansiosa dela com um sorriso triste e uma piscada longa. Seus olhos se voltaram para a namorada, que procurava algo em sua bolsa.

Hannah não queria mais virar a mesa. Ela queria ir correndo até Tom e pular no colo dele. Ela nem precisava que ele se transformasse em Paul Rudd. Ela imaginou Tom sussurrando em seu ouvido que ainda a amava.

A fantasia foi cortada por outro guincho do microfone.

— E agora, o padrinho — Bonnie Hunt disse, passando o microfone para o irmão bonitão do noivo, Jimmy Fee. Hannah olhou para o palco. Mesmo sentindo os olhos de Tom sobre seu rosto, do outro lado do salão, ela não resistiu a olhar fixamente para Jimmy Fee, que era, sem exageros, uma das pessoas mais atraentes que ela já tinha visto na vida, e mais bonito que seus amigos atores de Nova York. Ele era o tipo de cara que podia até usar um chapéu Fedora, Hannah pensou, e era por isso que Justin Timberlake seria a escolha perfeita para interpretá-lo. Contudo, observando-o sob a luz na pista de dança, Hannah achou que nem mesmo Justin faria justiça a ele. Jimmy tinha um cabelo castanho-escuro que parecia ficar espetado sem a ajuda de nenhum produto. Ele tinha uma covinha no queixo e lábios cheios, quase femininos. Em seu *smoking* de casamento, ele parecia um James Bond menos empolgado. Talvez James Franco — Hannah sussurrou para si mesma.

Ela se mexeu na cadeira e olhou para Vicki, que retribuiu o olhar com um sorrisinho que dizia "ele não é lindo?". O sorriso de Vicki fez Hannah sentir um calor no coração. Então, Hannah percebeu que Joe olhava meio confuso para as duas, querendo desesperadamente participar da piada também. Coitado do Scott Bakula, Hannah pensou.

Jimmy, que segurava o microfone baixo, quase na altura da cintura, já tinha tirado a gravata-borboleta e desabotoado o topo da camisa do *smoking*. Ele sorria com os olhos fechados, com um cambaleio que sugeria que já tinha bebido um pouco. Antes de abrir a boca para fazer o que seria, sem dúvida, um brinde que deixaria o público louco (pouco importando o que tinha a dizer), ele foi recebido por seu fã-clube, os homens mais jovens da família Fee, sentados à mesa de Vicki e Joe. Eles falaram baixo, num estrondo grave, quase todos juntos:

— O Feenômeno!

Um dos Fees, provavelmente o mais bêbado do grupo, gritou:

— Jimmy Feenômeno!

Hannah viu Vicki e Joe rindo enquanto seus companheiros de mesa berravam.

O restante dos convidados riu da reação a Jimmy Fee, alguns mais que os outros. Até a mãe de Bee, Donna, pareceu ter gostado da interrupção, apesar da falta de educação.

— Valeu, gente — Jimmy respondeu, já erguendo sua taça de champanhe com a mão esquerda e trazendo o microfone para perto de seu rosto com a direita. — Vou ser curto e grosso porque acho que aqui ninguém quer ouvir historinha.

Dawn, ainda visível a distância, fez cara feia para o insulto.

— Para meu irmão caçula e sua esposa, a linda Bee, que todos os seus problemas sejam resolvidos na cama!

— É isso aí! — latiu um dos rapazes à mesa de Vicki. — Ao Jimmy Feenômeno!

Eles caíram na gargalha, e Bee começou uma salva de aplausos. Hannah olhou de volta para Tom, lembrando-se de repente que estava vivendo um momento especial com ele, mas ele não estava mais olhando para ela. Ele estava sussurrando alguma coisa no ouvido de Jaime, a orientadora vocacional. Ela estava rindo. Ele tinha colocado o braço ao redor dela.

— Não tem como não gostar desses Fees — proclamou o namorado de Jackie. — Que família divertida.

Hannah fez que sim com a cabeça e se levantou, decidindo rapidamente ir até o bar pegar mais um *drink*. Sentiu um medo se espalhar por seu corpo, que só podia ser o efeito dos comprimidos com o remédio que ela tinha tomado para a alergia mais cedo, e as três taças de vinho que havia consumido desde que percorrera o corredor em direção ao altar. Provavelmente seu momento com Tom também não tinha ajudado muito. Ela e Tom ainda compartilhavam o mesmo senso de humor. Eles ainda olhavam um para o outro para rir juntos. No entanto, ela não sabia mais quem ele era. Ele estava morando com outra pessoa. Ele tinha uma vida nova que não a incluía de maneira alguma.

— Mais um vinho branco, por favor — Hannah pediu, dando sua taça para o *barman*, que pegou o vinho branco genérico e começou a servir. Hannah se virou para os convidados de novo, procurando a mesa de Tom. Dessa vez ela viu a namorada dele conversando com um dos conhecidos de Hannah da faculdade, um cara chamado Bill Cohen, com quem Hannah não conversava desde que Tom e ela tinham seguido caminhos diferentes. Quando os dois terminaram, Hannah disse a Tom que ficaria com os amigos de Nova York do casal, incluindo Vicki, e que ele podia ficar com todo mundo da Nova Inglaterra, o que era basicamente Bill Cohen, um contador de Manchester, New Hampshire. Hannah nunca tinha sido muito ligada a Bill mesmo.

Hannah se virou novamente para o *barman* e pediu a bebida.

De repente, a voz da organizadora de casamentos se espalhou pela tenda.

— Senhoras e senhores, por favor, voltem a seus lugares e fiquem de olho na pista para a tradicional valsa da noiva e seu pai. Apresentando a senhora Bee Fee e seu pai, Richard.

Hannah estremeceu e sussurrou para si mesma: "bife". Ela ficou imaginando se Bee também tinha tremido ao ouvir o som de seu novo nome.

— Oi.

A voz, que veio de trás de Hannah, pegou-na de surpresa, fazendo-a se virar rapidamente e quase derramar o vinho no vestido. Ela segurou a taça com as duas mãos, tentando impedir que o *blend* de *chardonnay* voasse de dentro do copo.

Hannah olhou para cima para ver Tom. Seus lábios ficaram secos. Em vez de responder, ela olhou para ele, examinando seu rosto em busca de mudanças. Seus olhos foram direto para o cabelo dele, para ver se tinha perdido mais. Ficar careca tinha sido um dos de seus medos mais persistentes quando estavam juntos.

— Você está de olho nas minhas entradas? — ele perguntou, sem conseguir acreditar.

— Não — Hannah latiu, na defensiva, tentando trazer os olhos de volta para o rosto dele. — Eu só... Não.

— Eu não perdi mais cabelo — Tom disse, agora com a voz que ele costumava reservar para suas discussões sobre de quem era a vez de limpar o banheiro ou quem tinha deixado o forno ligado depois do jantar.

— Eu não falei que você perdeu mais cabelo. Jesus, Tom.

Os dois fizeram uma pausa, olhando um para o outro, e então baixaram suas defesas.

— Olha, eu só queria falar oi — Tom disse. — É uma situação estranha, obviamente, e eu queria deixar tudo mais fácil. E queria falar com você e ver como você está... — ele foi ficando quieto.

Hannah fez cara feia. Ela não queria que nada daquilo fosse fácil. Ela queria que fosse o mais doloroso possível para que Tom percebesse que havia cometido um erro terrível.

— Eu não sei o que você quer que eu diga — Hannah respondeu, as mãos tremendo.

— Hannah, eu não sei o que a gente deveria dizer. Eu acho que... Eu só não quero que você fique brava. Eu não sei muito bem por que você está tão brava, para falar a verdade. Eu acho que deveria estar mais bravo do que estou...

Hannah o interrompeu.

— Eu não consigo fazer isso — ela disse, deixando-o em silêncio e de boca aberta. Ela sentiu os olhos se enchendo de lágrimas e queria sair da vista dele antes de chorar como uma criança. Ela deu um passo para o lado, procurando uma saída. Ela podia ouvir Tom dizendo alguma coisa atrás dela, mas não conseguia discernir as palavras. Ela estava com calor demais e meio mole. E ficou pensando por um segundo quando tinha sido a última vez que havia comido alguma coisa.

Ela pensou em ir atrás de Vicki, para uma fuga rápida, e começou a marchar para a mesa onde ela e o tio Joe estavam jogando conversa fora com Jimmy Fee e os primos de Matt, mas mudou de direção no meio do caminho, percebendo que, de repente, precisava de espaço. Ela decidiu que, em vez disso, sairia por aí para dar uma volta. Hannah saiu da tenda e entrou na sede do clube, onde os convidados formavam fila para ir ao banheiro. Passou pela fila, optando por um corredor estreito que ao final levava a um bar. Era uma sala aconchegante, com móveis de couro escuro e mesas baixas.

Três homens de cabelos brancos em roupas sofisticadas de jogar golfe estavam sentados nas poltronas. Eles assistiam à TV de tela plana pendurada acima do bar. Davam golinhos rápidos em seus copinhos. Hannah chegou à conclusão de que eram sócios do clube e que só estavam lá por acaso naquele dia. Ela sorriu para o homem que percebeu sua presença. Ele acenou com a cabeça para ela.

Ela olhou para o bar. Havia um homem mais jovem, talvez com quase quarenta anos, sentado em um dos banquinhos, com uma garrafa de cerveja na mão. Ele também assistia à TV, os olhos grudados no jogo da tela. Mesmo inclinado para a frente, o corpo do homem parecia grande demais para o bar. Ele deveria ter mais de 1,98 de altura.

Hannah foi para o lado do homem, para poder ver seu rosto. Ele era bonito, masculino de uma maneira com a qual ela não estava acostumada. A maioria dos atores que interpretavam homens másculos nos filmes e no palco não era muito masculina pessoalmente. Na verdade, ela não conhecia muitos atores com mais de 1,75 de altura. Instintivamente, Hannah começou a pensar em sua lista de contatos mental de astros de cinema para descobrir quem poderia interpretar esse homem em um filme.

— Matthew McConaughey — ela disse, em voz baixa.

Não. Estava errado. A testa desse homem era marcada por fileiras de linhas tortuosas, como se ele fosse um cara constantemente preocupado. Ela precisava de alguém mais sério.

— Clive Owen — Hannah sussurrou dessa vez, mas logo depois fazendo não com a cabeça. Sério demais, ela pensou. Esse homem era pensativo e maduro, mas também estranhamente infantil. Era o tipo de cara que ia parecer jovem mesmo quando já estivesse velho.

O homem do bar usava um terno amarrotado com uma mancha laranja no cotovelo. Com certeza era um convidado do casamento, não um jogador de golfe. Os lábios dele se mexeram, mas ele não deu um pio. Estava falando de números, resolvendo algum tipo de equação matemática na cabeça. Hannah estava com a boca seca e morrendo de calor. Ela se sentou em um dos bancos ao lado do homem, colocou o vinho sobre o bar e pediu um copo d'água.

— David Boreanaz — ela sussurrou para si mesma, quase sem produzir som algum, quando ele se virou, notando sua presença. — Com certeza David Boreanaz.

Phil

Em pânico, Phil virou a cabeça para a esquerda, para que o placar do jogo na TV não saísse de seu campo de visão. Mordeu o lábio inferior com força, furando-o, e então levou a garrafa de cerveja à boca para aliviar a dor. A não ser que Oregon e Califórnia fossem capazes de um milagre nos próximos cinco minutos, ele ia perder uma quantia considerável de dinheiro, e não tinha certeza de que queria ver isso acontecer. Ele não tinha interesse algum em ver torcedores em azul ou dourado pulando nas arquibancadas.

Além disso, Phil sabia que os senhores sentados do outro lado do bar abafado do clube de campo estavam observando enquanto ele assistia ao jogo desde que pedira para trocar de canal. Com sua visão periférica, ele via os homens de olho em sua reação a trapalhadas e faltas. Tinha até ouvido um deles, um homem mais velho que provavelmente era meio surdo, gritar: "Quer apostar quanto que ele está prestes a perder?". Os amigos disseram ao homem para ficar quieto, e eles deram risadinhas e ficaram olhando para Phil, provavelmente esperando que ele se virasse para todos e revelasse o valor.

Phil tirou a garrafa dos lábios e a colocou sobre o bar de novo. Para sua surpresa, ele notou uma mulher sentada a dois bancos de distância. Ela não estava lá alguns segundos antes, mas ele com certeza a reconheceu. Era uma das madrinhas, a mais peituda e baixinha do grupo, aquela que ele tinha visto na fotomontagem no *laptop* da recepção.

Era impossível não notar seu decote naquele vestido com gola em "V", Phil pensou, já se defendendo, como se pudesse ouvir Elizabeth castigando-o por transformar aquela mulher em objeto de desejo. Mas não era culpa dele. Embora os vestidos das madrinhas fossem de bom gosto, compridos e pretos, tinham um decote bem profundo e eram reveladores, a não ser que a mulher fosse reta como uma tábua.

A madrinha sorriu para ele. Os olhos dela estavam vidrados. Ela estava com uma bebida em cada mão — uma taça de vinho em uma e o que parecia um copo de chope cheio d'água na outra.

— Por favor, me diga que é um copo enorme de gim, e não de água — Phil disse à madrinha, o sorriso dela enchendo-o de confiança. Ele estudou seu rosto mais de perto. Ela transpirava, principalmente sobre o lábio superior. Ela enxugou o rosto gentilmente com um guardanapo e pediu para o *barman* uma Coca Diet antes de se voltar para ele com um sorriso tímido.

— Três bebidas de uma vez? — Phil perguntou nervosamente, de repente preocupado com a possibilidade de ela passar mal na sua frente. — Você está bem?

O sorriso da madrinha ficou envergonhado, seus olhos revelaram seu pânico.

— Eu devo estar com uma cara péssima, né? — ela perguntou com um olhar suplicante. — Devo estar parecendo uma louca. Está muito feia a coisa?

Phil não sabia ao certo o que ela queria dizer, porque não tinha nada a que comparar a aparência dela naquele momento. Só tinha visto aquela mulher em pessoa uma vez, no começo da noite, enquanto ela andava em direção ao altar durante a cerimônia de casamento. Apesar da transpiração, ele a achava muito atraente.

— Parece que você está um pouco afobada, eu acho. Parece que pode estar ficando doente... Ou que bebeu demais.

— É que eu bebi vinho demais e tomei um remédio para alergia e uns outros comprimidos também — ela explicou, quase se desculpando. — Provavelmente eu deveria voltar para o hotel e desmaiar na cama.

— Mas você vai perder o bolo — Phil disse, de repente não querendo que sua companhia fosse embora.

Os olhos da madrinha se arregalaram, e ela deu um sorriso infantil.

— Você tem razão. Eu quero bolo.

— Eu também — Phil disse. — É por isso que ainda estou aqui.

— Meu nome é Hannah — a madrinha se apresentou. — E você deve ser amigo do noivo.

Phil fez que não com a cabeça, sorrindo.

— Na verdade, não.

— Da noiva, então? Você é parente da Bee?

— Não conheço a noiva — Phil disse, adorando aquele mistério temporário.

— Então você veio de bicão?

Hannah colocou as mãos ao redor de seu copo alto de Coca Diet enquanto balançava as pernas para a frente e para trás. Phil decidiu pegar mais leve com ela.

— Minha mãe é uma velha amiga da mãe do noivo. Na verdade, minha mãe é quem deveria estar aqui hoje, mas ela ficou doente e me pediu para vir no lugar dela.

— Que estranho — Hannah disse, com a cabeça inclinada para o lado.

— Minha mãe não queria desperdiçar a comida — Phil explicou, notando no mesmo momento como aquilo soava bizarro. — Ela queria que alguém viesse para representar a família. Acho que é meio estranho mesmo. Mas é que ela adora os Fees, de verdade, então queria que alguém viesse para prestigiar a família. Não que eles precisem, né? Deve ter uns quinhentos Fees nesse casamento.

Hannah tomou um gole de refrigerante.

— Na verdade, é bem legal que sua mãe tenha feito você vir. — Ela lançou, de repente, um olhar acusador para ele. — Aliás, seria mais legal ainda se você estivesse representando sua família no casamento... em vez de ficar assistindo ao futebol no bar.

— É justo — Phil respondeu, virando o corpo para olhar Hannah de frente e dando as costas para os senhores que, Phil achava, estavam provavelmente discutindo seus poderes de sedução. — Mas você está se escondendo aqui também. — Phil olhou nervosamente de relance para a televisão. — E, se isso faz você se sentir melhor, estou prestes a perder uma aposta nesse jogo. Então, não é como se eu tivesse vindo para me divertir.

Hannah estava confusa.

— Mas como assim? Você apostou dinheiro nesse jogo? Esse que está passando agora? — Ela olhou de relance para a TV.

— É. Em dois minutos eu vou perder mais de dois mil dólares — Phil disse, sentindo de repente que tinha ficado mais difícil sorrir.

— Quer dizer que você apostou em um jogo de futebol? — Hannah arregalou os olhos. — Tipo... uma aposta de verdade?

— Bom, eu fiz a aposta com um agente, um amigo do meu irmão. Ainda esta semana, dependendo do que acontecer hoje, eu vou receber um envelope de dinheiro ou entregar um envelope de dinheiro.

Phil não sabia por que estava contando tudo aquilo para ela. Ele se sentiu ridículo.

— Você tem um agente de apostas? — Hannah perguntou. Ela estava sorrindo agora sem disfarçar.

— Não é um agente de verdade — Phil respondeu. — Como eu disse, é um amigo do meu irmão.

— Nossa, mas que emocionante — Hannah disse, de olho na TV.

Ela levou os olhos vermelhos de volta para o rosto dele. Parecia estar esperando que ele dissesse alguma coisa, então ele continuou.

— É mais um jogo que qualquer outra coisa. É só uma coisa a mais para fazer.

— E se você não tiver dinheiro para pagar o agente? É como na máfia? Ele vai matar você?

Phil gostava dela, ele havia decidido, apesar de não ser capaz de dizer se ela estava tirando uma da cara dele.

— Eu tenho o dinheiro, sim, e se não tivesse, ficaria devendo e pagaria mais tarde. Ele é um cara legal.

— E você vai perder? Mesmo?

Phil olhou de relance para a tela da TV. Viu que os Califórnia Golden Bears estavam na lateral do campo já sem os capacetes, se abraçando. Ele fez que não com a cabeça. Aquilo era ruim, mas pelo menos ele estava se distraindo um pouco.

— Com certeza — ele disse, com um meio sorriso. — Acabou de acontecer. Valeu, Oregon, por não fazer porcaria nenhuma por mim hoje.

— O que você vai fazer? — Hannah perguntou, cheia de compaixão, depois de dar um gole na água.

— Nada — Phil respondeu, dando de ombros. — Vou aguentar essa pedrada. Vou dar um envelope para o Hank. É isso ou então eu aposto nos Rainbows e vou dormir.

Hannah virou a cabeça de lado e ergueu as sobrancelhas.

— Isso é uma piada *gay*? Apostar em arco-íris?

— É o que dizem por aí — Phil respondeu, se virando para ela depois que o *barman* mudou o canal de volta para a ESPN. — É coisa de apostador — ele enfatizou a palavra "apostador", tirando sarro da reação dela quando ele disse "agente de apostas".

— Os Rainbows — Phil explicou — são o time de futebol americano da Universidade do Havaí. Os caras que apostam em esportes universitários têm um ditado: se você está no fundo do poço e quer fazer uma aposta para cobrir suas perdas, o jogo do Havaí é o último no qual você pode apostar, por causa do fuso horário. Então, os apostadores — pelo menos o meu irmão, Mickey, e os amigos dele — sempre dizem que, se você está ferrado, é melhor apostar todo o dinheiro nos Rainbows em uma noite de sábado e ir dormir. Você dorme e espera acordar com uma vitória.

— Ou acorda ainda mais no fundo do poço — Hannah disse. — Se os Rainbows perderem.

— Pois é — Phil disse. — É só um ditado. Eu nunca apostei nos Rainbows, pelo menos não para sair do buraco.

— Aposte nos Rainbows — Hannah disse lentamente, com os olhos mais vidrados que estavam alguns minutos antes. — Eu gosto do som da palavra. Parece uma música *country* antiga.

Phil sorriu, vendo Hannah pegar outro guardanapo de papel do bar para secar, sem um pingo de vergonha, mais uma camada de suor do rosto.

— Então, agora que somos amigos — Phil disse —, eu preciso te falar: você parece um pouco assustada. Você está bem mesmo? Está suando muito. Eu poderia até achar que você apostou também.

Hannah fez cara feia e apertou a barriga.

— Credo — Phil disse, ao ver a cara dela. — Foi mal. Eu não deveria ter perguntado. Não tenho nada com isso.

— Não, não — Hannah respondeu. — Não estou brava com você. Mas estava mais feliz falando sobre os Rainbows.

— Tudo bem. Alguém tem sempre que passar mal em um casamento — Phil disse. — Geralmente é uma das madrinhas, certo? Em todos os casamentos em que já fui, sempre tem uma mulher que corre chorando para o banheiro.

Hannah fez que sim com a cabeça, já entretida.

— Acho que o fim de semana está sendo longo, sabe? E tem gente aqui que eu preferia não ter que ver. Bebi demais, e tomei um remédio que não foi receitado para mim. Talvez eu devesse apostar nos Rainbows e ir dormir.

— Talvez devesse mesmo — Phil disse, com uma voz tão típica de paquerador que ficou morrendo de vergonha no mesmo instante.

Ele pigarreou, ansioso para falar de outro assunto para que a conversa não acabasse.

— Então, pelo jeito, você deve ser uma advogada poderosa, como a noiva e o noivo — Phil falou, sem rodeios.

— Eu? Sem chance. Estudei em Syracuse com a Bee, antes de ela fazer Direito.

— Big East — Phil disse, fazendo que sim com a cabeça, como se aprovasse a escolha.

— Acho que sim — Hannah respondeu, sem entender a referência ao time de basquete da faculdade. — Eu conheci a Bee no dormitório no primeiro ano. Depois ela fez Direito, e eu sou uma diretora de elenco em Nova York.

— Elenco? Tipo, em filmes? — Phil perguntou, com os olhos arregalados como os de Hannah quando ele falou sobre seu agente de apostas.

— É. Bom, nenhuma superprodução por enquanto. Mas filmes bons. Filmes independentes. E comerciais. Um monte de comerciais.

— Comerciais? — Phil perguntou, quase gritando de tanta surpresa, como se escalar o elenco de comerciais fosse mais impressionante que encontrar talentos para o cinema. — Você já fez algum comercial que eu vi? Você já fez algum comercial de cerveja?

— De cerveja, não — Hannah respondeu, divertindo-se com o fato de aquele homem se admirar com a parte de seu currículo que Tom tinha achado questionável. — Mas... uma vez eu escalei o elenco para um comercial da Tripledog Steak House.

Phil tentou se lembrar dos comerciais da Tripledog, uma churrascaria. Havia duas unidades localizadas a dez minutos da cidade natal dele. Às vezes ele ia lá jantar com a mãe, quando ela estava cansada demais para cozinhar. Ele fechou os olhos, cantarolando a música-tema do comercial para si mesmo.

— Eu me lembro de um comercial da Tripledog com um caubói. Um caubói *gay* que pega um porco no laço, e uma família come o porco em uma mesa de piquenique.

— Fui eu que escalei aquele caubói *gay* — Hannah disse, se inclinando sobre o banco, os cotovelos sobre o bar. — Não era para ele ser um caubói *gay*, sabia? Só um caubói. Não sei se a escolha sexual dele é relevante para o comercial.

— Bom, eu achei que ele fosse *gay*. Todos os meus amigos tiravam o maior sarro daquele comercial.

— Bem — Hannah disse, largada sobre o banco —, acho que ele deveria ser *gay* na vida real. Na verdade, se me lembro bem, todos os caras que apareceram para os testes da Tripledog eram bem afeminados. Vai ver ele era o caubói mais hétero que eu consegui encontrar em Manhattan naquele dia.

— Uau — Phil disse, chutando as pernas de Hannah de levinho com a sua — Estou sentado aqui com a mulher que escalou o elenco do comercial do caubói *gay* da Tripledog. Eu deveria pedir um autógrafo.

Hannah chutou as pernas dele, sorrindo.

— Você é fácil de impressionar.

Phil abriu um sorriso largo.

— Não, mas isso é demais. Eu me lembro de alguns anos atrás, de uma viagem de pescaria em que eu ia todo ano com meu irmão e os amigos dele, e a gente viu aquele comercial e começou a imitar o caubói. Meu irmão tentou pegar uma cerveja Bud Light no laço. Ele ficava rebolando com o laço. Quem quer decidir o elenco de um filme quando você pode escolher quem vai estrelar o comercial da Tripledog Steak House?

— Bom — Hannah respondeu, lembrando-se de repente de seu BlackBerry —, é isso que eu quero fazer, elencos de filmes com um público de verdade. E estou tão perto. Talvez eu consiga escalar um filme com a Natalie Portman. Aliás, que horas são na Costa Oeste?

— Meu Deus, que emprego dos sonhos — Phil disse, ignorando a pergunta. Ele viu que as pernas dos dois estavam se tocando ao tomar o último gole de cerveja.

— Acho que pode ser bem divertido quando não é competitivo e estressante — Hannah concordou. — Experimente.

— O quê? — Phil perguntou, confuso.

— Escalar a gente. Escalar essa sala. Eu faço isso o tempo todo. Acho que assim fico mais afiada. Escale um elenco para a gente. Ou aqueles caras ali — Hannah apontou, não muito sutilmente, para os senhores do outro lado da sala, que agora se inclinavam para a frente, tentando escutar o máximo possível da conversa dos dois.

Phil deu um sorrisinho e olhou de relance para o trio.

— Você quer que eu escale alguém para eles? Tipo, escolher os atores que interpretariam aqueles caras num filme?

— Exatamente.

Phil pensou por um minuto.

— Quem é aquele cara naqueles comerciais antigos de aveia?

— Wilford Brimley?

— Isso. Aquele cara. Ele poderia interpretar eles todos.

— Mas assim não vale — Hannah disse. — Ele só pode interpretar um deles. Escolha outro ator.

— Beleza... Quem é o cara que faz o mordomo no *Batman*? Aquele cara britânico.

— Você quer dizer o Alfred? — Hannah perguntou, entretida.

— Isso. Aquele velho.

— Depende do *Batman*. No *Batman* do Tim Burton, Alfred é Michael Gough, mas tenho quase certeza de que ele morreu. No *Batman* mais recente, Alfred é Michael Caine. Se eu fosse você, escolheria o Michael Caine, mas só se você tiver orçamento para isso, Sr. Diretor de Elenco.

— Tá — Phil respondeu. — Acabou meu estoque de velhinhos. Acho que só consigo pensar nesses dois.

— Mas e nós?

— Como assim? — Phil quis saber, copiando o sorriso sinistro dela.

— Escale atores para a gente. Quem interpretaria nós dois em um filme?

Phil deixou escapar uma risadinha.

— Se eu soubesse que estaria em um filme hoje, teria levado meu terno para o tintureiro.

— Ah, vai — Hannah disse. — Você tem que entrar na brincadeira. Wilford Brimley, Michael Caine... Talvez Ed Asner para o cara à esquerda. E agora me diga: quem interpretaria nós dois?

— É esquisito — Phil disse, quase que só para si mesmo. — Todos os astros de cinema de que eu gosto, os atores dos meus filmes favoritos, todos eles são bem mais baixos do que eu. Por que só caras baixinhos estrelam filmes de ação?

— Porque todo mundo é baixinho em Hollywood. Corpo pequeno, cabeça grande e menos de 1,75 de altura — Hannah respondeu. — Acho muito revelador você querer ser interpretado por um herói de filmes de ação. Por acaso você é agente do FBI? Um cara do Serviço Secreto... ou que tem um agente de apostas?

Phil pensou na própria imagem em seu uniforme da Camden Yards.

— Mais ou menos isso — ele riu. — O meu serviço é secreto mesmo.

Phil olhou Hannah mais de perto ao pensar nas atrizes que poderiam interpretá-la naquele filme de mentirinha. As mulheres famosas em que ele pensou naquela noite — Winona Ryder; a atriz de *House* que o fazia pensar em Elizabeth; e, por alguma razão, Heather Locklear — não tinham nada a ver.

Phil examinou os olhos azuis de Hannah, sua estatura meio voluptuosa na parte de cima, mas atlética, e sua pele pálida. Os lábios dela pareciam inchados. Havia linhas minúsculas ao redor dos seus olhos, um indício quase invisível do começo do processo de envelhecimento, mas dos quais ele gostava. As pequenas rugas ficavam mais pronunciadas quando ela sorria.

— Já sei — Phil disse, se debruçando de repente sobre Hannah, que aceitava mais uma taça de vinho branco do garçom. — Você é a moça do *Titanic* e eu sou Larry Bird — Phil sorriu.

— Larry Bird?

— Do Boston Celtics. Larry Bird. Ele me interpretaria no filme. Joguei basquete na faculdade e gostaria de ser interpretado por um jogador. Eu queria que fosse Larry Bird... Mas o Larry Bird de 1984.

— Espera aí — Hannah disse, indo do vinho para a Coca Diet de novo. — Assim não vale. Você não pode escalar um elenco voltando no tempo. O filme é de agora. Se Larry Bird interpretar você no filme, será o Larry Bird de hoje. Ele sabe atuar? Ele ainda está vivo?

— Não consigo acreditar que você me perguntou isso — Phil respondeu. — É claro que ele está vivo. Jesus Cristo.

— Tá. Então você vai ser interpretado por um jogador de basquete velho e eu sou a Kate Winslet — Hannah disse. — O que é ridículo, se você quer saber. Você consegue imaginar uma cena de sexo com essas duas pessoas? Nojento.

Phil abriu um sorriso vitorioso.

— Então, no filme sobre a gente, sobre esta noite, a gente transa?

Hannah colocou o copo sobre o balcão, envergonhada.

— Eu... eu só queria dizer que sempre tem uma cena de sexo. Larry Bird pode transar com quem ele quiser.

Phil se sentiu corar. Antes que pudesse pensar em qualquer coisa para dizer, Hannah falou de novo. Ela deu goles de vinho e Coca Diet em uma sucessão rápida e então perguntou, pontualmente:

— Já que a gente está ficando íntimo aqui, quem você escalaria como o amor da sua vida? No filme da sua vida. Quem interpreta a sua alma gêmea?

— O quê? A atriz com quem mais eu gostaria de dormir?

— Não. Mais do que isso. Você pode escolher qualquer atriz no mundo para interpretar a Sra. Larry Bird. Quem seria?

— Você fala primeiro — Phil disse. — Quem é o Sr. Kate Winslet?

— Paul Rudd — Hannah disse, quase rápido demais. — Para mim, sempre foi e sempre será Paul Rudd.

Phil virou os olhos.

— Outro cara baixinho.

— Cada um tem o que merece — Hannah brincou. — Sua vez.

— Bom — Phil disse, tentando manter a voz leve. — Se estamos falando de alma gêmea, acho que teria que ser aquela mulher do *House*. Sabe qual série é, aquela sobre o médico manco? A médica boazinha poderia interpretar a Sra. Bird. Ela me lembra minha ex-namorada.

Hannah lançou um sorriso curioso para ele. Phil congelou, percebendo o que tinha acabado de dizer. A atriz que o fazia pensar em Elizabeth era aquela que ele queria que interpretasse sua esposa em um filme. Como se tivesse lido sua mente, Hannah se levantou do banco do bar e procurou seu equilíbrio no chão. Ela pegou a taça de vinho, deixando os copos de Coca Diet e de água pela metade, ambos suando sobre a madeira.

— O intervalo acabou. Tenho que voltar lá para dentro — ela disse, casualmente.

Phil não conseguiu esconder sua decepção. Ele se levantou e deu um passo na direção dela.

— Você não precisa voltar para lá. Ninguém vai ficar sabendo. A essa altura todo mundo já está bêbado.

Hannah inclinou a cabeça para o lado e olhou para ele. Com os dois de pé, havia pelo menos 30 centímetros de diferença entre as alturas deles.

— Eu sou uma das madrinhas. É meu dever. Sinto muito que Oregon e Califórnia deixaram você na mão, Sr. Bird.

— Tudo bem. Acontece — Phil disse.

Ela começou a se afastar, e ele se surpreendeu ao gritar:

— Talvez a gente se veja lá dentro — ele berrou. Phil olhou para baixo, envergonhado de repente com o volume de sua própria voz. Quando olhou para cima de novo, Hannah estava olhando fixamente para ele, o olhar surpreso.

— A gente poderia falar mais sobre os Rainbows — ela respondeu, sua voz sedada.

— Tudo bem — Phil resmungou.

— Tchau, Larry.

Ele a viu desaparecer no corredor. Atrás dele, Wilford Brimley, Michael Caine e Ed Asner começaram uma salva de palmas.

Rob

A veterinária passou pelas portas vaivém brancas e ficou de pé na frente de Rob, que estava jogado no chão revestido de borracha, com as costas apoiadas contra uma fileira de máquinas de salgadinhos.

Rob respirou fundo e encontrou a coragem para olhar nos olhos dela. Estava preparado para implorar, para pleitear com aquela mulher até ela lhe dar a notícia que ele queria ouvir. Com as mãos trêmulas, ele tirou a carteira de couro batido do bolso de trás da calça. Três recibos e uma nota de um dólar caíram de lá. Ele tentou encontrar seu cartão de crédito prateado, mas os dedos dele se atrapalhavam.

— Eu pago qualquer coisa — ele disse assertivamente antes mesmo que a veterinária pudesse falar. Ele não a deixaria convencê-lo a colocar Liz para dormir. — Eu tenho cartão de crédito, vamos colocar a conta nele. A cirurgia não pode ser mais que, sei lá, mil dólares, né? Eu consigo pagar.

— Senhor, ela morreu — a veterinária disse, com a voz calma.

Rob levantou a cabeça.

— O quê? Como assim?

Então, a veterinária se agachou ao lado de Rob e colocou a mão sobre o ombro dele.

— Senhor Nutley, eu sinto muito, muito mesmo.

— Mas eu não entendo. Você está dizendo que vou ter que sacrificá-la?

— Senhor Nutley — a mulher continuou, agora fechando os olhos para piscar lentamente. — Ela já morreu. Chegou a hora dela.

Rob sentiu que ia começar a chorar. Fazia anos que ele não se permitia derramar lágrimas, e aquela era a segunda vez só naquela noite. A umidade sobre seu rosto lhe pareceu tão estranha. Ele usou a gola da camiseta para enxugar as bochechas.

— Não era a hora dela — ele disse, com raiva. — Ela foi amassada por um armarinho de remédios. Isso não é morrer por "causas naturais".

Rob notou um homem de meia-idade e sua filha olhando para ele do outro lado da sala de espera. A menina segurava um coelho, que dormia em seu colo. Os olhos dela estavam vermelhos, como se ela estivesse se preparando para notícias similares.

— Senhor — a veterinária disse, colocando-se entre Rob e o senhor do coelho. — Não foi apenas o acidente. Ela era uma cachorra muito doente. Mesmo se o armário não tivesse caído sobre ela, ela não teria vivido muito tempo. O senhor fez tudo o que podia. Vi no arquivo dela que o senhor a ajudou a viver por muito mais tempo que qualquer outro dono faria. Mas agora é hora de se despedir dela.

— Aquele armário maldito da IKEA! — Rob disse, lágrimas rolando pelas bochechas, os ombros tremendo. — Eu prendi aquela merda com só uma porcaria de parafuso. E aquilo devia pesar uns 20 quilos. Eu não sei no que estava pensando.

— Muitos donos a teriam sacrificado há meses. O senhor tomou conta dela direitinho. Não há quem culpar aqui. Ela não está mais sofrendo. Ela está com Deus agora.

Rob viu a pequena cruz dourada pendurada no pescoço da veterinária. Ele nunca tinha sido religioso, mas se sentiu confortado pela opinião da veterinária de que Liz estava no céu. Ele não acreditava em céu para as pessoas, mas, quando Liz ficou doente pela primeira vez, Rob gostou de imaginar que um dia ela teria uma vida melhor após a morte, onde poderia comer chocolate sem vomitar e levar uma vida sem convulsões.

— Você sabe exatamente quanto tempo mais ela teria durado se isso não tivesse acontecido hoje? — Rob perguntou à veterinária em voz baixa. — Quando ela teria morrido, sei lá, naturalmente?

— Não há como saber. Meses, talvez. Ou um ano. Semanas. Não tem como prever essas coisas. Senhor Nutley, tem alguma pessoa para a qual podemos ligar? Alguém que possa vir encontrá-lo aqui e ajudá-lo a decidir o que fazer com o corpo? Há alguém que possa ajudá-lo a ir para casa?

Rob pensou em Lucy, mas ela já tinha se mandado fazia tempo. Mesmo se estivesse por perto, não teria sido grande ajuda. Lucy Barber não tinha empatia alguma pelos fracos.

Então Rob pensou em Hannah, que, a essa altura, ele achava, estava se afogando em autopiedade, ou talvez no *prosecco* que ela estava chamando de *prosciutto*. De repente, ele ficou morrendo de vontade de vê-la, lembrando como era descansar ao lado dela na cama e como ela sempre tomava banho depois de chegar em casa dos bares da rua Marshall e saía do chuveiro cheirando a baunilha e talco de bebê. "Um bolo feito de linho", ele dizia a ela, cheirando suas axilas enquanto ela ria. Ele se lembrou de como eles conversavam sem esforço algum e como às vezes ele evitava beber quando passava a noite com ela para poder aproveitar melhor a conversa. Ele também se lembrou das manhãs frias, e que os limites eram imediatamente restabelecidos quando o sol nascia.

Rob nunca soube se tinha negado seus sentimentos por ela naquela época porque tinha medo de magoar Bee ou porque tinha medo da rejeição, por temer que Hannah lhe desse um "não" definitivo, lançando para ele o mesmo olhar frígido de quando ele acordava na casa dela.

Mesmo se Hannah quisesse algo mais naquela época, Rob não sabia se sua versão de vinte e um anos teria considerado a possibilidade. Ele era difícil em Syracuse, e às vezes malvado. Ele não gostava muito dele mesmo naqueles tempos. Ele jamais teria dito a ela que esperava ansiosamente por suas noites juntos, e que passou por uma síndrome de abstinência inesperada quando parou de ir ao apartamento de Hannah em um esforço para facilitar sua saída da vida escolar.

Rob sabia que Hannah, se estivesse ali naquele momento, listaria todas as coisas boas que ele tinha feito por Liz. Ela diria as coisas certas, assim como ele a teria salvado do festival de pena pelo qual ela provavelmente estava passando em Annapolis. Mas ela estava a quilômetros de distância e uma década longe de sua história juntos.

— Estou sozinho nessa — Rob disse à veterinária, mais dramaticamente do que gostaria. Ele aceitou relutantemente um lenço de papel de uma enfermeira de meia-idade que se aproximou com uma caixa de Kleenex.

— O que acontece com o corpo? — Rob perguntou em tom profissional, tentando compensar as lágrimas com uma compostura pouco natural.

— Bom, senhor — a veterinária disse, ainda sentada no chão. — Algumas famílias têm planos funerários para seus cachorros. Nós temos parceria com dois cemitérios de animais de estimação. Posso mostrar um catálogo com os preços, se quiser. Se o senhor decidir seguir nessa direção, deixe Liz aqui e eles virão buscar o corpo.

Rob fez que não com a cabeça ao pensar em um estranho pegando a cachorra e a colocando no chão.

— Pode deixar que eu mesmo faço — Rob disse. — Vou enterrá-la no quintal.

Na sua casa, o chão era mais duro do que Rob esperava. Os filmes tinham-no feito acreditar que a terra dos quintais se desmanchava facilmente para abrir buracos e enterrar mafiosos e esposas assassinadas. Na verdade, aquele mês tinha sido surpreendentemente frio em Austin e o chão estava duro e seco. O fato de sua pá ser de plástico também não ajudou muito — provavelmente ela era mais indicada para a jardinagem leve.

Rob demorou uma hora para cavar um metro e meio. Ele fez uma pausa para examinar a vala e tentou se convencer de que era funda o bastante para ser uma cova, mas no fundo sabia que não era nada daquilo, e fez que não com a cabeça. A expressão "a sete palmos" existia por um motivo, ele pensou. Ele imaginou uma enchente levando os restos mortais de Liz para o gramado. Rob continuou a cavar.

Outra hora se passou antes de ele sentir firmeza na profundidade da cova. O corpo de Liz estava imóvel sob um lençol escuro a alguns metros da vala. Rob se sentou ao lado dela e acendeu um cigarro. Deu baforadas espaçadas, tentando aproveitar aquele momento ao máximo. Deixou a mão esquerda sobre a barriga de Liz enquanto fumava, desejando que seu corpo não estivesse tão gelado sob o lençol. Tentou memorizar o contorno do torso dela, e o lugarzinho macio onde ele coçava sua barriga antes de os dois caírem no sono.

Tapar o buraco foi fácil demais. Em menos de meia hora, a vala tinha desaparecido, e o corpo de Liz estava encoberto por pedaços de terra seca que Rob arrumou e alisou com as mãos. Ele achou que devia dizer alguma coisa, mesmo que fosse a única pessoa ali.

— Eu te amei, menina... — ele começou, e então parou.

Rob percebeu que não precisava dizer a Liz que a amava. Não havia necessidade de proclamações bobas de sua lealdade e afeição. Mesmo se ela ainda estivesse viva, não haveria nada que Liz precisasse ouvir dele. Ela compreendia sua intensa devoção. Ele até podia dever explicações, desculpas e clarificações para muitos dos humanos em sua vida, mas Liz nunca tinha ficado confusa a respeito das intenções dele. Elas sempre tinham sido puras. Ele sempre fez das necessidades dela uma prioridade.

Em vez de continuar o discurso fúnebre, ele pensou na música de Liz Phair que estava tocando no rádio quando ele a encontrou e que havia inspirado o nome dela.

Pela segunda vez naquela noite, ele cantou, fazendo o máximo para se lembrar da letra de *Supernova*, uma música de que ele não gostava muito. Aquilo o fez se sentir um pouco melhor. Depois de cantar a música de Liz Phair, ele passou para todas as músicas que faziam Liz pular pelo apartamento — não apenas *Hurricane*, mas também *Rosalita* e *Born to Run*, de Bruce Springsteen.

Com o passar do tempo, Rob começou a bater os dentes. Então, se levantou e entrou em casa, permitindo que sua última música fosse *Love Sick*, de Dylan.

O celular, que Rob tinha deixado em casa durante a viagem ao hospital veterinário, estava piscando sobre a mesa perto da porta da frente. Havia quatro ligações não atendidas de Hannah. Ele deu um sorriso fraco ao ver o nome dela e dobrou os braços ao redor do peito.

Ele estava tentado ligar de volta e contar o que tinha acontecido, mas ainda era demais para ele. Olhou para a sala de estar. Uma pilha de revistas havia caído do sofá para o chão. De alguma forma, uma das prateleiras bambas tinha desabado, provavelmente com a força com que ele havia batido a porta a caminho do hospital. A bagunça de livros formava uma pequena montanha. Dois parafusos de plástico da IKEA tinham rolado para o meio da sala.

Rob não tinha forças para arrumar nada. Ele pensou em tomar um banho quente, para se limpar, mas se lembrou de que sua banheira estava cheia de vidro quebrado e sangue de cachorro.

A pequena casa estava quieta demais. Sem Liz, não havia passos no chão de madeira, nem uma respiração arrastada vinda do quarto. Rob foi para a cozinha e olhou para a tigela com ração pela metade que Liz tinha empurrado no seu pratinho de água. Pedaços inchados de ração boiavam na superfície líquida. Ele fechou os olhos e considerou suas opções. Dormir não era uma delas. Ele estava exausto, mas ligado. Sabia o que queria fazer. Ele foi cheio de atitude até o *laptop* e o ligou.

Vicki

Joe a observava com tanta atenção, os olhos tão focados. Mas não sexualmente, Vicki pensou enquanto escutava as histórias animadas de Joe sobre suas escapadas de final de semana no Deserto de Mojave.

— Você tem que ver o deserto — ele disse, uma taça de vinho ainda na mão. — Para quem é da Costa Leste, como nós, é um choque para o sistema. É um terreno tão diferente. De repente, você se vê num lugar selvagem. É como entrar num filme antigo de caubói.

Vicki se inclinou para a frente enquanto ele continuava falando, agora sobre um restaurante perto de seu apartamento que servia cactos. Ela deu uma mordida em seu bolinho de carne de caranguejo, que estava lotado de tempero Old Bay. Uma brisa soprava pela tenda, jogando sua franja longa sobre os olhos. Ela sentia o cheiro da água salgada.

— Você está sentindo esse cheiro? — ela o interrompeu. — Está cheirando praia aqui.

Joe sorriu humildemente. Ele colocou as mãos espalmadas sobre a mesa para que o dedinho dela tocasse o dele. Ela não afastou a mão.

Toda aquela atenção de Joe, embora não sendo romântica, Vicki pensou, também não era paternal. Joe era um amigo do tipo que flertava com ela, como os que ela tinha na faculdade. Ele era do tipo de cara que dava atenção o bastante para fazê-la colocar o cabelo atrás das orelhas nervosamente. A conversa deles era cheia de potencial, mas também não passava daquilo, uma energia excitante que nos invade quando conhecemos alguém que nos entende.

Na faculdade, quando ainda eram pessoas solteiras, saudáveis e atraentes sem compromisso, todo mundo conversava com os outros assim — intensamente e cheio de confiança e esperança. Eles riam descontroladamente e nunca ficavam entediados uns com os outros, nem mesmo nas noites congelantes quando se tornavam prisioneiros de seus próprios dormitórios, às vezes sem sair de lá por quarenta e oito horas seguidas.

Os amigos de Vicki na faculdade tinham se sentido atraídos uns pelos outros aos dezoito anos, e, apesar de terem formado casais lá pelos vinte — Hannah, em segredo, com Rob e depois Tom, e Vicki com o músico-ambientalista Rich, que agora morava na Nova Escócia depois de passar três anos no Corpo de Paz —, ela sempre teve a impressão de que os dois casais faziam parte de um acordo maior. Era como se fosse um único e grande romance, não importando com quem se dividia a cama na hora de dormir.

Naquela época havia poucos limites, e todo mundo tinha o direito de ter suas próprias amizades secretas e segredos também. Quando Tom se juntou ao grupo, ele e Vicki faziam suas próprias piadas internas sem incomodar Hannah. Viam filmes juntos quando Hannah estava no teatro, decidiam no cara ou coroa quem ia dirigir na neve morro escorregadio abaixo, para o Palco de Syracuse, onde Hannah estaria esperando em seu casaco volumoso na esquina. E, embora nunca tenha rolado nada físico entre Rob e Bee, ele a amava, e passava noites em claro editando os trabalhos dela enquanto deveria estar fazendo os dele. Bee e Tom também ficaram próximos na aula de Degustação de Vinhos para Iniciantes, no último semestre na faculdade. Eles tiravam uma da cara de Hannah no apartamento dela, dizendo que os chardonnay de seis dólares que ela comprava tinham sabor de carvalho e toques de manteiga.

Até mesmo Vicki e Rob tinham momentos só deles. Vicki nunca tinha se sentido atraída por Rob como pelos outros — ele estava sempre pegando dinheiro emprestado de Rich e da banda, e seu relacionamento secreto na calada da noite com Hannah havia forçado Vicki a não contar nada para Bee —, mas, mesmo assim, eles mantinham uma amizade calma. Durante o segundo ano da faculdade, eles saíam juntos pelo menos uma vez por mês em busca de álcool para os alunos da república que, como eles, ainda não tinham idade para comprar bebida. Eles gravavam CDs para a trilha sonora da viagem até o Canadá, onde tinham idade para beber, e imitavam o líder da banda de Rob, Jared Novak, no carro. Inventavam listas de nomes falsos para a empresa dos sonhos de Vicki, a agência de *design* que ela esperava abrir depois de se formar.

— Por Dentro — Rob tinha dito a ela em uma de suas viagens de sábado à tarde até a fronteira.

— Não entendi — Vicki respondeu.

— Tipo quando as pessoas falam que alguém é bonito por dentro. É isso que você vai fazer. Tornar um prédio lindo por dentro. Sua empresa de *design* deveria se chamar "Por Dentro".

— Por... Dentro — Vicki disse lentamente, considerando cada palavra enquanto eles tiravam os passaportes da bolsa, prontos para a parada na fronteira. — Pode ser.

— Mas e se fosse... Vicki Clifford *Design* de Interiores? — ela sugeriu.

— Não. Sem graça. Você vai conseguir mais clientes se tiver uma tirada no nome — Rob disse. — É como o salão de barbeiro onde eu corto o cabelo lá na minha cidade. Eu vou lá porque se chama "Sansão". Adoro essas merdas.

Vicki se lembrou de que era Joe quem estava na sua frente e lançou para ele um sorriso triste. Era a primeira vez na noite em que ela desejara que Rob tivesse vindo ao casamento. É claro que Joe tinha se revelado um substituto aceitável. Ele era como os amigos de quem ela vinha sentindo saudade havia tanto tempo — engraçado e intuitivo.

As pessoas da empresa de Vicki em Rochester não eram assim. Não rolavam brincadeiras, nem conversas sem pausa. E ali ela tinha se ligado a Joe em poucos minutos. Talvez porque ele era parente de Bee. Ou talvez porque Vicki podia ser ela mesma perto de seus amigos da faculdade.

— Eu deveria ir visitar você em Vegas — Vicki disse de repente e com total sinceridade. Ela se imaginou em Nevada com Hannah, Bee e Joe, fazendo trilhas nas montanhas ao calor do deserto, munidos de mochilas e garrafas d'água. Ela não fazia uma viagem divertida havia anos.

Vicki se assustou com um grunhido carregado de cigarro vindo do outro lado da mesa. Era Jimmy Fee. Ela tinha tentado evitar contato visual com o padrinho desde que se sentara à mesa, principalmente porque ela achava que poderia cair na risada caso aquilo acontecesse. Ele era a própria caricatura de um cara gato em um casamento, todo charmoso com sua barba por fazer. Perto dele, ela se sentia mais segura com sua visão periférica.

Jimmy Fee estava cumprimentando parentes com tapinhas nas mãos e falando sobre futebol americano universitário desde que voltara à mesa depois de fazer seu discurso. Agora ele estava concentrado em Vicki e Joe, erguendo as sobrancelhas.

— Você mora em Las Vegas? — Jimmy Fee perguntou para Joe, ansioso pela resposta.

— Sim, senhor — Joe respondeu, orgulhoso. Vicki pensou em chutar Joe por baixo da mesa, mas só Hannah ou Bee seriam capazes de decodificar a mensagem. Ela bateu o pé direito de leve sob a mesa e tentou se concentrar.

— Não fique impressionado — Joe disse a Jimmy Fee. — Morar em Vegas não é a mesma coisa que passear em Vegas. O que acontece em Vegas não fica só em Vegas, é a sua vida. Eu pago minhas contas lá. Lavo a minha roupa lá.

— Mas, cara, a mulherada lá... Elas devem ficar descontroladas. Mesmo as casadas — Jimmy soltou um ronco alto ao dar uma gargalhada.

Os olhos de Vicki apontaram para a cadeira vazia ao lado de Jimmy Fee, onde sua namorada muda, porém maravilhosa, estava sentada antes.

— Ela está tirando água do joelho — Jimmy disse, respondendo à pergunta que Vicki não chegou a fazer. — Tipo, é a quinta vez que ela vai esta noite. Juro por Deus, cada vez que ela bebe, passa a noite no banheiro.

— Ela é linda — Vicki disse, engolindo em seco, e Joe fez que sim com a cabeça, concordando. A namorada de Jimmy Fee era tão indiscutivelmente maravilhosa quanto ele.

— Vou te contar uma coisa — Jimmy, disse dando um sorrisinho e se inclinado para o outro lado da mesa. — É como o povo diz por aí. Se tem uma mulher que todo mundo gostaria de comer, então também tem um cara que já está enjoado de comer essa vaca.

Vicki cobriu a boca com a mão e latiu uma risada curta. Ela sentiu Joe chutá-la de leve sob a mesa. Ela o chutou de volta.

Hannah

Hannah sabia que havia alguma coisa errada quando viu uma mesa se mexer ou, mais precisamente, se dobrar — o tampo reto de repente se transformando em líquido, como os relógios naquela pintura de Dalí que tinha decorado tantos dormitórios da Syracuse. Ela estava girando em alta velocidade na versão de *Brick House* da banda do casamento quando de repente sentiu a necessidade de se firmar no chão de novo.

Ela colocou as mãos abertas e o rosto à frente, como se estivesse se apoiando sobre um móvel imaginário. Se sentiu temporariamente estável, mas, ao olhar para cima, pensou que a mesa mais próxima estava indo para a esquerda, e seu tampo escorrendo de uma maneira que só poderia significar que Hannah estava tendo uma alucinação. Ela fechou os olhos na esperança de recuperar o equilíbrio, mas a escuridão por trás de suas pálpebras intensificava a sensação.

— Vicki está no quarto 140 — ela sussurrou para si mesma.

— Ela vai cair — Hannah ouviu um cara dizer.

Ela fez cara feia ao reconhecer a voz.

— Sai pra lá — ela sussurrou ao sentir Tom vir por trás dela para colocar as mãos sobre seus ombros.

— Calma aí. Retinha — ele respondeu em voz baixa, quase inaudível ao som da banda. Ela amava aquela voz baixa dele. Instintivamente, Hannah se apoiou nele, desesperada por qualquer apoio que a ajudasse a ficar em pé, mas então se afastou assim que recuperou o equilíbrio. — Sai de perto de mim — ela latiu. Ela virou de costas para ele.

— Vamos tomar um ar — Tom disse, indo para o outro lado rapidamente, para ficar na frente dela de novo. — A gente precisa conversar.

Hannah fez que sim com a cabeça já tonta e piscou, derrotada. Seu olho esquerdo parecia seco. O direito estava raso de lágrimas. Ao olhar para cima em busca de uma saída da pista de dança, ela viu a orientadora vocacional, Jaime, que olhava fixamente para os dois lá do fundo da tenda.

— Espera aí — Hannah disse, virando-se cheia de raiva para encarar Tom novamente. — Eu não preciso de ar. Você é que precisa.

Ela balançou enquanto falava, os tornozelos fracos. Tom ficou imóvel ao lado dela, olhando ao redor para ver quem poderia estar assistindo à cena. Ela continuou andando cheia de confiança, empurrando os braços de Tom enquanto ele tentava ajudá-la, e apontando para ele com o dedo indicador direito.

— Você quer conversar comigo? Tá. Mas não finja que eu preciso da sua ajuda.

A banda estava tocando mais alto, mas o volume não foi suficiente para impedir Bee de ouvir uma parte do discurso de Hannah. A noiva saiu da rodinha na pista de dança que tinha formado com sua mãe e duas tias e foi arrastando sua saia bruscamente até Hannah, que chutou um de seus sapatos para longe enquanto gritava com Tom. O sapato voou para trás dela.

— Você me abandonou, seu maldito! — Hannah disse alto enquanto Tom tentava agarrar seu ombro de novo. — Vai lá ver sua namorada. Vai lá ver sua *orientadora vocacional.*

Tom congelou, seu rosto vermelho de vergonha.

— Vai lá atrás dela — Hannah continuou. — Tenho certeza de que ela está procurando você.

Dessa vez, quando Tom estendeu os braços, agarrou os ombros dela com raiva, estabilizando-a sobre o chão.

— Você tem que parar com isso — Tom berrou. Hannah tentou se desvencilhar dele, mas Tom a segurou com força. Ela evitou olhar nos olhos dele como se fosse uma criança, virando a cabeça para o lado para que conseguisse ver tudo, menos o rosto dele.

— Para com isso! — ele repetiu, bravo.

Hannah obedeceu e deixou seus olhos encontrarem os dele. Ela ficou em silêncio, temporariamente desarmada.

— Você... você está agindo como se eu tivesse feito isso — Tom resmungou, perdendo a compostura, a voz falhando. — Você está falando que fui eu que te abandonei? Mesmo?

A banda embarcou em uma versão arrastada de *Alone Together*, permitindo que Tom baixasse o volume de sua voz. Ele soltou os ombros de Hannah, acreditando que ela não fugiria. Agora Bee estava um passo atrás de Tom, ouvindo tudo com atenção.

Hannah ficou sem jeito e sem equilíbrio, com apenas um sapato nos pés.

— Nós... nós dois fomos responsáveis por isso — Tom disse, com a voz trêmula. — Eu fui embora de Nova York, mas você poderia ter ido comigo. Eu *pedi* para você ir comigo. Passei um ano falando para você que queria morar mais perto da minha família, que precisava voltar para Boston, e você nunca disse nada. Eu fui embora... Eu fui embora por *mim*, porque eu queria algo diferente, um estilo de vida que tinha mais a ver com as *minhas* necessidades. Eu não fui embora porque queria deixar *você*. Eu queria deixar Nova York. Eu estava apaixonado por você. Eu achei que você tinha ficado em Nova York porque era a vida que você queria, comigo ou não.

Hannah permaneceu em silêncio. Ela passou a palma da mão sobre a testa, tirando o cabelo molhado de cima dos olhos. Balançou a cabeça enquanto o cantor da banda gemia sobre desbravar o grande desconhecido.

— Você tem o direito de ficar nervosa porque não deu certo — Tom continuou. — Mas não pode me culpar por isso. Eu não terminei com você, Hannah. Você foi quem escolheu ficar onde estava.

Bee deu um passo para a frente, os olhos incrédulos.

— Você pediu a ela para ir embora com você? Você... você pediu para ela mudar para Boston? — Ela olhou para Tom em busca de confirmação, e depois para Hannah.

Tom soltou um suspiro irritado.

— Claro. Eu queria ficar com ela. Eu...

— Você disse que não conseguia me ver como esposa de alguém — Hannah atacou, chutando longe o outro sapato, que acabou aterrissando a um metro dali. Um menininho na pista de dança, um dos sobrinhos de Matthew, pegou o sapato de cetim, segurou-o acima da cabeça e começou a dançar com ele como se não houvesse amanhã.

— Eu não conseguia ver você como esposa de alguém, isso é verdade. Hannah, você parecia tão desinteressada na gente quando fui embora. Tão independente. Você tinha todos aqueles amigos novos. Eu esperava que você fosse discordar de mim e dizer que iria... Que você viveria a minha vida por alguns anos depois de eu ter vivido a sua em Nova York.

Hannah não podia ouvir mais nada daquilo. Assim que a banda começou a tocar *Superstition*, ela saiu cambaleando e voltou a dançar, dessa vez arranhando o ar, sua cintura se esfregando em um parceiro invisível. Bee e Tom continuaram olhando para ela de boca aberta, enquanto Hannah deu as costas para eles e começou a se aproximar dos convidados, distribuindo "cadeiradas" com seus quadris. Em seu campo periférico de visão, Hannah viu Bee perder a pose e sair pisando fundo da pista de dança em direção às mesas. Em resposta, Hannah dançou ainda mais escandalosamente e foi fazer pose para o fotógrafo do casamento, que disparou o flash com prazer enquanto ela mostrava a língua e os pés descalços.

Quando o fotógrafo se cansou de sua *performance*, Hannah diminuiu a marcha e olhou novamente para Tom, que estava ao lado de Jaime, a orientadora vocacional. Hannah identificou a expressão de Jaime como algo mais que ciúmes. Jaime olhava para Hannah com uma máscara de preocupação — os olhos horrorizados, como se ela estivesse testemunhando uma criança brincando em um cruzamento cheio de carros. Hannah se virou para o outro lado furiosamente e foi procurar um parceiro de dança decente.

Joe

Joe não tinha a menor ideia do *show* que Hannah dava na pista de dança até ver Bee vindo a passos largos em sua direção, a cauda do vestido atrás dela como a cauda de um peixe.

— Tio Joe — Bee suplicou, se inclinando para ele. — Preciso de você. Agora.

— Ah, mas se não é a minha sobrinha linda... E casada — ele respondeu, com o corpo ainda virado para Vicki. — Quer dançar?

— Eu quero é uma carona. Agora mesmo.

Joe olhou para cima e percebeu a urgência do pedido de Bee. Mais de perto e sob o brilho das luzes da tenda, ele conseguia ver sua maquiagem bronzeada se acumulando nas linhas de expressão da testa preocupada. Círculos escuros haviam emergido por baixo do corretivo da noiva, que evaporava.

— Seu desejo é uma ordem, mocinha — Joe disse carinhosamente. — O que você precisa?

— Preciso que você leve Hannah de volta para o hotel — Bee disse, apontando para Hannah, que agora tinha um círculo ao redor de si na pista de dança. Seu corpo estava colado ao do irmão do noivo, Eric, que parecia tão bêbado quanto ela. Ele havia fundido suas palmas das mãos de vinte e um anos sobre a lombar de Hannah como se estivesse tentando segurar um touro mecânico. Hannah colocou uma mão sobre a nuca dele e usava a outra para segurar o inalador, que Bee sabia que ela tinha escondido na barra superior da meia-calça.

Com base nas expressões de choque e animação nos rostos dos primos de Matt, que batiam palmas loucamente enquanto Hannah e Eric dançavam na sua frente, era bem possível que tivesse rolado um beijo em público ou até algo pior.

Vicki se levantou rapidamente, os olhos horrorizados. Ela pegou sua bolsa de debaixo da cadeira enquanto Bee cutucava o cotovelo de Joe.

— A gente tem que tirá-la daqui. Você pode me ajudar a levá-la de volta para o quarto?

— Eu vou pegar as coisas dela rapidinho — Vicki se ofereceu. — A bolsa dela, com a carteira, está na sala da torre. Vou lá pegar e então vamos levá-la direto para o hotel.

Joe sorriu orgulhosamente à reação organizada de Vicki, à maneira como ela tomou conta da situação. Naquele momento, ela o fez pensar em Sarah, sua namorada, que muitas vezes continuava bancando a *hostess* mesmo depois de sair do trabalho.

— Joe, eu volto já — Vicki disse. — Bee, você pode separar a Hannah do seu irmão e deixá-la pronta para a gente ir embora?

Joe e Bee fizeram que sim com a cabeça. Joe apertou o braço de Vicki, como quem diz "vai dar tudo certo", e então procurou a chave do carro nos bolsos, pensando quanto tempo levaria para colocar Hannah para dormir para que então ele e Vicki pudessem ir para o quarto dele juntos.

Vicki

Vicki saiu correndo o mais rápido que conseguia de salto alto, o que não era muito mais depressa que seu andar. Ela fugiu, passando por Tom, para o fundo da tenda, evitando contato visual com ele enquanto ele acenava para ela, provavelmente para discutir a discussão com Hannah e o que deveria ser feito com ela. Fora da tenda, Vicki deixou seus olhos se ajustarem à escuridão para conseguir encontrar a torre da qual Bee e suas madrinhas tinham emergido horas antes.

Ela havia prometido a Hannah que, não importava quanto as duas bebessem naquela noite, ela pegaria a pequena mala e a bolsa que continham a muda de roupa de Hannah, sua habilitação, celular e carteira. Hannah não teria tempo de voltar para o Tower Gardens para buscar o que fosse antes de pegar o trem para Nova York pela manhã.

A escada em caracol que levava ao salão superior da torre era assustadoramente estreita e vazia o bastante para fazer Vicki pensar em um filme de terror ou, mais apropriadamente, no cenário de um livro de V. C. Andrews. Ela fez uma pausa depois de chegar ao topo dos degraus e examinou a cobertura vazia, um espaço composto por duas salas com sofás enormes de veludo cercados por malas, que deveriam pertencer às madrinhas. Não era exatamente como em *Flores no Sótão*, apesar de ser um sótão. Vicki tinha sempre imaginado Cathy e Chris morando em aposentos mais estreitos que o quarto da torre, que era maior que a maioria das quitinetes em Nova York.

A cobertura da torre tinha mais a ver com a pensão que Vicki imaginava em *Segredos da Manhã*, o segundo livro na série de V. C. Andrews, sobre uma dançarina que descobre que seu avô é, na verdade, seu pai. Vicki sentiu arrepios ao lembrar da cena de sexo com Dawn e o lindo Michael Sutton. Antes de se deixar pensar no hidratante dele, ela fez que não com a cabeça e se lembrou de sua missão. As malas de Hannah. Levar Hannah de volta para o hotel com Joe.

Vicki correu para a suíte, onde, como qualquer boa heroína de V. C. Andrews, notou a silhueta robusta de um homem à sua espera no escuro.

Phil

Agora a banda do casamento estava tocando *Shout*. Phil conseguia ouvir de onde estava sentado, no bar, tentando decidir o que fazer em seguida. Ele não conseguiria se sentar à mesa onde deveria estar, onde teria de discutir coisas sobre as quais não queria falar, como Bee e Matt, países estrangeiros, bebês e onde ele estava nas últimas duas horas.

Em vez disso, ele resolveu ligar para a mãe.

Nancy lhe disse para não ligar de novo naquela noite, pois provavelmente já estaria dormindo lá pelas oito, e que Phil poderia dar uma passada por lá amanhã. Mas ele achou que poderia deixar uma mensagem para que ela não se sentisse sozinha quando acordasse.

Ele saiu pela porta dos fundos do bar, pela qual os três senhores — a plateia de Phil durante boa parte da noite — tinham saído alguns minutos antes. Ali estava ele, do lado oposto da tenda da recepção, mais perto do estacionamento e de um labirinto de pequenos arbustos e roseiras em flor.

Ele andou ao redor do prédio enquanto o telefone chamava, até que uma voz o interrompeu.

— Alô? — a voz respondeu.

Phil apertou o botão vermelho no mesmo instante, terminando a ligação antes de dizer palavra alguma. Um homem havia atendido, então Phil devia ter ligado para o número errado. Ele olhou para o celular e conferiu o nome do contato para o qual havia acabado de telefonar. "Mãe". Ele parou para pensar, olhando fixamente para os carros no estacionamento, confuso.

Com as mãos trêmulas, ele olhou de novo para o celular e apertou o botão verde mais uma vez. Dessa vez o homem atendeu depois do segundo toque.

— Alô? — o homem disse, irritado, como se suspeitasse de que a pessoa do outro lado da linha estava prestes a desligar de novo.

— Alô? — Phil perguntou, confuso.

— Quem é? — o homem quis saber. — Phil? É você?

— Passe o telefone para mim — Phil ouviu sua mãe gritar com a voz rouca ao fundo.

Ele apertou o botão vermelho mais uma vez. Em pânico, checou todos os contatos até chegar em "celular do Mickey". Apertou o botão verde novamente.

— Fala, doidão! — o irmão de Phil berrou no celular, usando seu apelido carinhoso favorito para seu irmão muito mais alto.

— Mickey, a mãe está em perigo — Phil disse, sem prestar atenção, e rápido demais, com a voz abalada. Enquanto falava, deu passos largos até o estacionamento, as chaves do carro em sua mão livre. Ele estava quase correndo.

— Jesus! — o irmão de Phil respondeu. — O que aconteceu? Ela caiu? Você está com ela aí agora? Será que pego o carro e vou para aí?

— Tem um cara lá — Phil disse, agora já em frente ao seu Durango. — Tem alguém na casa.

— Quem está na casa? — Mickey perguntou, sua voz agora em pânico como a de Phil. — Um ladrão?

— Não sei — Phil respondeu, zangado, abrindo a porta do lado do motorista. — Eu acabei de ligar para ela e um cara atendeu o telefone. E ele sabia o meu nome. Ele falou "Phil".

— Ele te conhece? — Mickey já estava mais calmo. Ele soltou uma risadinha. — Se ele sabia o seu nome, então provavelmente era o Capitão Mulcahy.

Phil parou de repente, seus pés fincados no cascalho do estacionamento, e fechou a porta com tudo de novo antes de entrar.

— E por que o Capitão Mulcahy estaria na casa da nossa mãe? — Phil perguntou, cheio de raiva.

— Ah, vá, Phil, você sabe. Não me faça dizer. Que nojo. É por causa da mãe.

— O que você quer dizer? Eu não... eu não entendo — Phil gaguejou, com o estômago doendo como se tivesse acabado de ver a mensagem de Hank depois do jogo da Califórnia e Oregon, aquela que dizia "Eu bem que avisei".

— Ele e a mãe estão namorando, Phil. É noite de sábado. Por que ele não estaria lá? Ele praticamente mora lá.

Phil se inclinou e apoiou a testa contra a janela fria de seu utilitário esportivo. Ficou olhando fixamente para o volante até sua respiração deixar o vidro opaco.

— Não — Phil sussurrou. — Eles são só amigos, Mickey. Ela... ela não namorou ninguém desde o nosso pai. Ela chama o Capitão Mulcahy de "bom amigo". São dois velhinhos fazendo companhia um para o outro. Eles são companheiros.

— Ah, vá, Phil — Mickey respondeu, irritado. — Eu não tenho tempo para isso. Tenho que ajudar a colocar as crianças para dormir. A Ângela deu doce para eles e agora eles não dormem.

— Há quanto tempo você sabe disso? — Phil perguntou, ereto novamente, sua mão sobre a testa. — Foi a mãe que contou para você?

— Phil... — Mickey continuou.

Phil podia ouvir seus sobrinhos berrando ao fundo.

— Por favor, crianças, estou falando com o tio Phil! — Mickey gritou. Ele baixou a voz, falando de novo no bocal do telefone. — Phil, o

Capitão Mulcahy passou o Natal com a gente no ano passado. E a Páscoa. E ele veio ao batizado do Joey em agosto. O que você achou que estava acontecendo?

— Não sei, Mickey — Phil admitiu, dando de ombros enquanto andava de um lado para o outro em frente a seu carro. — Eu pensei que ele aparecia para ajudá-la a fazer umas coisas, tipo trocar lâmpada e dar um jeito no encanamento. Eu achava que ele tinha pena dela, e que era por isso que ele estava sempre por perto.

— Ah, mas ele está dando mesmo um jeito no encanamento dela — Mickey brincou. — Olha, amigão, preciso ir. — Agora Mickey estava usando a voz calma que geralmente guardava para os filhos. — A gente pode falar sobre isso amanhã, se você ainda estiver nervoso. Mas a gente deveria ficar feliz pela mãe. Ela fica tão sozinha lá. E o Capitão Mulcahy é um cara legal.

— Tá — Phil disse antes de apertar o botão vermelho.

Phil colocou o celular no bolso e foi andando lentamente do estacionamento para a sede do clube. Parou em frente a uma grande árvore florida ao lado da entrada. As luzes da recepção se infiltravam para fora da tenda de náilon que circundava a festa. Enquanto a banda chegava ao fim de *We Are Family* e começava uma versão de *I Think We´re Alone Now*, Phil deu um soco na árvore com tanta força que começou a sangrar no mesmo instante. Ele se sentiu um idiota. Afundou até o chão e colocou a cabeça entre os joelhos.

Vicki

— Desculpe. Não consegui achar a luz — o homem sem face disse em meio à escuridão. — Espero não ter assustado você.

— Não assustou, não — Vicki respondeu, surpresa pela maneira como havia articulado as palavras, como se houvesse desenvolvido um leve sotaque britânico ao entrar na torre mágica. — Eu não me assusto facilmente.

Vicki sorriu no escuro, divertindo-se com sua contribuição para o diálogo. Ela havia identificado o homem na escuridão quase instantaneamente, por seu contorno e seu cheiro. Eles tinham ficado a alguns lugares de distância à mesa da recepção, separados apenas por Joe.

— Sou eu, Jimmy Fee, da sua mesa. Você é amiga da Bee, né? A que estava com o velho?

Vicki abriu um sorriso no escuro.

— Ele não é velho, e eu não estava com ele... Não de maneira romântica, pelo menos. Ele é tio da Bee. Nós somos amigos.

— Hummm... — Jimmy ronronou das sombras. Ele deu um passo em direção a ela. — Então você está sozinha?

— Sim — Vicki respondeu, dando um passo para trás instintivamente e notando a escada bem atrás dela. Ela o viu vindo em sua direção e percebeu que estava com a respiração ofegante. Ela pensou na passagem de *Flores no Sótão* que havia decorado: "Eu tinha as pernas fortes de dançarina; ele tinha aqueles bíceps". Ela havia relido aquela cena tantas vezes que a página quase descolou da encadernação do livro.

Jimmy pegou a mão dela no escuro.

— Cuidado — ele disse. — Não vá cair.

Ela não sabia bem como eles tinham começado a se beijar, mas aconteceu rapidamente, segundos depois de ele ter pegado a sua mão. De perto, Jimmy Fee não era muito mais alto que ela, graças ao salto alto, que lhe dava uns 7 centímetros a mais. Com as bocas na mesma altura, tudo o que Jimmy teve de fazer foi se inclinar para a frente.

— Você não tem namorada? — Vicki murmurou perto do pescoço de Jimmy enquanto ele começou a levantar a saia do vestido dela, insinuando que, o que quer que eles fizessem ali, teria de ser feito de pé, sem desmontar muito seus trajes formais.

— Isso não vai dar certo — Vicki sugeriu assim que percebeu que ele não ia responder a pergunta sobre a namorada. — Estou de meia-calça.

Havia um sofá enorme no meio da sala, grande o bastante para uma pessoa alta dormir confortavelmente, mas tanto Vicki quanto Jimmy sabiam que aquele não era o tipo de sexo que rolava sobre móveis. Era do tipo que acontecia no chão. Era onde V. C. Andrews faria acontecer. Eles se curvaram para se deitar no chão de madeira em frente ao sofá e tiraram apenas o necessário — os sapatos, a meia-calça e a calcinha dela, e a calça e a cueca dele — para começar o processo. Ele tinha uma camisinha na carteira. É claro, ela pensou consigo mesma, imaginando que um cara como Jimmy Fee estava sempre preparado para transar porque provavelmente acontecia com alguma frequência, em sótãos, pontos de ônibus, banheiros e talvez em aviões.

Quando começou, Vicki olhou fixamente para o teto, pensando como é que ela tinha deixado aquilo acontecer. Da última vez em que estivera naquela posição com alguém com quem não estava namorando sério, ela estava no último ano da faculdade, em uma casa fora do *campus*. Ela tinha aproveitado um tempo separada de Rich para dormir com um ilustrador de sua aula de *design* gráfico, um cara com quem jamais falaria de novo. Mike Chadwick. Ou era Steve Chadwick? Ela não conseguia lembrar o nome do cara, mas ele tinha uma tatuagem do Tigrão do Ursinho Pooh no ombro.

— Cara — Jimmy murmurou para si mesmo, enquanto Vicki comparava sua última transa casual com essa. A outra tinha sido confusa e nada satisfatória. Tecnicamente, ela e Rich tinham terminado, mesmo assim ela se sentiu culpada. Não tinha sido nada natural. Mas, na torre do clube de campo, a transa lhe pareceu a coisa certa. Vicki não se sentia mais como aquela mocinha da faculdade, nem mesmo como a nova moça depressiva de Nova York que passava a maior parte do ano assistindo à TV a cabo em hotéis de redes famosas. Ela não se sentiu como uma mulher que precisava encarar uma luminária para salvar sua sanidade. Enroscada em Jimmy Fee no chão de uma torre perto da água, Vicki se sentiu como uma de suas heroínas favoritas de V. C. Andrews.

Ela gemeu dramaticamente, quase caindo na risada enquanto Jimmy Fee cavalgava sobre ela, o corpo dele escorado pelas mãos, que ficaram espalmadas sobre o chão ao lado das orelhas dela. Com seu cabelo escuro caindo sobre os olhos e seus braços fortes e musculosos — que eram as únicas coisas que Vicki conseguia enxergar em meio à escuridão —, Jimmy era a encarnação de um herói ou vilão de V. C. Andrews — atraente, superconfiante e traindo uma mulher que estava lá embaixo.

— O que é engraçado? — ele perguntou, ofegante.

— Nada — ela respondeu, também quase sem ar.

— Não repare nisso — Vicki disse, e então viveu seu sonho enfiando as unhas nas costas de Jimmy Fee.

— Caralho! — ele berrou, soando surpreso, porém satisfeito.

Ela foi surpreendida segundos depois quando uma luz fluorescente perversa quase a cegou.

Joe

Joe ficou com vergonha pelo volume de suas inalações e exalações.

Ele não estava fora de forma — na verdade, ele estava mais atlético com seus quarenta e poucos anos do que na época em que tinha vinte ou trinta —, mas a corrida espiral acima havia acabado com seu fôlego. E o flagra da transa no chão à sua frente agora o fazia se sentir como se seus pulmões estivessem cheios de fluido.

Ele começou sua corrida pela escada quando, depois de vinte minutos, Vicki ainda não tinha retornado à tenda da recepção. Ela tinha prometido que iria pegar rapidamente as coisas de Hannah, uma tarefa que deveria levar cinco ou dez minutos no máximo, mesmo se ela tivesse feito uma parada para usar o banheiro. Joe e Bee começaram a ficar preocupados: e se tivesse acontecido alguma coisa? Talvez Vicki tivesse tropeçado em seus sapatos de salto e caído da escada enquanto tentava arrastrar as malas de Hannah. Estava quase totalmente escuro fora da tenda perto da torre, a lua coberta por uma camada grossa de neblina. Era bem capaz de Vicki estar machucada e esperando aparecer alguém para ajudá-la. Ele não deveria ter deixado Vicki ir atrás daquelas coisas sozinha, Joe pensou ao sair correndo da tenda com Bee para tentar encontrá-la.

Joe imaginou que acharia Vicki na grama, com o tornozelo torcido. Em sua fantasia, ele a levaria nos braços até seu carro e então para o quarto dele no hotel histórico. Eles fariam amor sob aquele quadro horrendo da capela da Academia Naval, pendurado a uns dois palmos acima dos travesseiros.

Joe e Bee tinham deixado Hannah aos cuidados da madrinha principal, Dawn, que, ao ver a situação de Hannah na pista de dança, tinha saído correndo para dar um jeito naquele espetáculo. Ela conseguiu forçar Hannah a sair da pista e a se sentar em uma cadeira da qual ela não podia ver Tom. Ela havia se agachado em frente a Hannah, aconselhando-a a manter a compostura até sair do perímetro do clube de campo. Bee e Joe viraram os olhos juntos ao ouvir o conselho de Dawn para a madrinha que babava:

— Você precisa reunir suas forças! — Dawn berrou para ela antes de Bee e Joe saírem correndo para a torre em busca de Vicki.

Bee tinha pedido a Joe para segurar a cauda de seu vestido para que não tropeçasse enquanto eles corriam pelo gramado. Joe se sentiu estranhamente orgulhoso ao ajudar sua sobrinha, o vestido dela em suas mãos enquanto ela avançava sobre a grama. Seu coração bateu forte.

Ele estava ajudando Bee, a única parente que ainda gostava dele, e estava a caminho de resgatar Vicki, a mulher com quem queria dormir.

Mas cinco passos depois escada espiral acima, Joe sentiu um frio no estômago. Ele e Bee pararam no meio do caminho, de repente, ao ouvir as batidas no chão do andar superior, onde Vicki deveria estar procurando pelas malas de Hannah. Alguma coisa terrível estava acontecendo ali. Joe concluiu apressadamente que um dos empregados do clube de campo estava assassinando Vicki com um picador de gelo. Ou, pior ainda, estuprando a moça. Pelo jeito, Bee pensou a mesma coisa.

— Rápido — Bee disse, em pânico, ao escalar um degrau após o outro, quase perdendo os sapatos brancos por baixo do vestido. Joe largou a cauda do vestido de Bee, subindo aos pulos atrás dela.

Ao chegarem lá em cima, os dois ficaram surpresos com as batidas no chão e os grunhidos altos que emergiam do centro da sala.

— Acenda a luz — Bee berrou enquanto tentava ajustar os olhos à escuridão. Joe passou os dedos freneticamente pelas paredes até sentir o interruptor de plástico.

Ele apertou o interruptor, fazendo com que fileiras de lâmpadas fluorescentes iluminassem o espaço.

Mais perto dele do que Joe poderia imaginar estava a fonte de todo aquele barulho. Lá estava Jimmy Fee, o cunhado de Bee, em cima de Vicki, cujas meia-calça preta e calcinha de algodão formavam uma pilha no chão ao lado dela. Pela posição de Vicki — suas pernas ao redor dos tornozelos de Jimmy e as mãos segurando os ombros dele —, Joe sabia que o que quer que estivesse acontecendo à sua frente era consensual.

Vicki deu um tapa na nuca de Jimmy como reação às luzes.

— Tem alguém aqui — ela disse, incapaz de terminar a frase e deixando escapar um pequeno gemido eufórico. — Pare! — ela ordenou.

— O que foi? — Jimmy respondeu casualmente, ainda a todo o vapor, aparentemente sem perceber sua condição de visibilidade.

— Jimmy, tem alguém aqui — Vicki disse de novo.

Jimmy respondeu:

— O quê?

— As luzes estão acesas! — Vicki disse, nervosa, empurrando o peito dele. Jimmy parou de repente e virou o tronco para conseguir ver o que estava acontecendo atrás dele, e então deu um sorriso largo para a plateia. Ele ainda estava dentro de Vicki, que deu um sorriso fraco para Bee.

— Vicki? — Bee murmurou, mal podendo acreditar. O cabelo escuro de Vicki estava grudado na testa dela. Suas bochechas estavam coradas. — Jimmy? — Bee continuou. — Gente, o que vocês estão fazendo aqui?

— Eu disse a Jennifer que ia pegar o *e-reader* dela na torre antes de a gente voltar para o hotel — Jimmy disse, saindo de dentro de Vicki, que, livre, pegou sua calcinha e a meia-calça e começou o processo desajeitado de vestir tudo sem expor mais a parte inferior do corpo. Jimmy rolou para o lado, sentando-se ao lado de Vicki, olhou para cima e, sem vergonha nenhuma, tirou a camisinha da ponta de seu pênis enquanto falava sobre os pertences da namorada. — A gente tinha colocado a bolsa da Jennifer aqui, quando a recepção começou, para poder dançar — Jimmy continuou. — E então eu encontrei Vicki quando vim aqui buscar as coisas.

Joe passou a língua pelos lábios, a boca seca de repente. Ele continuou olhando para Jimmy para evitar lançar um olhar para Vicki, que ainda estava se mexendo como uma minhoca no chão, tentando puxar a meia-calça por cima da barriga.

— Eu... — Joe começou, quase produzindo nenhum som. — Eu vou levar a Hannah de volta para o hotel agora, Vicki — ele disse baixinho, como se Vicki não tivesse ajudado a planejar tudo menos de meia hora antes.

— Obrigada. Boa ideia — Vicki respondeu com sua voz profissional, enquanto Jimmy se levantava e fechava o zíper da calça. Ele foi até uma lata de lixo e jogou a camisinha usada em sua direção, mas a camisinha caiu no chão, brilhando sob a luz fluorescente e cruel. Vicki continuou falando formalmente, fingindo não ter visto aquilo. — As duas bolsas da Hannah estão ali. A bolsa preta e aquela mala de mão azul.

— Você precisa de uma carona para o hotel também? — Joe perguntou, em tom parecido e soltando uma tosse enquanto andava até as bolsas de Hannah. Ele fez um círculo ao redor de Vicki, para garantir que estava pelo menos a alguns metros de distância do local onde ela e Jimmy Fee tinham apresentado sua *performance*. Bee ficou paralisada, ainda avaliando a cena.

— Eu... Eu acho que consigo arrumar uma carona — Vicki respondeu, lançando um olhar para Bee, que olhou em outra direção.

— Eu levo a Vicki para o hotel — Jimmy respondeu, levantando-se e nem um pouco preocupado com o pequeno círculo molhado de látex que agora estava a alguns centímetros de seu sapato. — Sem problemas.

Estou com um carro alugado no estacionamento. É um Sebring. Eu pedi um carro econômico, mas eles me deram um conversível. Demais, né?

Jimmy sorriu, cheio de orgulho, e enxugou o queixo. Vicki sorriu nervosamente para Jimmy e lançou um olhar de pedido de desculpas para Joe, que tossiu de novo, passou por Bee e começou a descer a escada.

— Então, tá — Vicki ouviu Joe resmungar ao chegar ao terceiro degrau com as bolsas de Hannah nas mãos. Bee esperou mais um momento antes de levantar a cauda do vestido e descer as escadas atrás dele.

Assim que eles foram embora, Jimmy Fee disse baixinho:

— Cacete! Dá para acreditar nisso? — Ele se curvou para pegar a camisinha e a jogou na lata de lixo enquanto Vicki se levantava e endireitava o vestido.

Bee e Joe ficaram em silêncio ao andarem pelo gramado em direção à tenda. Joe estava a alguns metros à frente, com as bolsas de Hannah nas mãos trêmulas.

— Eu sinto muito — Bee gritou por trás dele. Ela correu alguns metros e agarrou a parte de trás de seu paletó para que ele diminuísse o passo. — Joe? — Bee chamou, olhando nos olhos dele.

— Oi? — ele respondeu, olhando para ela e tentando sorrir.

Ela pousou as mãos sobre o rosto vermelho.

— Não vá manchar a sua maquiagem — Joe disse, puxando os dedos de cima dos olhos dela. — Tudo bem — ele continuou, sem esperar pela resposta dela.

Bee lançou para ele um olhar de vergonha do qual ele se lembrava da infância dela. Era a mesma expressão que ela fazia quando tinha oito anos, ao acabar de comer vários chocolates em menos de um minuto sob a supervisão dele, quando seu tio vinha para Maryland.

— Estou falando sério — Joe disse baixinho. — Não tem por que você se desculpar. — Eu já tinha visto gente transando antes — ele continuou. — Eu moro em Las Vegas. Amanhã, ninguém mais vai saber disso a não ser a gente. Agora vamos encontrar a Hannah para que eu possa levá-la de volta para o hotel antes de ela vomitar em todos os seus convidados.

Bee riu enquanto Joe a rodeava, levando as duas bolsas de Hannah em uma mão só para colocar a outra nas costas de Bee. Eles encontraram Hannah onde a haviam deixado, com Dawn, que agora estava batendo palmas em frente ao rosto da moça para mantê-la acordada.

— Isso é inaceitável — Dawn disse a ela em tom crítico. — O Tom está te vendo. Você precisa reunir forças e lutar!

— Eu não estou nem aí — Hannah respondeu, com a voz pastosa e os olhos fechados. — Eu só quero a minha cama.

— Dawn, ela já está meio dormindo — Bee suspirou. — Vamos tirá-la daqui.

Dawn usou os polegares para levantar as pálpebras de Hannah. A madrinha resmungou.

— Pelo amor de Deus — Dawn disse, deixando as pálpebras se fecharem de novo. — Eu só dei um Adderall para ela. Como ela pode estar dormindo?

Joe lançou um olhar para Dawn, sem poder acreditar, e afastou as mãos dela do rosto de Hannah.

— O que passou pela sua cabeça para dar uma anfetamina para ela?

— Eu dei um Xanax para compensar — Dawn respondeu.

Joe olhou para Hannah, cuja cabeça pendia do pescoço.

— Bom, se você quer ficar com ela, ela é toda sua — Dawn respondeu bruscamente para Joe, antes de voltar para a pista de dança. Hannah abriu os olhos apenas por tempo suficiente para ver quem eram os donos das novas vozes.

— Joe vai levar você de volta para o hotel — Bee disse, gritando cada palavra como se Hannah fosse surda.

Hannah estendeu os braços para Joe como uma criança, permitindo que ele a segurasse pelas duas mãos.

— Eu preciso da minha bolsa — ela resmungou.

— Está aqui — Joe disse, apontando com a cabeça para a bolsa de couro e a pequena mala de roupas, que estava pendurada em seu ombro.

— Você precisa de ajuda para tirá-la daqui? — Bee perguntou a Joe.

— Não precisa, Bee — ele disse. — Pode voltar para o Matt e aproveitar a sua noite. Você só tem mais algumas músicas até o final da festa.

Os olhos de Bee procuravam Matt, e ela o localizou do outro lado da tenda, devorando fatias do bolo com a mãe dele, Barb, os dois caindo na risada. Os ombros de Bee relaxaram.

— Eu vou lá para fora com vocês primeiro — Bee disse a Joe, sorrindo carinhosamente para o tio, que manteve os braços ao redor da cintura de Hannah enquanto eles davam passos lentos até a saída da tenda.

Phil

Phil achava que ninguém iria embora do casamento àquela hora, ou pelo menos não pensou no que aconteceria se a própria noiva saísse da tenda para encontrá-lo sentado no gramado, a camisa encharcada de sangue que tinha vertido das dobras de seus dedos depois que ele socou a árvore.

Mas a noiva estava na frente dele agora, em seu vestido branco e comprido, horrorizada e tentando segurar o grito que quase deu ao ver Phil sentado no chão, sua mão cheia de sangue sobre o colo e sua silhueta avantajada jogada em frente a um arbusto.

— Meu Deus! — Bee disse, afastando-se rapidamente, como se ele fosse atacá-la.

O pior é que a madrinha bonitinha também estava lá. Ela estava sendo levada para fora da tenda por um homem mais velho, que a segurava pela cintura enquanto ela tentava andar.

— Perfeito — Phil murmurou para si mesmo, percebendo que o único ponto positivo daquela noite toda estava prestes a ser arruinado assim que a madrinha, Hannah, percebesse que ele estava sangrando na lama.

Mas quando Hannah levantou a cabeça e abriu os olhos para ver o que tinha feito Bee gritar, ela deu um sorriso carinhoso, como se tivesse encontrado um amigo que não via há anos.

— Larry Bird! — Hannah deu um grito agudo, se soltando de Joe e correndo para Phil. Deu dois passos, caiu no colo dele e jogou os braços ao redor do seu pescoço.

— Cuidado, Kate Winslet — Phil sussurrou no ouvido dela. — Estou coberto de sangue.

— Não está, não — ela sussurrou de volta com um soluço. — Você é o Larry Bird.

— Você não vai se lembrar disso — ele disse para ela, colocando seu braço mais limpo ao redor dela e beijando sua testa delicadamente. A pele dela estava quente. Ele a balançou de leve de um lado para o outro.

— Hummm... — ela ronronou. — Você tem cheiro de frango gostoso.

Quando ficou claro, segundos depois, que ela estava caindo no sono apoiada no peito dele, Phil olhou para o homem mais velho, que Bee chamava de tio Joe, e acenou com a cabeça, pedindo ajuda.

Joe se agachou e pegou Hannah pela cintura, ignorando-a enquanto ela protestava e se recusava a sair do colo de Phil. Frustrado, Joe colocou os braços sob as coxas de Hannah e a colocou sobre o ombro. Phil podia ouvi-la xingando baixinho enquanto Joe a levava para o estacionamento.

Ainda de pé em frente à tenda da recepção, Bee estremeceu e perguntou:

— Não quero ser mal-educada, mas quem é você?

— Sou o filho de Nancy MacGowan — Phil respondeu da lama, dando de ombros. — Ela não pôde vir, então me mandou no lugar dela.

O rosto de Bee relaxou um pouco. Ela sorriu.

— Nancy era uma das minhas solteiras.

Phil olhou para ela, confuso.

— Sua mãe vinha sozinha... E eu não sabia onde ela gostaria de se sentar... — Bee parou de falar, nada contente com sua explicação. Fez uma pausa e então perguntou: — Como você conhece a Hannah?

— Estamos no mesmo filme — Phil respondeu também, sorrindo ao se levantar do chão e limpando as mãos sangrentas na calça. — Olha, dê um abraço na mãe do Matt por mim, tá? Barb foi muito boa para a minha mãe quando a gente precisou dela. Ela é uma senhora maravilhosa.

— Claro — Bee respondeu, ainda confusa. — E a sua mãe? Ela está bem? — perguntou, educadamente.

— Ela estava com gripe, mas fora isso tudo bem. Ela ainda mora no antigo bairro do Matt, e agora está com um namorado legal. Um capitão da polícia. — Phil respirou fundo. — Acho que ela está ótima — ele terminou enfaticamente.

Satisfeito consigo, ele sorriu para Bee de novo e se encaminhou para o estacionamento antes que ela pudesse responder.

— Ah, e felicidades! — ele gritou para ela antes de fechar a porta do carro e ligar o motor.

Vicki

— Então, Rochester fica em, tipo, Buffalo? — a namorada de Jimmy Fee, Jennifer, perguntou do banco do passageiro da frente no Sebring.

Era bem capaz de Jennifer ser até mais linda que Jimmy Fee. Ela tinha um cabelo castanho avermelhado que ia até o meio das costas. Era magra, porém cheia de curvas, e estava usando um vestido verde e justo; tinha sombra cheia de purpurina nas pálpebras. Ela andava sem o menor esforço em sapatos muito mais altos que os de Vicki.

Vicki queria fazer a brincadeira de escalar o elenco de Hannah e escolher uma atriz para interpretar a bela Jennifer, mas, naquele estado, nem conseguia pensar em nomes de atrizes. Essa mulher deveria ser modelo, Vicki pensou. Jennifer era a perfeição, seus mamilos pontudos aparecendo por sob o vestido, com as pontas arredondadas apontando para o céu.

Jennifer começou a conversar com Vicki logo depois que ela e Jimmy Fee voltaram da torre, totalmente vestidos, com a bolsa de Jennifer na mão.

— Essa é a Vicki. Ela vai voltar para o hotel com a gente — Jimmy disse, pegando a mão de Jennifer e dando um beijo na bochecha da namorada.

Vicki enxugou a boca nervosamente quando Jimmy colocou a outra mão sobre a bunda de Jennifer e disse:

— Vamos dançar, querida.

Jennifer se virou para Vicki e berrou:

— Vem com a gente!

Enquanto Vicki tentava dizer "não, obrigada", Jennifer agarrou a mão dela e a de Jimmy e puxou os dois para a pista. Eles formaram um triângulo, começando uma dança cansada da versão acústica de *Yeah*, do Usher.

— Você está me ouvindo? — Jennifer berrou do banco da frente.

Vicki fez que sim com a cabeça, finalmente respondendo à pergunta de Jennifer.

— Rochester não fica muito longe de Buffalo, mas Buffalo já é outra cidade. E neva mais lá.

Vicki levou a mão à testa ao olhar para a rua pela janela de trás e pensar em sua situação.

Joe não tinha olhado para Vicki, nem dito "tchau" depois de flagrá-la no meio da transa. Ele havia simplesmente pegado as bolsas de Hannah e voltado rapidamente para a recepção. Vicki sentiu uma dor no peito, reconhecendo que o homem com quem havia passado a maior parte da noite provavelmente a achava irresponsável e promíscua. Ela o viu olhar para a camisinha suja aos pés de Jimmy, e ficou morrendo de vergonha.

Vicki não conseguia determinar se estava em apuros com a noiva. Bee pegou-a transando às pressas e de roupa com seu cunhado durante a recepção do casamento, enquanto deveria estar ajudando Hannah. No entanto, Vicki argumentou consigo mesma, colocando as mãos sobre o colo nervosamente, que Bee dera motivos para ela acreditar que a noiva poderia tolerar aquele tipo de comportamento selvagem. Afinal, quando Vicki saiu da tenda para pegar carona para o hotel histórico com Jimmy Fee e sua namorada, Bee lhe deu um abraço rápido e sussurrou em seu ouvido: "Que bom que você está de volta".

Agora Vicki estava no banco de trás de um conversível alugado, jogando conversa fora com a mulher cujo namorado ela estava arranhando durante uma transa interrompida. Sua vida em Rochester escolhendo cores de tinta para supermercados parecia estar a galáxias de distância.

— Em quê você trabalha lá? — Jennifer perguntou. Ela já tinha contado que tomava conta de uma boutique em Raleigh. A loja vendia "presentes exclusivos", que ela definia como, "Sabe, ímãs divertidos, livros para a mesinha de centro e aquelas forminhas de gelo em formato de fruta".

Vicki ficou pensando como poderia explicar o que fazia da vida, que a paleta de cores dos supermercados Walton's em Nova York, Nova Jersey e na Nova Inglaterra era cuidadosamente inspecionada por seus olhos de *designer*. Não importava como Vicki elaborasse a descrição do trabalho em sua mente, o emprego soava terrível.

— Eu tenho uma empresa de *design* de interiores — Vicki disse, surpreendendo-se com aquela mentira improvisada. — E — ela continuou, se inclinando para a frente — estou de mudança para Nova York para lançar meu negócio por lá. Quero levar arte para a casa das pessoas, fazer um *link* entre os artistas que lutam para sobreviver e as pessoas que estão redecorando seus apartamentos.

— Que legal — respondeu a namorada, com a voz quase engolida pelo rádio do carro.

Jimmy passou por várias estações até se decidir pela 100.7, que tocava *Why Can't This Be Love?*. Vicki enfiou a mão na bolsa e alisou o livro de V. C. Andrews, que mal cabia lá dentro. Ela tinha trazido o livro consigo para o casamento, pensando que ficaria entediada o bastante para ler durante a recepção. Vicki sorriu, tirou o livro da bolsa, e o deixou cair no chão do carro.

Joe

Joe colocou Hannah no banco de trás do carro, embora não soubesse por quê. Ela não precisava se deitar. Na verdade, ele disse a ela para não fazer isso. Sua experiência com bêbados em carros o ensinou que ficar na horizontal não era uma boa ideia.

Ele lhe deu um chiclete que tirou do bolso do paletó e disse para ela abrir a janela. Ar fresco era importante, ele aconselhou. Hannah respondeu com um ganido baixinho.

Eles ficaram em silêncio na maior parte da viagem até o hotel. Joe a ouviu gemer algumas vezes. Pelo espelho retrovisor, ele a viu puxar a alça do sutiã com força.

— Covarde — ela disse, como se o sutiã fosse uma pessoa.

Algumas vezes, ao ver pelo espelho retrovisor que ela tinha fechado os olhos, Joe berrou:

— Tudo bem aí?

Ela respondia fazendo que sim com a cabeça.

— Por favor, não vomite — ele murmurou para si mesmo algumas vezes durante a viagem. — Carro alugado, carro alugado, carro alugado — ele repetia.

Ao chegarem ao estacionamento, Hannah aceitou de bom grado a ajuda dele para sair do carro e ficou segurando sua mão para que ele a levasse lá para dentro.

— Você não é de todo mau, Scott Bakula — Hannah disse, com a língua enrolada, ao segui-lo pela recepção. Joe fez que não com a cabeça, de mau humor. Não era assim que a noite tinha de terminar. Ele pensou em Vicki e imaginou por um momento onde ela poderia estar. Então, afastou o pensamento de sua mente. Não queria saber. Em vez disso, pensou em Sarah, sua namorada. Ela tinha planejado ver um *show* no Cosmopolitan naquela noite — os Strokes. Ficou toda animada quando sua amiga comprou os ingressos, o que facilitou a situação para ele: Joe poderia ir ao casamento sem se preocupar em ferir seus sentimentos. Sarah chegaria em casa tarde da noite e provavelmente cairia no sono em frente à TV. Os ombros de Joe relaxaram com a imagem de Sarah coberta pela manta fina de tricô que ela deixava sobre o sofá.

Foi fácil chegar até o quarto de Hannah, que ficava no primeiro andar do hotel. Tinha sido fácil demais conseguir uma chave extra com o recepcionista no *lobby*, Joe pensou. Ali estava ele, um homem mais velho e sóbrio segurando uma moça bêbada e indefesa nos braços, e o cara da recepção nem questionou seus motivos, nem pediu sua identidade, quando ele pediu uma chave para um quarto que nem era o dele.

Ao chegar ao quarto 140, Joe temeu que Vicki pudesse já estar lá. Ele não sabia o que faria se tivesse de encará-la novamente depois do incidente na torre. Ainda estava furioso com a traição dela, apesar de saber que ela não devia nada a ele. Ao entrar no quarto, Joe ficou aliviado ao ver tudo em silêncio, os lençóis ainda intocados. A bagagem de Vicki estava no chão, ao lado da segunda cama, sua pequena mala aberta ao lado do estojo do violão, que estava fechado e trancado. Joe desviou o olhar dos itens pessoais de Vicki e levou Hannah para a cama mais próxima à porta, deixando-a ajeitar a cabeça sobre o travesseiro. No entanto, segundos depois, ela gemeu e foi cambaleando para o banheiro. Joe foi atrás.

Ele ficou maravilhado com a eficiência de Hannah. Ela segurou seu cabelo em um rabo de cavalo perfeito com a mão esquerda enquanto vomitava direto na privada, sem permitir que nem menos uma gota de vômito caísse no assento ou no chão.

— Você é uma profissional — Joe disse a ela, estremecendo e sorrindo ao ver que ela estava vomitando só um líquido transparente.

Ele esticou o braço para ajudá-la quando ela tentou ficar de pé, mas ela o empurrou para longe, balançando a cabeça com força. Com a porta do banheiro ainda aberta, Hannah ergueu o vestido ao redor da cintura, tirou a calcinha até os joelhos e se sentou na privada. Encarou Joe, sem um pingo de vergonha.

Joe se afastou até a porta e manteve os olhos no chão enquanto ouvia o barulho de gases e urina atingindo a louça do vaso sanitário.

— Credo — Hannah grunhiu — Desculpe. Está saindo por todo orifício possível.

— Com certeza — Joe sussurrou, as mãos estendidas ao longo do corpo.

Ao terminar e puxar a descarga, ela lavou as mãos e voltou para a cama. Se ajeitou sobre três travesseiros e pediu a Joe para pegar uma toalha úmida para a sua testa.

— Você quer que eu volte para lá? — Joe perguntou, apontando para o banheiro.

— Por favor — Hannah resmungou. — Segure a respiração.

Joe seguiu suas instruções e manteve a boca fechada enquanto molhava a primeira toalha que viu; depois saiu correndo do banheiro. Ele levou a toalha fria até Hannah e a apertou contra a pele quente da moça. Naquele momento, ele ouviu uma batida à porta. Joe congelou, achando que Vicki tinha finalmente voltado, e sem a chave. Mas, ao abrir a porta, viu Bee.

— Ela está bem? — a noiva perguntou.

A maquiagem de Bee já estava desbotada, e cachos tentavam escapar de seu penteado justo, provavelmente porque ela tinha dançado muito. Joe achou que ela estava ainda mais bonita daquele jeito que na cerimônia, onde parecia tão tensa e arrumada.

— Você veio? — Joe perguntou a Bee, checando rapidamente o relógio para ver quanto tempo ele tinha levado para colocar Hannah na cama.

— Eu só dei uma passada no meu quarto para colocar uma calça *jeans*. Uma galera vai para um bar no centro da cidade, e eu não quero acabar com meu vestido. Achei melhor ver como a Hannah estava antes de ir. Ela vomitou?

— Ela está bem — Joe garantiu. — Vá se divertir.

— Beeeee? É a Bee? — Hannah estava gritando da cama.

Ao ouvir seu nome, Bee entrou no quarto. Ela se sentou na cama ao lado de Hannah, que tinha tirado a toalha molhada da testa e olhava para ela com cara de dó.

— Eu sinto muito — Hannah disse baixinho, pousando sua mão sobre a de Bee.

— Por quê?

Joe se sentou na cama de Vicki e ficou olhando as duas.

— Por ter ficado bêbada e ter feito você passar vergonha — Hannah respirou fundo. — E por causa do Tom. Eu me sinto mal porque todo mundo pensava... Eu fico me sentindo mal. Provavelmente ele não é tão horrível quanto todo mundo pensa.

— Eu sei — Bee respondeu apertando os dedos de Hannah com força. — Eu pensei que seria mais fácil para você esta noite. Eu pensei que você teria Rob aqui para distraí-la. Eu pensei que, com Rob aqui, perto do Tom, você abriria os olhos. Eu... eu sinto muito que Rob não tenha vindo.

Hannah se sentou, a torre de travesseiros se desmontando atrás dela. Joe ficou em silêncio e tentou se lembrar se alguém — ou seja, Vicki — havia mencionado aquele nome antes. Quem era Rob?

— Bee — Hannah implorou, sua voz sóbria. — Eu preciso te contar uma coisa sobre Rob e eu. Eu preciso te contar que eu e Rob, a gente...

— Eu sei — Bee respondeu calmamente ao interromper Hannah. Ela piscou e soltou a mão da amiga. — Quer dizer, não sei de todos os detalhes, mas eu sabia o que ele sentia por você assim que a gente chegou a Cape Cod naquele verão. Eu o vi... Eu vi Rob em frente à sua porta, Hannah.

— O quê? — Hannah perguntou, lutando contra um bocejo. — Eu não estou entendendo.

— Foi na primeira noite da gente na casa dos pais do Tom. Todo mundo tinha ido dormir. Você estava sozinha em um dos quartos de hóspedes. Eu estava no mesmo corredor. Bom, no meio da noite, eu levantei para ir ao banheiro e vi Rob em frente à sua porta. Ele estava olhando fixamente para a porta e fazendo cara feia, como se estivesse bravo com ele mesmo. Depois de um tempo, ele voltou para o quarto dele e fechou a porta. Acho que fiquei sabendo naquele momento, e tudo fez sentido. Mas já era tarde demais. Ele voltou para Austin na semana seguinte.

— Mas — Bee continuou — eu pensei que ele fosse acabar batendo à sua porta nesse final de semana. Quer dizer, essa era a minha esperança: que ele fosse arrumar coragem.

Hannah ficou olhando para Bee enquanto ela se levantava da cama, e Joe a acompanhou. Hannah começou a falar, mas resolveu ficar quieta. Ela simplesmente encarou a noiva, os olhos arregalados. E soltou um longo bocejo.

— Durma — Bee disse. Joe se abaixou e alisou o vestido de Bee, que tinha ficado torto quando ela se sentou.

— Obrigada, Bee — Hannah disse, meio sem jeito ao se cobrir, seu vestido de festa pendurado sob o lençol.

— Ah, espere aí — Hannah chamou quando Bee e Joe se encaminhavam para a porta do quarto. — Você pode pegar o BlackBerry na minha bolsa? Só preciso checar uma coisa.

Joe se inclinou e fuçou na bolsa de Hannah até encontrar o BlackBerry prateado e brilhante com a capa de couro vermelho. Ele colocou o celular na frente dela.

Hannah pegou o telefone e começou a apertar botões até encontrar o que estava procurando: uma mensagem enviada às dez da noite com o DDD 310.

Hannah leu a mensagem, se deitou e colocou o celular ao seu lado na cama. Fechou os olhos e mordeu o lábio inferior.

— Ela aceitou — Hannah finalmente resmungou, quase baixinho demais para Bee e Joe conseguirem escutar. — Ela vai fazer.

— Quem? — Joe perguntou.

— Natalie — Hannah mal respondeu, sua respiração ficando mais lenta e mais profunda.

— Quem é Natalie? — Bee e Joe perguntaram juntos.

Mas Hannah já estava dormindo, a boca fechada e ligeiramente curvada para cima nos cantinhos.

Rob

Rob estava sujo. Ele não fedia — pelo menos não a suor, até onde podia constatar —, mas estava cheio de terra, suas roupas com manchas escuras, seu rosto coberto de lama, terra e sangue.

Quando conseguiu marcar o último voo da madrugada para Baltimore, do qual ele tomaria uma van às 6 da manhã para Annapolis, Rob tinha apenas meia hora para chegar ao aeroporto. Ele não tinha tido tempo de tomar banho, e seu banheiro ainda parecia uma cena de crime. Ele levaria horas para limpar o sangue de Liz e tirar os cacos de vidro da banheira para entrar lá dentro com segurança, então decidiu pular o banho.

Ele ainda estava usando as roupas que usara no enterro de Liz — sua calça jeans favorita e uma camiseta cinza da Universidade do Texas. Poderia ter colocado roupas limpas, mas preferiu ficar assim mesmo. Ele queria que sua entrada no hotel de Hannah fosse dramática. E seu guarda-roupa combinava com seu humor. Ele sentia como se tivesse sobrevivido a uma grande batalha.

Rob pegou uma mala de mão pequena e uma mochila para a viagem. Nelas, colocou roupas suficientes para uma semana e um livro que tinha ficado intocado sobre sua mesinha de centro. Era um romance narrado sob a perspectiva de uma criança com autismo. Seus colegas da biblioteca tinham ficado superempolgados com o livro, que era o próximo de sua lista. Ele decidiu levá-lo, apesar de suas dúvidas por causa do cachorro na capa.

O voo custou um seiscentos dólares, e Rob usou seu cartão de crédito. Teria ficado mais barato se ele tivesse comprado ida e volta, mas ele não sabia quando ia querer voltar. Ele planejou ligar para o chefe na biblioteca e explicar que um parente havia morrido. As mulheres do trabalho conheciam Liz e permitiriam que ele tirasse alguns dias de luto. E ele não perderia muita coisa na biblioteca. No final de setembro, as compras iam devagar. Os alunos já tinham comprado seus livros didáticos e ainda não estavam interessados em leitura pelo puro prazer de ler.

Rob chegou ao aeroporto em cima da hora, correndo a toda a velocidade para o portão segundos antes de ele fechar.

Ele conseguiu ter umas três boas horas de sono no avião e até leu um quarto do livro sobre autismo. Quando aterrissou em Baltimore, o sol já tinha começado a nascer. Rob estava desorientado pelas poucas horas dormidas. A viagem de van não ajudou. O interior do carro tinha um cheiro estranho que deixou Rob com enjoo. Era uma mistura artificial de baunilha com canela que o fez tapar o nariz e a boca com a camiseta até ser deixado na ponta do bairro das compras em Annapolis, passando pela rotatória principal.

— A Robert Johnson House fica bem no State Circle — o motorista disse. Se Rob não estivesse prestes a vomitar, teria pedido mais informações sobre como chegar até lá a pé, mas apenas fez que sim com a cabeça e bateu a porta com força, respirando fundo assim que o veículo partiu.

Em minutos, Rob passou pelo que parecia o principal destino de compras da cidade, uma fileira de pequenas lojas com moletons da Academia Naval nas vitrines. A loja à sua direita mostrava um avental vermelho com martelinhos marrons desenhados no peito, com os dizeres: “Os caranguejos de Maryland são meus melhores amigos”. Rob sorriu.

Ao final da rua de paralelepípedos, Rob viu o mar. As ondas calmas do Atlântico atingiam os veleiros brancos ancorados não muito longe da beira d'água. Rob ficou congelado, seu cabelo se mexendo levemente à brisa leve. Ele tinha esquecido como era ficar tão perto do mar.

Rob fechou os olhos e sentiu o cheiro do sal no ar. O aroma o lembrou daquele último final de semana na Costa Leste, quanto Tom se ofereceu para levar Rob, Hannah, Vicki, Bee e Rich para a casa de veraneio de sua família em Cape Cod.

Rob passou boa parte daquele final de semana de mau humor, pois não podia dormir no quarto de Hannah. Eles mal se falaram desde que a aulas haviam terminado, e haviam ido em carros separados para Cape — ela com Vicki e Rich, e ele com Tom e Bee. Um dia depois, Rob percebeu que Hannah estava mais confortável perto de Tom. Eles foram dar uma volta juntos logo cedo pela praia, sem o restante do grupo. E se sentaram lado a lado durante o jantar.

— Você não acha os dois bonitinhos juntos? — Bee perguntou a Rob na última noite da viagem, enquanto Tom, Hannah, Vicki e Rich admiravam um novelo de algas marinhas a alguns metros de distância.

— Quem? — Rob respondeu apaticamente.

— Tom e Hannah — Bee disse, sorrindo. — Está mesmo na hora da Hannah namorar alguém.

Rob grunhiu com raiva ao ver Tom empurrando Hannah para a água e brincando com ela, como se fosse realmente jogá-la no meio das ondas congelantes. Hannah gritou com toda a força, tentando se livrar dos braços de Tom, que acabou segurando-a pela cintura.

Rob achava que eles tinham começado a namorar naquele final de semana. Ele ficou pensando quanto tempo Hannah havia passado em Yarmouth Port com a família de Tom, se ela passava os verões com os Keatings, dividindo um quarto com Tom naquela casa clássica de Cape Cod a um quilômetro do mar.

Rob cambaleou de repente, um barulho agudo e uma batida o trazendo de volta à realidade. Ele virou para a rua e viu um rapaz abrindo um café. Dois clientes já estavam esperando do lado de fora. Tirou o celular do bolso e checou o horário. Eram oito horas. Se o comércio já estava abrindo, então ele podia acordá-la.

Joe

Joe ficou batendo o pé sob a mesa enquanto beliscava o café da manhã. Geralmente ele evitava carboidratos, mas os *muffins* no bufê da Governor Calvert House fizeram *vem cá* para ele, e ele acreditou que merecia um bolinho crocante e cheio de açúcar antes da longa viagem que o aguardava.

Ele se sentou ao lado de Donna, a cunhada que o desprezava. Ela estava quieta naquela manhã, o rosto pálido. Estava concentrada em seu prato, perdida em seus pensamentos. Um comportamento nada convencional para a mãe de Bee, até onde Joe sabia. Geralmente ela aproveitaria um momento como aquele para colocar defeito nas roupas dele ou fazer perguntas sobre os índices de criminalidade em Vegas.

Em vez disso, ela parecia desamparada, e Joe se pegou sentindo uma empatia pouco familiar. Ele achou que deveria ser algum tipo de depressão-pós-mãe-de-noiva. Donna tamborilou os dedos lentamente sobre sua xícara de café, piscando sem perceber.

— Donna — Joe sussurrou, interrompendo a meditação dela.

— Sim?

— Tudo bem?

— Sim, claro. Só estou cansada.

— Foi um belo casamento — ele disse, se aproximando dela para que seu ombro desse uma batidinha de leve no ombro dela.

— Obrigada, Joe — Donna respondeu quase defensivamente, e seu corpo relaxou quando ela percebeu que ele não estava brincando.

Joe achou que seu plano para o resto do dia é que o tinha encorajado a ser tão gentil com Donna. Depois de dar um beijo de boa-noite em Bee e voltar para seu quarto na Robert Johnson House, ele tomou rapidamente a decisão de estender sua viagem pela Costa Leste por pelo menos mais uma semana. Usou seu iPhone para mandar um *e-mail* para sua ex, Rachel, avisando que faria uma viagem inesperada para o Maine para ver Cynthia. Então, reservou um quarto em um hotel em Portland. Deixou uma mensagem na secretária eletrônica de seu sócio, que, ainda bem, também era seu melhor amigo e não se oporia à ideia de Joe ver a filha. Ele também ligou para Sarah para informá-la de seus planos.

Ela havia acabado de voltar do *show*. Sua voz estava rouca, como se ela tivesse gritado a noite inteira.

— Foi estranho. Eles não tocaram *Last Night* — Sarah disse a ele. — Acho que já estão enjoados dessa música, mas eu adoro.

— Que ridículo — Joe respondeu, roubando uma das palavras favoritas de Sarah. — Olha, Sarah, vou ficar por aqui por mais alguns dias e ver a Cynthia. Afinal, eu já estou na Costa Leste, certo?

— Que ideia boa, Joe — Sarah disse a ele, sua voz cansada quase a abandonando. — Quer dizer, estou com saudades de você, mas a Cynthia vai adorar.

— Não tenho muita certeza — Joe respondeu, enquanto se deitava sozinho na cama, fazendo que não com a cabeça ao lembrar que tinha planejado ter Vicki ali com ele.

— Ela vai, sim — Sarah garantiu. — A Cynthia é adolescente. Ela não tem permissão para dizer a você quando está feliz.

Agora Joe estava tomando café com os adultos, e não odiava a companhia. Ele olhou para esquerda. A algumas mesas de distância, Bee fincava o garfo nas batatas assadas e colocava algumas na boca. Do outro lado da mesa, seu marido, Matt, dava goles lentos em seu suco de laranja.

Joe olhou para Jimmy Fee, sentado ao lado de Bee. Na frente dele estava sua namorada, uma mulher linda, porém meio periguete, que ainda estava com a maquiagem da noite passada nos olhos. Ela estava de regata e um moletom cinza com o ombro caído que lembrou Joe da capa de seu velho disco com a trilha de *Flashdance*. Por acidente, ele fez contato visual com Jimmy, que lhe deu um aceno de cavalheiro. Sem saber o que fazer, Joe acenou com a cabeça de volta e olhou para baixo, para os resquícios de seu *muffin* de mirtilo sobre o prato.

— Quanto tempo vai levar para você chegar ao Maine? — Donna perguntou, surpreendendo Richard, o pai de Bee.

— Ah, você vai ver a Cynthia? — Richard perguntou.

— Acho que umas dez horas — Joe disse, sem dar ao irmão o gostinho de ouvir uma explicação sobre sua mudança de planos. — Mesmo que eu saia cedo daqui, vou ficar preso em Nova York.

Ignorado, Richard voltou para seus ovos.

Quando Joe acabou de tomar seu café, foi até Bee se despedir. Agradeceu a ela pela noite inesquecível. Sua sobrinha riu junto ao peito dele enquanto eles se abraçavam forte.

— Foi inesquecível para mim também.

Então, Richard foi até a mesa apertar a mão de Joe, e Donna, que ainda estava sentada, sorriu para ele. Joe considerou aquilo uma vitória.

A manhã trouxe um pouco de neblina, fazendo Annapolis assumir a identidade das pinturas náuticas que decoravam o *lobby* do hotel. Era o tipo de tempo favorito de Joe para uma viagem longa, sem o brilho forte do Sol, nem chuva para deixar a estrada escorregadia. Ele deixou as janelas abertas antes de entrar na estrada para aproveitar a brisa por pelo menos alguns minutos. Raramente fazia um tempo fresco em Las Vegas para poder abrir as janelas. Ele raramente ficava exposto ao ar livre. Nos prédios sem janelas onde ele passava a maior parte dos dias, ele respirava o ar gelado do ar-condicionado de hotel, que era bombeado pelos cassinos vinte e quatro horas por dia.

Joe suspirou e ligou o rádio ao chegar à Rota 50, uma brisa leve brincando com a gola de sua camisa.

Ele sintonizou a primeira estação de música pop que conseguiu encontrar. Assim, estaria mais ou menos por dentro das Top 40 quando visse a filha. Ele tinha certeza de que ela gostaria mais do pai se ele conhecesse pelo menos algumas músicas modernas.

Rob

Rob estava esperando havia pelo menos dez minutos que o casal na sua frente fizesse o *check-out*. A mulher, uma loira baixinha que usava o cabelo em um coque apertado no alto da cabeça, já tinha gritado com o marido duas vezes, primeiro para repreendê-lo por ter acordado tarde e depois por causa de sua alimentação.

— Claras de ovos! — ela latiu para ele. — Especialmente depois do que você comeu ontem à noite.

A voz ardida da mulher fez piorar ainda mais sua dor de cabeça.

Quando o casal saiu da frente, Rob disse ao rapaz no balcão:

— Estou procurando o quarto de Hannah Martin.

O recepcionista olhou suspeitosamente para Rob, seus olhos enfocando as manchas de sangue na camiseta dele.

— Senhor — ele respondeu sucintamente —, não informamos os números dos quartos de nossos hóspedes.

— Mas ela está aqui? — Rob perguntou. — Eu não tenho certeza de que esse é o hotel certo. Todos esses hotéis históricos têm a mesma cara.

O recepcionista estreitou os olhos e colocou a mão sobre um telefone sobre o balcão, como se fosse chamar a polícia.

Rob entendeu que ele provavelmente parecia um namorado violento em busca da namorada que se escondia dele. Ele sorriu para o funcionário nervoso e deu um passo para trás, pensando se deveria esperar por Hannah lá fora.

— Desculpe-me — a mulher com a voz ardida o interrompeu. Ela ficou ao lado dele com o marido e a bagagem. — Quem é você? — ela perguntou a Rob, sorrindo. — Você conhece a Hannah?

Rob se virou e a examinou da cabeça aos pés — ou melhor, tênis. Seu rosto redondo estava coberto de blush e pó compacto. Ela era provavelmente uma das madrinhas das quais Hannah tinha falado quando ligou para ele no final de semana. Tinha um nariz de montanha de esqui e olhos pretos e brilhantes. Seus dentes eram de um branco perfeito demais.

— Meu nome é Rob, eu sou amigo da Hannah do tempo da faculdade — ele disse, sorrindo de volta para a mulher vestida de rosa, cujo sorriso perverso ficava cada vez mais largo ao ver as manchas de sangue dele. — Eu vinha para o casamento da Bee, mas meu voo atrasou.

— Mas que atraso, hein? — a mulher vestida de rosa respondeu, jogando o quadril para o lado. O marido dela, um cara de pescoço grosso com sardas e cabelo ondulado, estava perdido em seus pensamentos, batendo o pé no chão nervosamente.

— Sim, foi um grande atraso. Acho que perdi boa parte das comemorações.

— Você perdeu todas elas — A mulher de rosa não estava mais sorrindo. Ela já estava enjoando da conversa e percebeu que o marido estava indo para a porta.

— Você sabe o número do quarto da Hannah? Quero fazer uma surpresa para ela.

A mulher vestida de rosa hesitou, examinando-o com cuidado.

— Rob, amigo da Hannah, hein? — ela cedeu. — Ela deve estar no 140. O quarto dela era ao lado do meu.

Rob quase correu para o corredor. Depois da longa viagem, ele estava desesperado para ver o rosto de Hannah. Ficou pensando se eles teriam tempo para tirar uma soneca antes de deixarem o hotel.

Quando ele chegou ao quarto, foi Vicki quem o recebeu.

Hannah

Hannah podia ouvir Vicki e uma voz de homem do outro lado da porta, mas não conseguia identificar seu dono. Primeiro ela achou que fosse a arrumadeira, mas não houve conversas sobre toalhas ou a hora de sair do hotel. Ela podia ouvir o homem balbuciando perguntas e então Vicki respondendo com todo o cuidado. De repente, Hannah entrou em pânico: e se a voz fosse de Tom? Ela abriu uma fresta da porta do banheiro para conseguir ouvir a conversa.

— Não me chame de Vick. Ninguém me chama de Vick — ela conseguiu ouvir Vicki dizer.

— Eu sempre te chamei assim — o homem disse.

— E eu sempre odiei — ela respondeu, brincando.

Hannah soube quem era na hora e rapidamente enxugou o vapor do espelho do banheiro para checar o visual. Havia olheiras sob seus olhos, e seu rosto estava pálido como o de um vampiro. Também havia marcas estranhas por seu corpo. Ela tinha dormido de vestido e sutiã, e seu rosto ficou amassado contra os travesseiros e a toalha molhada. Sua posição estranha ao cair na cama tinha deixado linhas diagonais em seu pescoço e, mais claramente, sobre sua bochecha direita, que estava salpicada de pontinhos. Bom, Hannah pensou, não havia nada que ela pudesse fazer sobre tudo aquilo. Sua bolsinha de maquiagem estava lá fora, ao lado da mala. Ela estava chocada. Como assim ele estava ali?

— Então você conseguiu chegar, hein? O que você está fazendo aqui agora? O casamento acabou, Rob — Vicki disse.

— Eu não sei. Eu... Eu tive... Eu tive uma morte na família, acho. Só pensei em encontrar a Hannah e passar uns dias em Nova York. Ver umas faculdades na cidade. Não é que eu tenha planejado essa viagem. Comprei uma passagem só de vinda.

Hannah escutou atentamente e pegou a escova para deixar sua cabeleira mais lisa e domada, como se estivesse em um comercial de xampu.

— Vou para Nova York com a Hannah também. Vou abrir minha empresa — Vicki disse. Hannah deixou a escova cair no chão de tanta surpresa. O objeto fez barulho ao cair sobre o tapete do banheiro. Ela estava dormindo quando Vicki voltou para o quarto e, quando Hannah acordou, Vicki ainda estava sob as cobertas. Elas ainda não tinham conversado desde o casamento. Com Rob no quarto e Vicki discutindo planos para Nova York, Hannah ficou pensando se tinha ficado desacordada por muito tempo na noite anterior.

— O sofá-cama dela é meu — Vicki continuou falando com Rob. — Então você dorme no outro sofá. Ou no chão.

— Eu não vou dormir no chão, Vick — Rob disse. Hannah achou que ele tinha soado prepotente. Ela podia imaginar a cara feia de Vicki.

— A gente dá um jeito — Vicki respondeu, com mais educação do que Hannah esperava.

Hannah enrolou uma toalha branca ao seu redor. Era mais curta que ela queria, dando a Hannah a opção de mostrar perna ou peito demais. Ela decidiu mostrar mais peito e olhou para baixo para garantir que o pano branco cobria seus mamilos.

— Então, como é que vocês vão para Nova York? — Rob perguntou a Vicki. Hannah podia ouvir a amiga fechando o zíper da mala.

— Hannah comprou uma passagem de trem, mas a gente pode ir no meu carro. Tenho certeza que consigo achar um lugar para estacionar no Brooklyn, pelo menos por alguns dias.

— Você acha que eu deveria contar para a Bee que estou aqui? — Rob perguntou, pensativo. Hannah ficou pensando no mesmo assunto lá do banheiro.

— Eu não contaria — Vicki disse. — Por motivos que prefiro não discutir agora, acho que a gente deveria fugir daqui o mais rápido possível.

Naquele momento, Hannah abriu a porta do banheiro e deu um passo do piso branco e molhado para o carpete marrom. O vapor do chuveiro veio com ela, fazendo-a sentir como se estivesse emergindo da névoa de gelo seco.

Phil

Phil acordou antes do que esperava. Ele havia voltado para Baltimore de Annapolis cedo, mas não tinha conseguido dormir, revivendo a ligação para sua mãe enquanto segurava um saco cheio de gelo sobre a mão inchada. Ele não havia pegado no sono até umas quatro da manhã e, ao acordar, às sete, sua fronha estava coberta de sangue, assim como o moletom que ele vestira antes de cair no sono em frente à TV no seu quarto.

Ele tinha de visitar a mãe hoje — ele mesmo tivera a ideia de levar comida para ela, já que ela ainda se recuperava da gripe —, mas Phil não conseguia acreditar que ela realmente precisava daquilo. Ele achou que ela ficaria muito bem sem ele naquela manhã.

Agora que já eram nove horas e havia movimento nos corredor do condomínio, Phil decidiu que chegara o momento de colocar em prática o plano que havia bolado logo depois das duas da manhã, quando desistiu de tentar dormir e admitiu que o que ele mais queria naquele momento não estava tão longe assim.

Ele foi até o sofá na sala de estar e ficou sentado ali até umas nove e meia, quando ouviu barulhos vindos do apartamento ao lado. Quando o barulho ficou mais alto, ele ligou a TV e usou o controle remoto para checar o que havia gravado. Havia pelo menos um episódio de *Sex and the City* ao final da lista, logo depois de uma temporada inteira de *24 Horas*, que ele havia gravado havia mais de um ano.

Phil levou o cursor do gravador para o episódio "O sapato é um direito da mulher". Phil não havia apagado aquele porque, secretamente, não o odiava. Era aquele em que Carrie Bradshaw é forçada a tirar seus sapatos caros durante um chá de bebê. Ela acaba perdendo seus sapatos de salto e dando um escândalo por causa disso.

Phil gostava daquele episódio porque também odiava andar de meias na casa dos outros. Não é que ele tinha medo de que seus sapatos fossem roubados. Ele se sentia um ogro ao ter os pés expostos. As meias eram a roupa íntima dos pés, ele dizia a Elizabeth. Você não pode andar de meias na frente de estranhos.

Phil pensou em apagar "O sapato é um direito da mulher" depois do final do namoro, e havia deletado todos os outros programas de Elizabeth para ter mais espaço para os dele, mas não podia deixar aquele ir embora, e hoje o episódio serviria para alguma coisa.

Phil segurou o controle remoto com a mão direita, o polegar sobrevoando o botão "play". Esperou até ouvir os passos dela se aproximarem da parede que dividia os dois apartamentos até mexer o dedo de novo. Quando teve certeza de que ela estava perto da parede, talvez comendo um pãozinho no sofá ou prestes a ligar a própria TV do outro lado daquela barreira tão fina, ele empurrou o dedão para baixo e aumentou o volume rapidamente para o máximo. Ouviu a música tema de *Sex and the City*, que tocou tão alto que Phil conseguiu sentir a batida da marimba em seus pés. Viu as imagens familiares de Carrie Bradshaw andando por Nova York em uma sainha de bailarina.

Phil se virou para a parede.

— Vamos lá — ele sussurrou para si mesmo enquanto esperava ela morder a isca.

Hannah

Hannah parou na frente de Rob, seu cabelo ainda pingando, a toalha justa ao redor de seu corpo. Primeiro ela viu o cabelo desalinhado dele, que parecia mais escuro que da última vez, e então sua camiseta, coberta de sangue seco. Ele deu um sorriso perverso, observando-a enquanto ela estudava seu estado deplorável.

— Você vai contar para gente quem você matou? — ela perguntou, tentando manter a voz calma.

Ele não respondeu.

Hannah se inclinou para a frente.

— Eu não vou esconder um criminoso em Nova York — ela disse, com o rosto a alguns centímetros do dele. — Vou te entregar para a polícia.

— Você não faria isso — Rob disse, com voz grave.

Hannah segurou a ponta da toalha, para garantir que ainda estava coberta. Ela e Rob ficaram se olhando em silêncio, congelados. Hannah tocou uma das manchas de sangue no ombro da camiseta dele.

— Não é nada — ele sussurrou, mantendo os olhos vidrados nela.

— Pegue suas roupas e vamos embora — Vicki disse, acabando com a pose de Hannah. — A gente pode fazer um concurso de quem consegue olhar para o outro sem piscar por mais tempo no carro, se vocês quiserem, mas temos que sair daqui.

— Então nós vamos todos juntos? — Hannah perguntou, em voz baixa. — Jura?

Vicki fez que sim com a cabeça.

Hannah começou a andar pelo quarto rapidamente, passando por Rob em direção à sua mala e então de volta para o banheiro para se trocar. Sentiu os olhos dele sobre seu corpo ao sair de lá de dentro de novo, dessa vez vestida e com o rosto coberto por uma fina camada de maquiagem. Seu cabelo molhado estava penteado para trás, e ela tinha calçado chinelos.

Sem perguntar, Rob pegou uma das malas de Hannah e foi para a porta. Vicki chutou seu estojo de violão para baixo da cama. Hannah ficou olhando, confusa.

— Deixe isso aí. Por favor. Eu não quero — Vicki disse timidamente ao pegar sua mala.

Eles não tiveram a oportunidade de se despedir do pessoal do casamento. Nem de Bee, que estava ocupada com a família no *brunch* opcional, nem das outras madrinhas, que ainda estavam na cama com os amores de suas vidas ou já tinham partido em voos logo cedo para Raleigh. Hannah pensou ter visto Jackie na recepção enquanto ela, Vicki e Rob saíam correndo pela porta da frente, mas não tinha certeza.

— Eu preciso de café — Vicki disse secamente depois de jogar a mala no porta-malas e se sentar no banco do motorista.

— A gente pode parar em algum lugar nessa rua — Hannah ofereceu. — Acho que tem uns dezesseis cafés nessa cidade.

— Não — Vicki respondeu, enquanto pegava os óculos escuros no porta-luvas. — Vamos passar num *drive-thru* na 95. Quero chegar a Nova York o mais rápido possível.

Hannah respondeu com um sorriso.

Enquanto Vicki ligava o motor, Hannah abriu o espelhinho no quebra-sol para ver Rob se arrumando no banco de trás. Ele estava com a cabeça baixa, fuçando em sua mala de mão, e tirou de lá óculos escuros e um livro, que colocou no banco ao seu lado.

Antes de Rob colocar os óculos escuros, viu o reflexo de Hannah no espelho e sorriu. Ele passou a língua pelos lábios e piscou para ela.

Envergonhada, ela reajustou o espelho rapidamente para ver seu próprio reflexo. Seus olhos estavam vermelhos, mas as marcas das alças do sutiã no pescoço estavam começando a desaparecer.

Ela se inclinou para a frente e pegou o BlackBerry da bolsa, imaginando o quanto da noite passada teria sido um sonho. Encontrou a mensagem de texto e releu as três palavras para garantir que não havia inventado nenhuma delas. "Ela vai fazer!!!", a assistente havia escrito. Hannah ficou olhando fixamente para a tela, mal podendo acreditar.

Então sua mente voltou para o banco de trás.

Ela sorriu para si mesma ao ceder e ajustar o espelho para poder vê-lo novamente. Ele já estava olhando para ela, os dedos folheando o livro, que agora estava sobre seu colo. Ele se inclinou para trás e empurrou o corpo para a frente, colocando um dos pés sobre o apoio de braço entre os dois bancos da frente. A ponta de seu tênis tocou o braço de Hannah. Ela se apoiou nele.

— Só estamos a uns 8 quilômetros de Bay Bridge — Vicki anunciou, lendo a placa verde na lateral da rodovia.

Hannah e Rob mostraram sorrisos iguaizinhos. Hannah ficou olhando para ele ao responder em voz baixa:

— Isso quer dizer que faltam uns 300 quilômetros para a gente chegar em casa.

AGRADECIMENTOS

Meu amor, obrigada. Abraços embaraçosos a Pete Thamel, Tina Valinsky e Shirley Craig — eles tentaram mandar em mim; à minha agente graciosa, Katherine Flynn, que se tornou parte da minha família; à minha editora inspiradora, Denise Roy, que deixa tudo menos assustador; a Bryan Rafanelli, que deu um nome ao livro; a Sarah Rodman e Devra First, que leram as versões mais confusas; a meus amigos no *Boston Globe,* que me mantêm no casulo mais seguro do mundo; Nancy, Tim, Elana, Ariela e Sarah Knight, pelo porão tão legal; Kathy e Scott Levine; Vovô Marty, Goldstein; Hayley Kaufman, pelas distrações necessárias; Stephenie Meyer, pelo material de leitura; ao reino Rooney/Russo; Paul e todos os Faircloths; Marisa Katz, por Annapolis; Jaime Green Roberts e Rachel Cohen, Tom Perrotta; Tito Bottitta e Upstatement; Nicole Lamy e Scott Heller; Julian Benbow e a cidade de Richmond; Rachel Zarrell; Lauren Iacono; Adam Ezra; Kara Baskin; Sarah Faith Alterman; Mark Shananan, Michelle McGonagle e Julia e Beckett Shananan; Elizabeth McQueen, Desaray Smith e Laura Heffernan; Danielle Kost, Jenn Abelson e Jessica Douglas Perez; Paige Mudd, Shawn Badgley, Steve Cohen, Bill Ehninger e Evan Thies, que me deixaram impressionada; Ed Ryan, que fez/faz; minha irmã, Brette Goldstein, que faz milagres; e minha mãe, Leslie Goldstein, que me ensinou que os solteiros muitas vezes são as pessoas mais extraordinárias de uma sala.

E a todo mundo que lê ou dá espiada no meu blog, "Love Letters", quando não tem ninguém olhando, especialmente os originais: vocês são minha consciência e a razão pela qual eu me levanto da cama todas as manhãs. E chuto um sapato, como uma bêbada — mas com amor —, na direção de vocês.